公元787年，唐封疆大吏马总集诸子精华，编著成《意林》一书6卷，流传至今
意林：始于公元787年，距今1200余年

意林®轻文库

青春最美，梦想出发
中国式优质轻小说第一品牌

私人定制少女馆
人间事务司·鲸雪落华 I

易浅浅 文 / YI QIANQIAN

吉林摄影出版社

·长春·

图书在版编目（CIP）数据

人间事务司·鲸雪落华．Ⅰ/易浅浅著．－－长春：吉林摄影出版社，2018.3
（私人定制少女馆系列；007）
ISBN 978-7-5498-3524-9

Ⅰ．①人… Ⅱ．①易… Ⅲ．①长篇小说－中国－当代Ⅳ．①I247.5

中国版本图书馆 CIP 数据核字 (2018) 第 050827 号

人间事务司·鲸雪落华Ⅰ
RENJIAN SHIWU SI·JING XUE LUO HUA Ⅰ

著　　者	易浅浅
出 版 人	孙洪军
总 策 划	安　雅　张　星
责任编辑	施　岚　胡晓路
图书统筹	糯米兔
特约编辑	宁　阳
绘　　图	Carol 可
书籍装帧	胡静梅
美术编辑	王周益
开　　本	700mm×1000mm　1/16
字　　数	330 千字
印　　张	13
版　　次	2018 年 3 月第 1 版
印　　次	2018 年 3 月第 1 次印刷

出　　版	吉林摄影出版社
发　　行	吉林摄影出版社
地　　址	长春市泰来街 1825 号 邮编：130062
电　　话	总编办：0431-86012616 发行科：0431-86012602
网　　址	www.jlsycbs.net
经　　销	全国各地新华书店
印　　刷	河北鹏润印刷有限公司

书　　号	ISBN 978-7-5498-3524-9	定价：	32.00 元

版权所有　侵权必究
如发现印装质量问题，请与印务部联系退换，电话：010-51908584

楔 子 **001**
XIEZI

第一章 **003**
DI-YI ZHANG
星火与太阳

第二章 **025**
DI-ER ZHANG
复仇者不联盟

第三章 **037**
DI-SAN ZHANG
我的人生拒绝霸道总裁

第四章 **051**
DI-SI ZHANG
雪弥园的秘密基地

第五章 **071**
DI-WU ZHANG
甜党VS咸党

第六章 **087**
DI-LIU ZHANG
圆月宝石

第七章 **105**
DI-QI ZHANG
雪弥园的危机

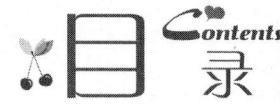

目录 Contents

第八章 121
DI-BA ZHANG
人生中无法面对的污点

第九章 137
DI-JIU ZHANG
曙后一星孤

第十章 149
DI-SHI ZHANG
人间事务司

第十一章 163
DI-SHIYI ZHANG
哥哥的秘密

第十二章 177
DI-SHI'ER ZHANG
雪落满园

第十三章 189
DI-SHISAN ZHANG
希望不灭

尾声 201
WEISHENG

楔　子

"哇！操场好大啊！"

碧绿如翡翠的草地从眼前蔓延至宏伟的体育馆，夏日的微风轻轻吹过，绿茵地毯掀起一阵细小的波浪，带着淡淡的青草香味的风，把不远处活力四射的男生们踢足球的嘈杂声也吹了过来。

"肯定啦，这是大学，你以为是我们高中啊，球场比游泳池还小。"

两个少女拖着行李箱，经过星宙大学的体育场时，边兴奋地东张西望边说道。今天是大一新生入学的日子，到处都是熙熙攘攘参观的人群，学长学姐们早就习以为常，不过路过她们两个人时，都还是忍不住好奇地看了一眼。

"珍珠，都是你让我戴这个猫耳朵，太显眼啦。"

又被人行注目礼之后，其中一个圆脸的女生摸了摸头，懊恼地埋怨。

她看上去十六七岁的模样，皮肤莹白，圆圆的脸上一双可爱的眼睛，瞳仁带着澄澈的琥珀色彩。她穿着一条红白相间的连身网球裙，看起来娇小玲珑，乌黑的长发上戴着粉色的毛绒猫耳发饰圈，让人忍不住想要伸手摸一摸。

她旁边的女生要高挑一些，皮肤是健康的小麦色，她拥有一双微微上挑的丹凤眼，虽然是单眼皮，但笑起来却让人感觉亲切舒服。

丹凤眼女生的头上也戴着一副棕色的毛绒猫耳发饰圈："我上次在视频网站上新播出的动画里看到主人公魔法天使小圆戴了这一款发饰圈，当时就觉得好可爱！我可是存了一个月的零花钱才买到的实体版呢！为了搭配它，我还特地去做了个头发，不戴出来显摆一下怎么行？"说完，她还得意扬扬地拨了拨自己的大波浪卷发。

"那你自己一个人戴好了。"

"一个人戴多奇怪，有你一起，大家就不会只看我了嘛。"

"薛珍珠！你！"

"拜托啦……"

这个戴粉色发饰圈的圆脸的可爱女生叫闫星，旁边戴棕色发饰圈的丹凤眼女生叫薛珍珠，她们是已经认识六年的闺蜜了，两个人从初中起就是同桌，然后又一起上了同一所高中，现在又考上了同一所大学。

两个人边斗嘴边来到宿管处，之前参观校园耽误了很多时间，现在已经临近中

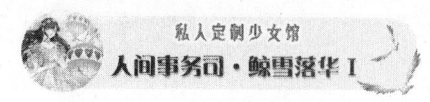

午,办公室前挤满了黑压压的人,都在等待分配宿舍,她们两个只能排在最后,望眼欲穿。

薛珍珠信心满满地说:"我有种预感,我们还是会住在一起。"

"不可能啦,我是园林系,你是经贸系,怎么会分到一起?"

等了一个多小时,终于轮到了她们,闫星办完了登记,从年轻的女宿管老师手里接过了园林系新宿舍区406号房间的钥匙和分发的生活用品,还没等到给薛珍珠登记,女老师接了个电话,顿时笑得花枝招展:"喂?已经准备好了吗?好好好,等着,我马上就来!"

挂断电话,女老师拉开抽屉看到只剩下一把钥匙,瞬间愣住了。

"老师?"薛珍珠不明所以地问。

女老师不再犹豫,径直把钥匙丢到了薛珍珠手里:"好了,这个就是你宿舍的钥匙,快去吧。"

"可是……"

薛珍珠捧着手里的钥匙,不知所措,闫星刚刚可是填满了一张超级大的表格,老师还再三强调不许弄坏空调、热水器、公共客厅的电视机……怎么轮到自己,就不需要登记了?

装生活用品的袋子已经没有了,女老师四处找了找,从办公桌下面扯出一个脏兮兮的蛇皮袋子塞给薛珍珠:"好了好了,拿好生活用品走吧。我知道二区109宿舍是最差宿舍,但你来得太晚,已经没有别的宿舍了,再说你们还有别的室友呢!人家怎么没有抱怨?"正絮叨着,女老师的电话又响了起来,她一边接起电话,一边脚步匆忙地离开,只剩下闫星和薛珍珠两个人站在办公室里面面相觑。

她们没听错吧?

109宿舍,最差宿舍!

第一章

星火与太阳

Renjian Shiwu Si · Jing Xue Luo Hua

1

听到"最差宿舍"四个字,两个人连饭也顾不上吃了,火急火燎地赶往传说中的二区109宿舍。

隔得远远的,看到宿舍楼的外观,闫星心里就凉了半截。这是一幢破旧的老式宿舍楼,灰扑扑的墙壁上东一块西一块地刷着漆,像是打了好几块难看的补丁。109宿舍是一楼的最左边一间,离学校矮矮的围墙只有几步路。

一推开门——

绝了!

一眼望去,房间里什么电器也没有,白墙壁上印着难看的黄色污渍,还有几个陈旧的衣柜、几张发黑的桌子,唯一的一把椅子还缺了条腿,四张光秃秃的床上的木板仿佛在发出无声的嘲笑。

"难怪我不用填表格,这里压根就没有空调、热水器啊……"薛珍珠抹了一把床上的灰,"这都多少年没住过人了?"

"不行,"闫星皱起小巧的鼻子,伸手就去抢薛珍珠手里的钥匙,"钥匙拿来,我跟你换。"

"你想干吗?"薛珍珠捂住自己的口袋,"这本来就是分给我的宿舍,你一个千金大小姐跟我抢住的地方,丢不丢脸?"

薛珍珠一直是这样,知道闫星的家境和身世之后,不但没有和别人一样用"有色眼镜"看她,反而更加细心地照顾她。闫星的心里暖融融的,她琥珀色的眼睛里闪着明亮的光,二话不说就从蛇皮袋里掏出水桶和抹布,准备打扫卫生。

"什么千金大小姐,刚才安排宿舍的时候如果是我排在你后面,那么该住109宿舍的就是我了。"

"笨蛋,把抹布还给我。"

薛珍珠追了上来,闫星连忙逃了出去,两个人一边嬉笑着打闹,一边跑到宿舍楼后面的院子里,薛珍珠仗着个子高,终于把打扫工具抢了回来。

"哇!这后面还有个小院子呢!你看这是石榴树!"

闫星惊喜地摸了摸院子里的小树,它们虽然长得矮小了点儿,但十分繁茂,枝叶之间已经挂上了淡绯色的石榴,像一颗颗小巧玲珑的宝石,也许是太过偏僻,这些快要成熟的果子还没有被人发现。

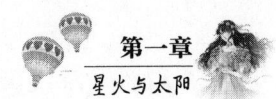

第一章 星火与太阳

"那赚到啦，我以后有石榴吃了。"薛珍珠也兴致勃勃。

"是我赚到了，好不好？"

"哎呀，一间破宿舍你就别跟我争了。反正你也知道我喜欢什么，大不了我生日那天，你送我份特别点儿的礼物呗。"

"可是……"

闫星还想要说什么，忽然薛珍珠愣住了，她的视线掠过闫星的肩膀，直勾勾地盯着前方："等等……那……那是什么？"

"什么？"闫星疑惑地转过头，顿时眼珠子都要瞪出来了。

她看到了什么？

蔚蓝无云的天空中，缓缓飞来两位穿着古代红色宫装、衣袂飞扬的少女……

没错，是飞！在天上飞！

她们面容清丽，乌黑的云鬓间点缀着漂亮的玉石珠宝步摇，洁白的额间贴着鹅黄花钿，环佩璎珞，叮当作响，宛若骤然降落凡尘的九天仙女。

"啊……神仙？妖怪？"

两位"仙女"从这两个呆愣的女生头顶掠过，其中一位还低头抿唇嫣然一笑，闫星如痴如醉地看着她们飞过了那道矮矮的围墙，消失在视线中，薛珍珠忽然"啊"地大叫一声，吓得她回了神。

"我认出来了！"薛珍珠兴奋地大叫，"霜莉！她是霜莉！"

"霜莉？"闫星疑惑。

"你连霜莉都不知道？"薛珍珠立刻露出痛心疾首的表情，"星星！你到底还是不是个青春期女生，连有名的TUNNANA48组合都不知道？霜莉可是里面排名第一的，号称一万年才能出现一个的美少女啊！我最喜欢的网站都请了她们打广告！"

"TUNNANA48？"闫星像傻子一样重复。

"是啊！她们两个都是TUNNANA48的成员，长得很冷傲精致的那个叫明茜，漂亮得像精灵的那个叫霜莉，霜莉可是很神秘呢！到现在都没有人知道她的背景，只知道她今年也是十八岁，是和我们差不多年纪的学生。"

看着闫星一脸懵懂，薛珍珠耐心地科普："刚刚她们肯定是有什么宣传活动，所以才会在天上飞，你没看到她们身上都吊着威亚吗？"

"威亚是什么？"

"威亚就是特技钢丝……唉，算了，和你的假山园林过一辈子去吧。"

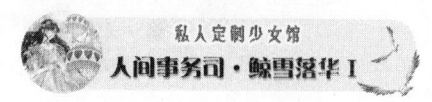

和好闺蜜说不通,薛珍珠一扔抹布,手脚并用地就往矮墙上爬,闫星眼明手快地拉住她:"等等,珍珠,你要干吗?"

"别拦着我!我要去见偶像!"

"隔壁好像是别的系!喂,你回来!"

薛珍珠没什么别的爱好,就是爱追星,追星瘾一犯八头牛都拉不住。才一米五几的闫星根本拽不住薛珍珠,只能眼睁睁地看着她翻过围墙。要知道,之前薛珍珠可是有过走火入魔,在自己偶像慕非凡的经纪公司楼下蹲到被保安赶走的经验。

闫星怕自己这个追星族闺蜜又犯傻,只能咬咬牙,一跺脚也跟着翻过了围墙。

真令人想不到,仅仅是隔着一堵斑驳的矮墙,另一面仿佛是另一个世界。那里有着一座气势恢宏的银灰色大楼,大楼的造型非常奇特,三楼以上全是反光玻璃,太阳照射在上面,像一颗熠熠发光的钻石。大楼的正前方挂着巨幅海报,海报里巍峨壮丽的宫阙之后,立着一抹挺拔的侠客身影,他身着红衣,虽然只露了个背影,但那凌厉肃杀之气扑面而来,让人移不开眼睛。

本来闫星还紧张会不会因为翻墙而挨骂,不过现在看来现场很忙的样子,根本没人有空管她们。

"好多人啊!"闫星贴紧兴高采烈的薛珍珠,好奇地东张西望,"她们这是在干吗?"

原本在一墙之隔的另一边传来嘈杂的说话声,但今天是新生入学的日子,所以闫星和薛珍珠也都没怎么在意,可直到现在她们才发现,这里居然聚集了一大群人,其中有很多女生举着花哨的应援牌,翘首企盼着什么。

薛珍珠一把抓住闫星的手:"星星!我真是太幸运了!没想到住在109宿舍还有这种福利!谁会想到破旧的宿舍楼的隔壁是影视系。他们真是大手笔,你看到那边没有,宿管老师也在呢!难怪她刚刚接到电话那么急,她是急着来看偶像的!"

循着薛珍珠手指的方向,闫星果然看到了正在谈笑风生的宿管老师,她身边还跟着几个穿着蓝色学生会T恤的学生。

薛珍珠盯着大楼上的巨幅海报,激动地接着说:"而且学校好厉害,不但请来了TUNNANA48的偶像们来迎新表演,居然还请到了《绯色长安》剧组!"

"《绯色长安》?"

即使不关注娱乐圈,这个词在闫星听来也有点儿耳熟,不过,还未等薛珍珠向她科普,人群就骚动起来。

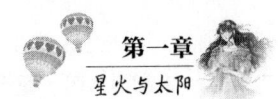

第一章 星火与太阳

"来了！来了！"

"让开点儿，你挡到我看慕慕的视线了！"

"啊啊啊！他们下车了！"

远远地，一辆黑色的保姆车缓缓驶了过来，从车里先下来几个人高马大的保安，紧接着，几位俊男美女从车里走了下来。

为首的是一个二十五六岁的男生，他穿着笔挺的烟灰色西装，俊美的脸像白瓷一般精致，面带冷意。然而当他淡红色的唇微笑起来时，就像万花瞬间开放，令人如沐春风。

"天，郁辛煌看我了！他看我了！"

"我也被他看了，快扶住我，我还不能倒下！"

他的出现，立刻在人群中引发一阵狂潮般的花痴声。

跟在他身后的是一位漂亮的少女，她皮肤白皙剔透，月桂色的花瓣礼服裙剪裁得体，衬托出她纤细苗条的身段，一双灵动的眼睛乌溜溜的，明亮而狡黠。

"是关巧巧！关巧巧，我是你的粉丝啊！"

"你演的戏好好看！我一定会支持《绯色长安》的！"

闫星吃惊地张开嘴，看得出来，这位女星在粉丝中的声望也很高。不过，她的人气却远远比不上最后一位，千呼万唤始出来的男明星。

"慕非凡！慕非凡！"

他还没露面，人群自发的呐喊声已经让整个影视系学区都沸腾了。

一双白身绿尾的球鞋从车里迈了出来，修长笔直的双腿包裹在水洗牛仔裤里，穿着简单的白T恤的男生双手插在口袋里，一脸漫不经心地走上了红毯。

看到男生的第一眼，闫星就呆住了……他还真是拥有一张被老天爷所钟爱的脸啊！

浓中有淡的修长眉毛，斜飞入鬓，英气逼人；高挺的鼻梁下，是一张秀美的嘴唇；他眼睛的轮廓像造物主亲自执笔，勾勒出来的完美形状，目光流转间，就可以摄人心魄。

这样的美无法形容，闫星此刻脑海里只有一个念头，之前那些人身上的光芒和他比起来，简直就像星火与太阳。

谁也无法与太阳争辉。

2

被慕非凡的容貌震慑住，人群也有了好几秒的安静，现场像热闹的背景音被人按了暂停一般。和慕非凡同剧组的明星们早已习惯了这样的盛况，大家迈开脚步，准备往银灰色的大楼里走去。

"慕非凡啊！我爱你啊！我是你的粉丝！就算天崩地裂，爱你永远不变啊！"

这时，一声尖叫划破长空，惊醒了被魅惑住的众人。这声音像破锣一样沙哑，难听极了，可偏偏又极具穿透力，简直可以震破每个人的耳膜。

闫星猛地转头，看向身边正在号叫的薛珍珠。

慕非凡僵了一瞬，他飞快地朝薛珍珠瞥了一眼，也许是觉得丢脸，赶紧飞也似的走进了教学楼。落在后面的郁辛煌和关巧巧都被吸引了注意力，关巧巧还"扑哧"一下被逗笑了，白皙的脸上露出两个甜甜的小酒窝。

"啊啊，慕非凡看我了！星星，他看我了！"她抓住闫星的手又拉又扯，还在咆哮，"啊，慕非凡，我爱你啊！给你比心！"

薛珍珠这夸张的表现，引起了影视系的学生们的注意，大家都嘻嘻哈哈地讨论起来。

"那个女生是哪个班的啊？真逗！"

"不知道，也许是新生吧？用这种方法让偶像记住，也是很有新意了。"

"哈哈哈，那必须记住啊，嗓子都喊破了。"

宿管老师意外地看了薛珍珠两眼，低头跟身边学生会的女生们说了几句。

糟糕！

学生会的人收到指令，朝这边挤了过来，不过要穿过熙熙攘攘的人群还需要一段时间。闫星一把拽住薛珍珠的手："学生会要开始查混进来的外系学生啦！你还吵！"

"啊？那怎么办？"

"跟我来！"

五分钟后，两个女生从围墙下的一个小土洞里钻了出来，蹭了一身脏兮兮的泥巴，狼狈万分地回到了宿舍楼下。

闫星拍着身上的土："好险，幸好我刚刚摸石榴树的时候发现这里有个狗洞，不然我们就被抓住了。"

第一章
星火与太阳

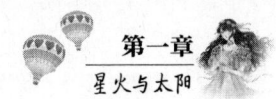

"谁知道影视系这么小气,组织的活动不许外系学生参加呀!"薛珍珠也心有余悸。

"你还说!到底是谁一言不合翻围墙?还叫那么大声,真是丢脸死啦!"

"不过我们看到了慕非凡啊,这么想想,就算是被抓也值了……"

"笨蛋!你还说!"

闫星气得瞪大眼睛去打薛珍珠,薛珍珠却捅了捅她的腰,示意她看身后。她转过头,发现109宿舍后面的院子里,不知道什么时候站了一个女生。女生有着一张鹅蛋脸,留着齐耳小卷发,手上还提着一个粉色的行李箱,正目瞪口呆地看着面前灰头土脸的两个人。

完蛋,钻狗洞的样子被人看见了。

"咳咳,"闫星只觉得脸火辣辣地发烫,她干咳两声,"请问……你也是住109宿舍的同学吗?"

"是的……"女生反应了过来,面色难看地自我介绍,"我叫舒筱樱,是上午被分配到109宿舍的,我来时看到没有人,就先去吃饭了。"

"那我们就是室友了,"薛珍珠热情地伸手,"我帮你拿箱子,一起打扫卫生吧?"

"等等,不是说好了我住109宿舍的吗?"

"你凑什么热闹,让开啦!"

说着说着,两个人又动起了手,舒筱樱往后退了几步,原本脸上的震惊换成了淡淡的鄙视,她打量了闫星几眼,转了转眼珠。

"那个……这位戴粉色发饰圈的同学。"

"嗯?"闫星抬起头,迷惑地眨眨眼。

"你不是住109宿舍的吗?"她试探地问。

还没等闫星出声,薛珍珠就抢着替她回答:"对!她是园林系的闫星,住在新宿舍区的406宿舍!"

一瞬间,舒筱樱脸上的表情就被点亮了,她目光灼灼地看着闫星:"那个……我跟你换下宿舍好吗?"

闫星来不及反应,舒筱樱就一脸为难地解释起来:"你们千万别误会。其实,我也不是嫌弃109宿舍的条件不好,只是我从小就有很严重的心脏病,不能住在没有空调和热水器的房间。现在又是夏天,炎热的天气会让我的病情加重……"

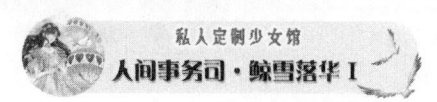

"这么严重?"在大学认识的第一个女生居然就患有这么可怜的病,闫星不由得产生了深深的同情,"跟你换当然没关系,只不过宿管老师那里……"

"宿管老师那里我去说!"舒筱樱赶紧接话,"赶快把钥匙给我吧!"

闫星刚把钥匙拿出来,舒筱樱就一把抢走,像生怕闫星反悔似的,她把自己的109宿舍房门钥匙丢给闫星,就拖着行李箱匆匆忙忙地走了。

"什么人啊!"看着舒筱樱的背影,薛珍珠皱起了眉,"过河拆桥也太快了吧?"

闫星拍拍薛珍珠的肩:"算了算了,我们两个能住在一起也不错。快收拾吧,待会儿还有别的室友要来,争取在新室友来之前把宿舍打扫干净,今天下午还得去军训报到处报到!"

"啊,军训!"

薛珍珠哀号一声,翻了个白眼,逗得闫星没憋住,笑出了声。

简单吃过午饭,两个人勤奋卖力地打扫了好半天,整个109宿舍终于焕然一新。不过直到她们换好迷彩服,准备前往军训报到处时,都没有见到宿管老师口中所谓的"新室友"。

"我们被骗了!"薛珍珠愤愤不平,"原来根本就没有新室友!"

"不过换个角度想想,这间四人宿舍就属于我们两个啦!以后我岂不是可以尽情地在宿舍里种花养草?"

闫星的眼睛闪闪发亮,似乎已经看到了满室芬芳的美好未来。

星宙大学建在千照市有名的雾舍山后,远远望去,层峦叠翠,阳光洒在碧绿的树梢,如同为翡翠镀上了金边,幽静美丽。

"空气真好啊……"

走在校园的林荫小道上,闫星深吸一口气,淡淡的青草香钻进鼻子里,沁凉到了心里:"是薄荷草的香气。"

"这也能闻出来?"薛珍珠疑惑地抽抽鼻子,"算了算了,我一个经贸系的学生反正也不懂,不过……"她凑到闫星身边,笑得贼兮兮的,"现在都八月底了,你是不是忘了什么事?"

"什么事?"闫星那双琥珀色的大眼睛里满是茫然。

"啊?你真不记得了?"

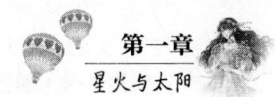

第一章
星火与太阳

"到底什么事啊？你说我不就知道了？"闫星将装傻进行到底。

"没什么……不记得就算了，也不是什么大事。"薛珍珠漂亮的丹凤眼里露出一丝失望，但还是勉强扯出笑容，"我们经贸系在那边操场，我先去军训报到处报到啦！"说完，她沮丧地低下头，一边踢着路上的小石子一边离开了。

慢吞吞地跟在薛珍珠身后的闫星看到这一幕，忍不住偷笑起来。

这傻丫头，每次随便骗一骗就上当。

也不想想，做了这么多年的好闺蜜，难道她真的会忘掉薛珍珠的生日吗？

3

军训真是每个新生的噩梦，盛夏烈日炎炎，将女生们白皙的面容晒得通红。每次结束训练，汗水都浸湿了迷彩服，每个人都腰酸背痛，哀声震天。

"闫星，你用的什么牌子的防晒霜啊？怎么一点儿也没晒黑！"

站军姿时，闫星旁边的卫薇羡慕不已。军训才开始三天，大家都黑成了炭，唯有闫星的皮肤依旧像牛奶般白皙，在阳光下泛出柔润的光泽，同队好几个男生都忍不住偷偷回头看她。

"这……我和大家一样，就在超市随便买的啊。"

"羡慕嫉妒恨啊……"

这句话一说出来，旁边偷听的女生们都想打人，闫星不好意思地挠挠头，识趣地闭上了嘴巴。

好不容易熬到晚上，经过一天的暴晒和教官的千锤百炼，一同训练的女生们都是刚刚沾上枕头就睡熟了。很快，8人间的训练营里就只剩下了均匀的呼吸声。

闫星做贼似的左右看看，从枕头套里摸出自己偷藏的橘子牌粉色小手机，躲在蚊帐里开机。军训规定不许带手机，她忍了三天没拿出来，可是再过三天就是薛珍珠的生日了，她再不抓紧时间，可能就学不会剪辑视频了！

"哇，剪辑软件这么多！到底选哪个呢？"

一打开手机APP Store（应用程序商店），她就被五花八门的APP（应用程序）图标闪花了眼：有看上去很专业，打开全是英文术语的；也有粉色卡哇伊，让人少女心爆棚的；还有一点开就把人PS（图像后期处理）成搞怪头像的剪辑软件……让人完全不知道该选哪一种。

薛珍珠平生最大的爱好就是追星，最喜欢的明星就是慕非凡，她没事就喜欢捧着电脑，看视频里慕非凡的剪辑影片，就算是对明星毫无兴趣的闫星，也被逼着看过好多他的视频短片。而且她听薛珍珠说，网上有很多这样的"大神"，能把别人录好的视频片段，剪辑成一个属于自己的故事。

闫星早就做好计划了，在半年前她就偷偷订好了慕非凡主演的话剧——《琥珀色阶梯》VIP（贵宾）第一排的票，而且是正中间的座位！这部话剧正好是在薛珍珠生日的当天公演，闫星打算学会剪辑视频，等到了当天，将自己剪辑的一段慕非凡替薛珍珠庆生的视频作为礼物送给薛珍珠，再带她去看话剧。

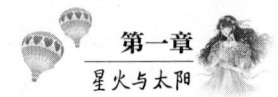

第一章
星火与太阳

"珍珠一定会高兴疯了的!"

闫星喜滋滋地想,不过她还拿不定主意要下载哪一个视频剪辑软件,只好先去网上搜索慕非凡的视频素材,才一打开C站,她就被首页的一个帖子吸引住了。

祝贺!慕非凡主演的《绯色长安》破八亿点击量……

咦?这视频封面不是那天在影视系看到的红衣侠客的海报吗?

鬼使神差一般,她点了进去。伴随着古意盎然的背景音乐,视频一开头出现了清朗的夜景,天空中挂着一轮皎洁的圆月,圆月之下,一棵清俊挺拔的青松立在江边的山崖上。

蓦然间,一抹绯红的身影翩若惊鸿,黑色的皂靴悄然点过平静的水面,泛开一点儿涟漪。

宽阔的江面,不可能有人能凭一己之力凌空横渡,虽然知道这只是拍戏特效,但闫星却还是忍不住屏住了呼吸。

只见这袭红衣的主人轻轻伸手,摘下一段青松抛向水面,足尖轻踏,猿臂微伸,如同仙人一般飘然而去。在他摘取松枝时,轻轻回眸一瞥,那如缎带般的乌黑长发束在脑后,露出完美无瑕的玉质脸庞,目光凛冽如刀锋,冷酷夺目,让闫星跟着心跳都漏了一拍。

还没从惊艳中回过神,闫星忽然感到一阵凉风掠过,有人猛地掀开了她的被子,将她手中的手机夺走了。

"有人偷藏手机!"一个戴着学生会袖章的女生站在床边,一只手捏着闫星的手机,她瞥了一眼屏幕,夸张地道,"你还在看《绯色长安》!"

闫星的脸蓦地一下子红了,明明只是为薛珍珠的生日视频做准备,可她现在觉得自己好像被人揭穿了什么秘密似的,羞愧得简直想找个地缝钻进去。

"违反规定带手机来军训,打扰同学们休息,"女生从口袋里抽出一个笔记本,一板一眼地记录,"8月27日凌晨1点半,学生会巡房时被抓到,没收手机,警告处分一次!"

闫星听得一愣一愣的……警告处分,还要没收手机?她没带电脑来学校,这么一来,岂不是没办法给珍珠做视频庆生了?

记录完,女生拿着手机就想走,闫星焦急地一把拉住她:"学姐拜托!请不要没收手机,我……我以后不会再玩了!"

这个时候,训练营里的其他人都被惊醒了,打开了灯,一瞬间房间里亮如白昼,

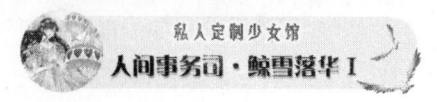

大家揉着眼睛发问。

"怎么了?"

"发生了什么事?"

巡房的女生板起脸:"那怎么行,要是没有惩罚的话,人人不都可以随意违反规定了吗?你要再打扰大家休息,我就要给你加重处罚了。"

"啊,怎么这样……"

闫星大受打击,平时她和气又友善,在同学中人缘不错,看她小脸苦恼地皱成一团,同训练营的女生也都帮忙求情。

"学姐,她知道错了,这次你就放过她吧?"

"是啊,学姐,闫星她没有打扰我们,之后也不会玩手机了!"

"原谅她吧……"

也许是第一次巡房就遇到挫折,女生更加不高兴起来,她竖起眉毛:"你们不睡觉了吗?这样下去,我会统统给你们警告处分!"

女生这句话一出,大家都闭上了嘴巴,噤若寒蝉,气氛一下子变得尴尬起来。

闫星不由得懊丧起来……唉,早知道就不看得那么入神了。怎么巡房的学姐进来,自己都没发觉?

就在气氛凝固时,一个懒洋洋的男声在门口响起,低沉的嗓音十分富有磁性。

"怎么回事?大半夜的灯火通明,都不睡觉了吗?"

一时间,所有人的视线都朝声音发出的方向看去。只见一个高大的男人正站在门口,他留着一头清爽的短发,五官轮廓深邃、立体英俊。不过奇怪的是,他上身穿着一本正经的白大褂,下身却居然搭配了一条黑色的民族风阔腿裤,脚上蹬着五彩斑斓的草编鞋。虽然不伦不类,却也十分好看。

"姜老师?"学生会女生倍感意外。

男人走了进来,了解完情况,他那双狭长优美的眼睛从闫星脸上扫过,懒洋洋地说:"我还以为是什么大事呢?你们学生会也是,没收手机还要考察人家十天半个月的才肯还,人家肯定不愿意啊。"

"可是……"

"这样吧,手机先放我这儿,军训反正就剩下两天了,等一结束我就还给你。"男人对闫星道。

闫星还没来得及说上一句话,就眼睁睁地看着男人从女生手里抽走了她的手机,

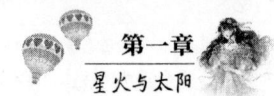

第一章 星火与太阳

转身潇洒地离开了。

"哼。"事已至此,学生会的女生也只得冷哼一声,跟着走出了房间。

训练营里安静了一小会儿,睡在闫星上铺的卫薇担心地探下头,麻花辫垂在床沿:"闫星你还好吧?怎么被学生会抓到了,他们很严格的。"

"是啊,听说这一届的学生会会长,是个叫高媛的女生。人长得很漂亮,但是脾气超凶!"另一个女生补充道。

大家纷纷安慰起闫星:"不过不用担心啦,手机在姜老师那儿,他说军训后还你,就一定会还你的。"

不知是谁忽然感叹了一句"姜老师好帅啊",女生们顿时沸腾了起来,开始津津有味地八卦起来。

"这个姜老师是哪个系的老师啊?"

"他是校医啦,没看到人家穿着白大褂吗?听说姜老师很有个性,平时很不喜欢和人打交道,没事就一个人在保健室睡觉……我姐在艺术系读大三,她们系可是有很多姜老师的崇拜者呢!"

"真的假的?"

"我姐还说,姜老师家里好像很有钱,住超大别墅呢!也不知道是不是真的……"

相较于女生们半夜睡不着觉,你一言我一语地聊着帅气的校医,闫星却半点儿参与的心思都没有,她长叹一口气,一头栽倒在床上。

手机还是被没收了,这下可怎么办?

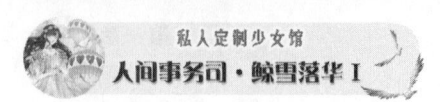

4

第二天,闫星和薛珍珠一起去学校餐厅吃午饭,踢了一上午的正步,闫星只觉得双臂酸软,腿像灌了铅,沉重得不像是自己的。

"星星,听说你偷藏手机被没收了,还半夜偷偷看我偶像慕非凡?"

正排队买饭时,薛珍珠突然凑过来,挑起一边眉毛,一脸坏笑:"说!是不是被我感染到了,也开始喜欢慕非凡了?"

不想暴露自己的计划,闫星含糊地应了一声,推了薛珍珠一把:"好好排队啦!肚子好饿,什么时候才能吃上饭啊?"

薛珍珠抬头看向餐厅窗口前的队伍,话题成功被岔开:"我看看……中餐有辣子鸡丁,西餐有牛排,你想吃什么?"

两个人正在研究菜单,餐厅前面排队的人群忽然骚动起来,发出不小的动静。

"怎么回事?"闫星疑惑地抬头张望。

"好像有人在吵架……我们去看看!"薛珍珠是个唯恐天下不乱的个性,不等闫星反应,就拉着她的手往前面挤去。

好不容易挤到前面一看,咦?吵架的居然还是熟人!

"你这人没长眼睛吧?瞎撞什么?存心害我吃不成饭是不是?"

西餐取餐窗口前的地板上倒扣着一个餐盘,牛排和意面洒了一地。有着一张鹅蛋脸,留着齐耳小卷发的女生,拽着一个男生气呼呼地大声指责。

"这不是舒筱樱吗?"

薛珍珠一眼就认出了这个女生,不过一改之前面对她们时的文静秀气,此刻的舒筱樱脸蛋涨得通红,唾沫横飞,让人大跌眼镜。

"实在是对不起……同学,我赔你一份饭。"

被她拽住的男生十分瘦弱,白皙的面容上带着一抹青灰色,他个子不高,相貌平平,要不是这次撞翻了舒筱樱的餐盘,站在人堆里一定不会被大家注意。

"你赔?我这可是68元一份的牛排意面。好啊,你赔就拿钱出来吧!"说着,舒筱樱伸出手,一脸鄙视地等待着男生掏钱。

听到这个价格,男生顿时不知所措地站在原地,嗫嚅着嘴唇不知道该说些什么,薛珍珠顶了顶闫星的胳膊,同情地示意她:"你看这个男生的午餐。"

直到这时,闫星才注意到男生的手上也端着一个餐盘,里面白茫茫一片全是米

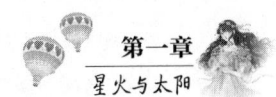

第一章 星火与太阳

饭，压根就没有菜，只有一小碟咸菜放在旁边，看起来寒酸又可怜。

他穿着洗得发白的蓝灰色T恤，青灰的脸色也应该是因为长期营养不良导致的，而且看男生吃得这么节俭，一看就没钱赔给舒筱樱，也正因为是这样，舒筱樱才更加得理不饶人。

"拿啊！"她往前一步，咄咄逼人地说，"不是说要赔钱吗？"

"她怎么这样啊……"薛珍珠愤愤不平起来。

"我……我……我没有68块钱……"男生脸上满是羞窘，被逼得连连后退，眼神里透出惶恐。

舒筱樱嗤之以鼻："我早就看到你从贫困生窗口打饭，赔得起钱才怪，啧啧……"

她越说越过分，闫星终于忍不住出声："人家也不是故意的，没必要把话说得这么过分吧？"

围观的人很多，大家也早就按捺不住了，议论纷纷起来。

"是啊，虽然说他撞人是不对，但羞辱人就没必要了吧？"

"贫困生又怎么样？这个人是搞笑吧？"

舒筱樱转过头，看到闫星时眼中闪过一丝讶异："是你？"

"是我们！"薛珍珠也站到好闺蜜身边替她撑腰，"一份饭被打翻了，这样不依不饶的有意思吗？"

"饭当然不重要，重要的是我吃饭的心情被破坏了。"舒筱樱强词夺理，"再说他说要赔钱的，现在拿不出钱来，怎么能算我过分？"

"这个钱我出了。"

闫星直接从钱包里拿出一张百元大钞，整个餐厅里的人的目光"唰"地汇聚到了她身上，每个人的眼神里都传达着一种信息——土豪。

"你一直在吵，我吃饭的心情也被破坏了，所以赔你一百块换你闭嘴，不用找了。"

"你……"

舒筱樱的脸涨得更红了，一双眼睛像刀子一样朝闫星身上剜去。就在气氛陷入尴尬时，几个蓝色身影分开人群，走了过来。

"怎么回事？我接到举报说餐厅有人闹事，都不想吃饭了吗？"

学生会的人来了。为首的女生长得很高挑，黑色长发如瀑布一般披在脑后，蓝色

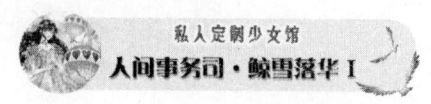

的水手裙勾勒出她纤细的腰肢。她皮肤雪白,一双眼睛如黑葡萄似的,嘴唇像樱桃般嫣红,不过她的脸上却没有一丝笑容,目光所及之处,只能让人感到冰冷。

"高媛你来了!"见到她,舒筱樱就像见到了救星,她高兴地迎了上去,"我也不想闹事的,是这些人无理取闹,你可要公正地评评理啊。"

"你说什么?"薛珍珠一瞪眼睛,闫星皱着眉头拉住了她。

学生会在星宙大学的地位很高,拥有处罚学生的权力,特别是学生会会长高媛。据说她的爸爸是校董之一,她的个性也很冷漠强势,平时说一不二,没人敢惹。

"我刚刚买完饭,有个男生过来撞了我一下……"

舒筱樱换上了一张委屈的面孔,把之前的事说了一遍,面不改色地把自己说成是无辜的受害者。

"你也知道的,我不是过分的人。只不过我刚想原谅这个男生,这两个女生就蹦出来了,还用钱羞辱我!你看,那个矮子手里还拿着一百块钱呢!"

"你说谁是矮子?"

薛珍珠的鼻子都要气歪了,她想上前,却被高媛身后的学生会的男生拦住了。舒筱樱假装害怕地看着她,眼神里却流露出一丝得意。

"一点儿小事就闹成这样,你们新生的军训是太闲了吗?"高媛转过身来,训斥起闫星和薛珍珠,"还是说没有受过处分,想试试看?"

"事情才不是这样的!我们明明是为了帮助这位同学……"

闫星试图讲道理,没想到的是,一听到要受处分,始终一言不发的贫困男生焦急起来:"不!不行……这位同学说得没有错,一切都是因我而起,这只是个误会!"

闫星震惊了,她不敢置信地看着男生。男生压根不敢和她对视,目光躲躲闪闪,不知在害怕什么。

"喂,你怎么回事?我们都是为了帮你呀!"薛珍珠伸手推了男生一把。

见状,舒筱樱的眼珠转了转,忽然捂住自己的胸口:"啊!我胸口好疼……我……我心脏病要犯了。快……"

顿时,大家都吓了一跳,高媛扶着舒筱樱坐了下来,还在她的指引下,从她口袋里拿出一个小药瓶,倒出一片白色小药丸让她吃了下去,她这才平静下来。

"无缘无故针对同学,还唯恐天下不乱,"高媛生气地看着闫星,"特别是你,你叫闫星是吧?我今天早上还接到了报告,说你私自带手机参加军训,已经违反校规,现在还不思悔改。"

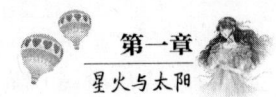

第一章 星火与太阳

"我……"

"不用说了,两天后的校运会,你们班的军训方队,你要穿着神奇女侠的衣服站在第一位举牌,这是作为私自带手机的惩罚。"

说完,不等闫星辩解,高媛就带着学生会的众人转身离开了,她乌黑的长发在空中划过一道漂亮的弧线,舒筱樱跟在身后,回过头朝她们挤挤眼睛,用嘴形无声地说了一句话——

"我看你在校运会上怎么丢脸。"

5

"这个浑蛋！"

薛珍珠恨不得捋起袖子冲上去打舒筱樱一顿，闫星也郁闷极了，她一想到神奇女侠的清凉装扮，就忍不住抽了抽嘴角。

"同学，"她转过头问那个男生，"你刚刚为什么不让我说出真相？"

"我……我，"男生犹豫了半天，才说出实话，"我申请了贫困生助学金，如果被记过处分的话，助学金就泡汤了……"

"可是我们不一定就会被记过啊，我们说清楚不就好了？"

"今天真的很谢谢你们！我叫池海，是软件工程系的！以后有什么事，叫我，我一定会帮忙！对不起！"

男生没有回答这个问题，只是猛地鞠了一躬，拿着自己的餐盘飞快地跑掉了，只留下闫星和薛珍珠两个人大眼瞪小眼，面面相觑。

碰了一鼻子灰，好不容易吃上饭，看着餐盘里色泽鲜艳的章鱼烧、炸得金黄的鸡翅，两个人都失去了品尝的心情，薛珍珠安慰闫星："算了，星星，想想池海也挺可怜的，你就当自己倒霉吧。"

"也只能这样了，不过我没想到舒筱樱是这样的人，"闫星用筷子戳着食物，"太会撒谎了。"

"要不然怎么说林子大了，什么鸟都有呢？看来大学太大了也不好，会遇到坏人，别怕！以后我会保护你的！"

看着薛珍珠故作凶狠的样子，闫星"扑哧"笑出声来，沉甸甸的心情轻松了不少。

没错，自己还有好朋友在呢！

大不了以后不理舒筱樱就是了，一点儿挫折，不算什么！

疲累又紧张的五天军训时间终于过去了，同训练营的女生们相约去吃火锅，闫星趁着大家收拾准备的时间，独自一人找到了保健室。

"有人吗？"

她一推开保健室的门，刺鼻的消毒水味就扑鼻而来，映入眼帘的是雪白的天花板和墙壁，墙边立着好几个装满了药品的大柜子，几张病床并列摆放，每张病床间都分

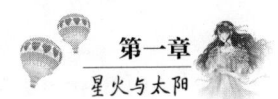

第一章 星火与太阳

别用天蓝色挡布隔开。

闫星站在门口喊道:"姜老师?"

保健室里静悄悄的,好像没有人。闫星犹豫了一会儿,想到明天就是薛珍珠的生日,不死心地走进了保健室,循着病床往里探去。走到最里面的那张病床时,她顿时一脸无语。一个身材高大的男人正躺在病床上酣睡,这轮廓分明的脸,不是姜老师又是谁?

他也睡得太熟了吧?她叫了好几声都听不见!

"嗯……来了?"姜老师稍稍睁开他那双细长优美的眼睛,这过分熟稔的语气,闫星不知道该回答什么好,不过他也不需要她回话,伸手就在枕头底下摸出一部手机。

"拿去,以后没事不要来找我。受了伤的话外面柜子里就有药,自己包扎就好了。"说完,他翻了个身,又开始呼呼大睡起来。闫星目瞪口呆地看了他一会儿,只得拿着自己的手机,轻手轻脚地退了出去。

这位校医大人,果然和传说中一样有个性!

好几天没有开机,闫星的橘子手机早就没电了,她干脆回到109宿舍把手机充上电,这才跟同学们一起出去吃火锅。又笑又闹地狂欢了一整天,等她回来时,温柔的夜色已经笼罩了整个宿舍。

如今的109宿舍,和最开始相比已经焕然一新。原本破破烂烂的桌子盖上了可爱清新的黄色小鸭桌布,两张舒适的豆沙色懒人椅摆在桌前,空荡荡的地方全都被闫星摆上了各种各样的植物,有萌萌的多肉熊掌、含苞待放的蔷薇,一眼望过去,满目都是翠绿的色彩,生机勃勃,让人心旷神怡。

最重要的是,闫星自掏腰包,给宿舍里装上了空调和洗衣机,新买的笔记本电脑也静静地搁在书桌上。现在的109宿舍,已经是一个现代化的大学宿舍了。

"星星你回来啦,我给你留了西瓜在桌上,记得吃噢!"

薛珍珠从对面小床的蚊帐里探出头,朝闫星打了个招呼就又缩了回去,她最近一直沉迷于一款明星养成游戏,军训好几天没玩,现在恨不得连洗澡都带上手机。

不过正好,这样薛珍珠就更加不会注意到她在做什么了!闫星暗暗庆幸,她洗漱完,爬上床打算抓紧时间剪辑视频。她按下手机开机键,果然和自己想的一样,手机屏幕上空白一片,半个联络自己的人都没有。闫星自嘲地笑了笑,目光落到屏幕最下方的一个绿色小图标上面——

咦?

这个APP她是什么时候下载的?怎么一点儿印象都没有?

绿色的小图标非常别致,两片小小的卡通嫩芽正破土而出,阳光又可爱。闫星好奇地点了进去,屏幕顿时显现出大片飞散的羽毛,伴随着一阵悦耳的背景音乐,大大的"鲸羽"两个字出现在屏幕上,下面还有一大段《用户使用协议》。

亲爱的用户:

欢迎使用鲸羽视频剪辑软件……

"噢!原来是剪辑视频的软件!"闫星恍然大悟。

搞不好,是她那天晚上点错了,才下载了这个软件……不过反正她也要下载APP来做视频,正好省得选了,就它吧!

懒得看大段的《用户使用协议》,闫星径直点了"同意所有条款"。清脆的风铃声掠过耳边,她只觉得额前一片清凉,就看到鲸羽的画面变成了一格一格的胶卷图像,可以合并,可以截取,手机最下方还有简单的教学视频。

"奇怪……怎么觉得刚刚有风吹过?"闫星奇怪地摸了摸脑门后,就不甚在意地一头栽进了学习剪辑视频的新奇世界里。

看完整个教程,闫星不得不承认,现在的科技真是太发达了!居然只要准备好主人公出现的视频,就可以直接输入指令,在原来的视频里修改人物动作!

"慕……非……凡……"

她一边搜寻着网上慕非凡的视频,一边按照教程剪辑合成。

慕非凡身为红透半边天的超级偶像,演过的戏、拍过的话剧多得像天上的星星,视频素材用都用不完。只花了一晚上,闫星就剪完了视频。她偷偷地存进了邮箱里,设置了定时发送。

闫星露出满足的微笑,心里一阵得意。第二天下午五点,正好是她们看完话剧,出去吃饭的时间。在餐桌上,薛珍珠收到这段视频,一定很感动!

这个计划,完美!

6

第二天一大早,闫星就悄悄爬起来,从餐厅给薛珍珠买了豆浆油条,把自己准备好的《琥珀色阶梯》门票压在盛油条的盘子下面。她刚刚在桌上摆好餐具,薛珍珠就闻着诱人的香气醒了过来。

"早……星星,什么东西这么香啊……"薛珍珠揉着眼睛从床上爬下来,头发乱蓬蓬的,当她看清压在盘子下的蓝色门票时,发出一声尖叫。

"啊!星星,这是给我的吗?"薛珍珠不敢相信地捧起门票。

"当然啦!珍珠,生日快乐!"闫星笑嘻嘻地看着她。

"星星,我还以为……"薛珍珠抽抽鼻子,感动得眼圈都红了。

闫星眨了眨清澈的圆眼睛,恨铁不成钢地道:"你以为什么呀!我们闺蜜这么多年,我还真的会忘记你的生日吗?"

两个好朋友相视一笑,心里暖融融的。

《琥珀色阶梯》是慕非凡的最新话剧,这部话剧的票格外难买,闫星也是花了不少时间和精力,才从粉丝中杀出一条"血路",抢到了两张VIP票。

下午两点,话剧在离星宙大学不远的大剧院公演。公演前几个小时,薛珍珠就开始不停地在衣柜前换衣服,脸上的彩妆涂了又擦,擦了又涂,就连头上的蝴蝶结发饰,都已纠结半个小时,仍拿不定主意戴哪种颜色。

"有必要这么麻烦吗?我们就去看场话剧而已啊。"素面朝天,穿着白T恤、粉红小短裙的闫星坐在一旁,表示不能理解。

"你懂什么啊?"薛珍珠顶着画了一半的眉毛,佯怒地瞪着闫星,"这部话剧可是慕非凡的妈妈——慕澜导演的处女作!意义重大!要心怀尊敬知道吗?"

"慕澜?这个名字好耳熟啊……"

"别告诉我慕澜你都不知道,她可是影响了一代人的超级大明星、国民女演员。我爸妈可迷她了!"提到爸妈,薛珍珠忽然反应过来,"对不起……"

"没关系啦!"闫星抹掉心头的黯然,故作轻松地耸耸肩。

闫星的父母在她小时候就去世了,父亲留下了大笔遗产,可以让她完全不愁生活。虽然这么多年来她一直和哥哥闫笑相依为命,但奇怪的是,两兄妹一见面就要吵架,简直是天雷勾动地火。说起来,闫星与薛珍珠的关系都要比她与闫笑更好一些。

为了活跃气氛,一直到坐在了剧院VIP座位上,薛珍珠还一直在不停地八卦:"你

知道吗？慕非凡虽然被称为'新生代最有灵气演员'，可他的身世也非常奇特呢！他妈妈是超级大明星，这大家都知道，却没人知道他的父亲是谁……嘿嘿……"

闫星满脸无奈，她对这些花边消息一点儿兴趣都没有，好不容易等到剧院的灯光都暗了下来，她才找到机会竖起一根手指："嘘……开始了，别说话了。"

幕布拉开，慕非凡那俊美绝伦的脸出现在光幕中。令闫星惊讶的是，他并不只有完美的外表，才开演一小会儿，她已经被他精湛的演技，清晰而富有感染力的台词带入了《琥珀色阶梯》的故事中。

在这个故事里，慕非凡、郁辛煌和关巧巧都在。慕非凡扮演的是一位医生，关巧巧扮演的是一位患了绝症的女孩。她每天要爬上医院的台阶，偷偷溜到天台去感受风和阳光。而郁辛煌饰演女孩的哥哥，他一直想将妹妹转到国外的医院去接受更好的治疗。

故事非常温暖，虽然得了绝症，但女孩的乐观和开朗感染了她的主治医生，两个人渐渐被彼此吸引，并每天偷偷在天台约会，甜蜜又幸福。然而女孩的病情日益加重，为了恋人，医生忍痛将她送到了她哥哥的手里。在出国的前一天晚上，医院夜晚的台阶洒满了琥珀色的光，那是医生特意将台阶刷上了独特的漆料，他在向女孩无声告白。

话剧演到最激动人心的部分，慕非凡穿着白大褂，趴在台阶上一格一格地写上"I love you（我爱你）"，又悄悄涂掉。现场很多观众都落泪了，薛珍珠抹着眼睛，哭得稀里哗啦。

闫星心里也觉得酸酸的，她抬起手看看自己的卡通草莓手表，时针指向下午4点59分，这部话剧的时间比想象中长，看来5点是结束不了了。

又过了一会儿，穿着病号服的关巧巧从舞台一侧出现。她憔悴不堪地坐在轮椅上缓缓向前，慕非凡从台阶上直起身子，黑曜石般的眼睛里闪烁着泪光，专注地盯着朝台阶前进的恋人。按照这样的剧情，下一秒，慕非凡就要单膝跪在关巧巧面前，向她告白了吧？闫星一边想，一边分神瞥了一眼自己的手表。秒针"嘀嗒，嘀嗒"地走着，终于"咔"地一下，和分针重合——5点到了！

接下来，令人震惊的一幕出现了！

台上慕非凡的身影忽然晃动了一下，他那精致如玉的面容上闪现出一瞬间的茫然，随后转过身直直朝VIP座走去，在薛珍珠面前单膝跪下了！

"亲爱的珍珠小姐，"慕非凡那张薄唇一张一合，灿若星辰般的眸子深情地盯着薛珍珠，"今天是你的十八岁生日，祝你生日快乐！"

第二章
复仇者不联盟

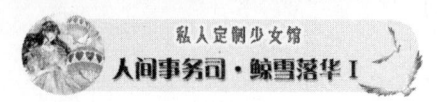

1

闫星震惊地张大了嘴巴,好半天合不拢,薛珍珠更是一脸痴呆地坐着,直勾勾地看着慕非凡。舞台灯光师不明白发生了什么事,白色的聚光灯一路跟着他,整个场面像是精心设计好的惊喜。

"我听说,你一直很喜欢我,拥有你这样的粉丝,是我的荣幸。"慕非凡那张俊美的脸上浮现出一抹微笑。

闫星越听越心惊肉跳……这些话怎么都那么耳熟啊?

舞台上,一身病号服的关巧巧也一脸莫名其妙地从轮椅上站了起来,此刻台下观众的注意力都被慕非凡吸引了。整个剧场里鸦雀无声,除了慕非凡低沉醇厚的嗓音,连一根针掉到地上的声音都能听到。

"从今以后,我希望你所有的心愿都能达成,所有的梦想都能实现,所有的付出都有回报。珍珠,你和你的名字一样美丽,你一定要幸福。"

薛珍珠双眼发亮,满脸通红,激动得一句话都说不出来。一旁的闫星僵在原地,她死死盯着慕非凡,红润的小脸毫无血色。

薛珍珠被从天而降的"大奖"砸昏了头,已经失去了理智,只顾得上拼命点头。观众们开始慢慢回过神来,昏暗的大厅里响起了窸窸窣窣的议论声。

"这是什么情况?在拍综艺节目吗?"

"这部话剧有这个环节吗?没听说过啊,粉丝福利?"

"啊!慕慕好帅!好羡慕这个粉丝啊,要是我也能得到慕慕的生日祝福就好了!"

《琥珀色阶梯》早在公演前,就在许多视频网站上发布了广告。国民女演员慕澜导演的第一部话剧,人气偶像独子慕非凡主演,其他演员皆是当红明星。如此大的噱头,自然引来了大批媒体记者。慕非凡还在祝薛珍珠生日快乐时,现场就响起了"咔嚓咔嚓"的相机快门声,一时间白光不断,闪得人眼睛发花。

"哇!大新闻,天才偶像慕非凡,疑似圈外女友曝光!"

"快快快!快写采访提纲,结束后立马堵住那个女生,别让她走了!"

媒体记者们像是中了彩票一样,兴奋得两眼发光,现场一片混乱吵闹,眼看这出悲伤的爱情剧被扭转成一场闹剧。后台的工作人员纷纷聚集起来,手足无措地商量解决办法。

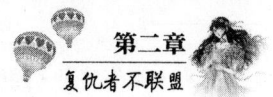

第二章 复仇者不联盟

"导演,现在怎么办……"

慕澜隐身在舞台一侧,洁白光滑的额头上蹦出几根青筋。她被誉为"冻龄女王",即使四十岁了,面容也如二十岁少女一般精致美丽。可是今天,她快要被亲生儿子活生生气出几道皱纹来。

"非凡这臭小子,到底是在搞什么?"

助理孙继站在慕澜身后,担忧地问:"澜姐,现在要不要让保镖下场把非凡拉回来?"

慕澜抬眸,看向骚乱的观众席:"不行,现在让保镖出场会引起更大的骚动,看来只有暂时中断话剧了……"

这时,一个颀长的身影从舞台侧面的黑暗中走了出来,走到慕非凡身边,顿时观众席发出一阵尖叫,相机闪光灯的白光闪得更热烈了。

"是郁辛煌!"

此刻,慕非凡已经说完了一长串的肉麻台词,他起身站了起来,却低着头不发一言,让人看不清表情。郁辛煌立在慕非凡身侧,温润如玉的脸上带着一抹微笑,高大挺拔的他穿着话剧里的黑色西装,整个人散发着神秘而稳重的气息。

也许是闪光灯太晃眼,不知道为什么,闫星觉得郁辛煌好像瞥了她一眼,他温润的眸子里闪过一道莫名的光。

"郁辛煌?他也去凑什么热闹?"

慕澜有些抓狂,所幸郁辛煌没有做出什么出格的举动。他微微抬了抬手,洪亮的声音响彻剧场:"大家今天能来到我们《琥珀色阶梯》的公演现场,真是万分感谢!"说着,他朝观众席深深地鞠了一躬,"对于刚刚发生的事,大家请不要误会!我们在筹备话剧的一年时间里,大家都给予了极大的支持。据说公演门票刚刚开始发售,不到五秒钟,网络订票就被抢购一空!"

郁辛煌的嗓音清越悦耳,如同炎炎夏日的清凉饮料,让人心旷神怡,现场安静了下来,观众们耐心地听他说下去。

"因此,为了回报各位的厚爱,我们也特意准备一点点粉丝福利,"他狡黠一笑,"当场抽取一位今天过生日的观众,让我们的主演——慕非凡,为她献上特别的生日祝福!"

郁辛煌的话音刚落,全场的气氛就被引爆了,观众席响起粉丝们热烈的议论声,快要把大剧院的屋顶掀翻。相比之下,媒体记者则蔫得像霜打的白菜。

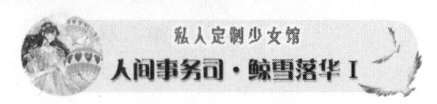

"好好噢!这个女生真是太幸运了!"

"什么嘛……原来只是准备好的粉丝福利啊。我就说,慕非凡说话怎么一套一套的,那么公式化,一点儿也不像他的风格。"

"我也想今天过生日!讨厌,为什么我不是处女座?"

郁辛煌宣布完这个消息,朝闫星微微一笑,就拉着一旁的慕非凡往舞台走去。

目送着两位偶像的背影,薛珍珠捧着脸喃喃地说:"星星,你再掐我几把,我不是在做梦吧……这真是我有生以来最刺激的一个生日了……"

然而,此刻的闫星一句话也说不出来,她瘫坐在座位上,脑海里不断回放着刚才的画面——

难道这一切,真的只是剧组准备的惊喜吗?

可为什么,慕非凡的表现、动作,甚至说出口的台词,都和她昨天晚上剪辑的视频一模一样?

话剧已接近尾声,慕非凡很快调整好状态,感情真挚地上演了一幕生死别离。虽然他的演技还是那么精湛,但刚刚那一段插曲实在是太令人震撼,大家都还沉浸在其中。剧情进行到最后,女孩去世时,大家也都只是礼貌性地鼓了鼓掌,完全没有陷入哀伤的气氛中去。

全体演员鞠躬谢幕后,酒红色的幕布缓缓落下,观众们一个接一个地离场。大概是刚才太紧张,一放松下来,闫星就感觉到肚子一阵阵抽痛:"珍珠,我先去一下洗手间。"

薛珍珠点点头,坐在座位上等闫星,正等得百无聊赖时,一位西装革履的男士走了过来,语气温和地对她说:

"这位小姐,我是慕澜导演的助理,因为您被抽中成为我们《琥珀色阶梯》的幸运粉丝,所以我们剧组有一份小礼物想要送给您!请跟我来。"

"好啊,好啊!"一听还有礼物,薛珍珠顿时把好闺蜜抛到了九霄云外,乐呵呵地站起来就走。闫星从洗手间出来时,就看到薛珍珠跟在人家身后走进后台的一幕。

"喂?珍珠!"闫星三步并作两步跑了过去,临到后台入口,她被两个黑衣保安无情地拦住了。

"对不起,这位小姐,后台只有工作人员才能出入,请出示您的工作证。"

"工作证?"

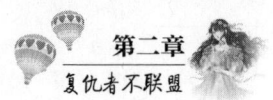

第二章 复仇者不联盟

她哪来的工作证啊？闫星傻眼了，打算留在原地等薛珍珠出来，然而转念一想，以她对薛珍珠的了解，平时光是对着慕非凡的海报都能犯傻，要是见到真人，薛珍珠指不定会惹出什么大麻烦。回想刚刚慕非凡替薛珍珠庆生的那一幕，怎么想都诡异，闫星实在不放心薛珍珠一个人待在剧组后台。

"那个……我刚刚出来上厕所，工作证忘带了。两位大哥，你们就放我进去吧！"闫星随口扯了个谎，就要趁机往里跑，被黑衣保安眼疾手快地拎住了衣领。

黑衣保安中个子较高的那一个，上下扫视了闫星几眼，鄙视地说："小姑娘，你一点儿也不像这里的工作人员。你这样的追星族我见多了，还是老实点儿回家吧。"

"两位大哥放开她吧，她是我新来的助理。"

闫星正一筹莫展时，一个清亮悦耳的男中音从她的身后响起，如春风般吹进了她的心里。她扭过头，看到来者，顿时呆立在原地。

那张白皙英俊的脸的主人，正是大明星郁辛煌，他朝闫星微微一笑，宛若春花绽放。

"她是您的助理啊？那进去吧，进去吧。"

黑衣保安松开了手，好心地叮嘱："小姑娘以后别忘了带工作证啊，现在的粉丝实在是太疯狂了，万一伤害到你家老板怎么办？"

"放心吧，下次不会了，我一定提醒她注意。"郁辛煌推了推闫星的肩膀："还愣着干什么？进去吧。"

闫星这才如梦初醒，亦步亦趋地跟在郁辛煌身后，一路畅通无阻地来到了剧院后台。工作人员都在忙碌地打扫场地，做收尾工作。郁辛煌虽然是大明星，却一点儿都没有明星的架子，他亲切地叫出遇到的每一位工作人员的名字，就连在剧场打扫卫生的清洁工阿姨，他也十分熟稔地打起了招呼："谢谢，您今天辛苦了。"

郁辛煌带着闫星走进消防通道，往楼上走去，这里与嘈杂的后台相比，明显安静了许多，也没有什么人。闫星缩着脖子跟在他身后，安静得像只小猫。

"好了，你是来找你朋友的吧？我刚刚看到慕澜姐的助理孙继带她进来，他们应该就在这一层。"两个人在二楼停下，郁辛煌转过身对闫星说，"不过慕澜姐很讨厌别人擅自进入她的私人领地，你最好不要被她发现，找到朋友就快回家吧。"说完，他就要离开。

"等等！"闫星下意识地出声。

郁辛煌挑了挑修长好看的眉毛。

闫星抬起头，鼓起勇气道谢："那个……谢谢你帮我！"

"行了，快进去吧。"郁辛煌哑然失笑，摸了摸她的头。

注视着郁辛煌那顾长清俊的身姿消失在楼梯间，闫星心中漫过一股暖流，真想不到，大明星郁辛煌私下的性格居然这么好！这么温文尔雅，给人一种帅气的邻家大哥哥的感觉。忽然之间，她也能理解一点点粉丝的感受了……拥有一个这么优秀的偶像，感觉也不赖嘛。

推开消防通道的门，闫星走了进去。走廊上空荡荡的，十分寂静。夕阳的余晖透过走廊尽头的玻璃窗投射进来，将大理石地面都染成了淡淡的绯色，闫星不敢大声叫嚷，只能小心翼翼地迈着步子，路过每个房间时都小声问一句。

"珍珠，珍珠你在吗？"

经过四五个房间都没人回答，正当她暗暗担心时，忽然身后传来一道严厉的女声："我已经提前把这一层的人都清空了，你跟我过来，我们必须得好好谈谈。"

听到这个声音，闫星想到了郁辛煌的叮嘱，顿时吓得左右看了看，发现右手边一个小房间开着门，她来不及多想，一溜烟地钻了进去。

刚关上门，她就听到高跟鞋的声音朝这边而来——

"笃笃笃……"

我的天啊！千万不要是这间啊！

闫星拼命在心里祈祷，老天爷好像听到了她的呼唤，高跟鞋声经过她所在的房间，进了前面的房间。她松了口气，这才有心思打量起自己所在的房间。

这是一个不大的隔间，鹅黄色的天花板和墙壁十分温馨，墙的一侧放着舒适的沙发，另一侧的柜子上并排放着咖啡机、点心和零食。

难怪之前她路过的每一间房都紧闭着门，唯独只有这间没有……这个是茶水间呀！

"你老实告诉我，那个女生是什么人？"

忽然之间，那个严厉的女声又响了起来，无比清晰地传到了闫星的耳中。她吓得扭过头，看向声音传来的方向……原来茶水间和隔壁的房间，只有一层玻璃之隔，虽然玻璃上贴着墙纸，看不见彼此屋内的情况，但说话的声音却可以听得一清二楚！

2

隔了好一会儿，一道低沉而富有磁性的男声响起，带着三分懊恼，七分疲惫。

"我也不知道她是什么人……"

这不是慕非凡的声音吗？闫星一下子便听了出来，他们口中的那个女生……说的不会是珍珠吧？她将耳朵悄悄贴到玻璃上，想要听得更仔细些。

"不可能，你要是不认识她，又怎么会不顾话剧还在公演中，就跑下去祝人家生日快乐？"

"我是真的不认识她。"

另一个房间中，慕非凡还穿着话剧中的白大褂戏服，他捋了捋自己乌黑的短发，一脸搞不清楚状况的表情。回想起刚刚自己做的事，他只觉得脑子里一片空白。

慕澜蹙起秀丽的眉毛，伸手摸了摸儿子的额头："你是不是发烧了？半个小时前发生的事竟然不记得了？"

"我没发烧！"

"没发烧怎么会做这种没脑子的事？"慕澜的柳叶眉高高挑起，"你知道我花了多长时间来创作这个剧本，这部话剧对我来说有多重要吗？当初要不是觉得郁辛煌的年纪更适合演女主角的哥哥，我也不会让你来担当男主演！"

"我知道！"慕非凡烦躁地揉了揉头发，"对不起，我也不知道自己怎么回事……"

"一句不知道，就毁了我准备一年的心血！当场制造演出事故，慕非凡，你可真是好样的！"

慕澜恼怒地站起身来，面对她的指责，慕非凡白皙如玉的面容上笼罩了一层寒霜，却还是欲言又止。

母亲演了一辈子戏，年轻的时候被人誉为"国宝级女演员"，却在最红的时候生下了他，一直尽力栽培，给他最优渥的生活。然而，她陪在他身边的时间从没超过一个月……母亲一直都那么忙，有拍不完的戏，拿不完的奖。直到他开始慢慢在影视界崭露头角，可以与她共事，但她又去了国外进修导演和戏剧学……

虽然在血缘上，他是母亲在这个世界上最亲的人，但他却不敢笃定地说，自己明白母亲的抱负和理想。她的梦想不仅仅是成为最好的演员，她还有满腹才华想展露给世人看。

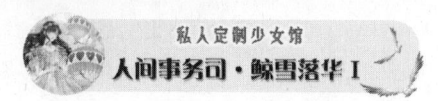

她是世上最骄傲的女人,也是他永远仰望的、高高在上的那一颗明星。

整个房间都陷入了令人尴尬的沉默,慕澜缓和了语气,但还是有些生硬:"算了,这件事多亏了郁辛煌,才顺利遮掩过去。不过,我希望你以后好自为之,我再也不想看到这样的情况发生。"

"我已经让孙继借着送礼物的由头问过了,他说那个女生只是一个平凡的追星族。她一直认为是自己幸运地中奖了。"话虽如此,慕非凡疏朗的眉宇之间仍然藏着一丝疑惑。

"这件事你们决定吧,我现在只想着怎么才能让这场闹剧不要上明天的头条。"慕澜意兴阑珊地站起身,离开了房间。

慕非凡一动未动,站在原地陷入了沉思。话剧中发生的生日告白事件实在是太诡异了,当时在那一瞬间,好像有一阵风吹过,他的眼前被笼罩上一层薄雾,行动和语言就完全不受控制了……现在想起来,从走下舞台到单膝跪下说出那段告白,他整个人像鬼迷心窍了一般,关于薛珍珠的记忆也变得十分模糊。

想不出什么头绪,他只好懊恼地离开了房间。

过了五分钟,隔壁的房门"吱呀"一声被打开,露出闫星那张震惊而苍白的小脸……她听到了什么?

演出事故?

这么说来,珍珠并不是被抽中的幸运粉丝,而这一切是怎么发生的,就连慕非凡自己也不清楚。

一时间,闫星背后沁出了冷汗,一种毛骨悚然的感觉袭上了她的心头。

"星星!"

薛珍珠那熟悉的声音从背后响起,闫星扭过头,看到她不知道什么时候出现在走廊的尽头,脸上带着灿烂的笑容,怀里还抱着一个巨大的绵羊布偶玩具。

"星星,你是来找我的吗?刚刚孙助理带我去领礼物了。"

她迈着轻盈的步子跑过来,开心地举起手里的布偶:"看!他们还送了我礼物……星星?星星!"

见闫星在茫然地发着呆,薛珍珠奇怪地伸手在她眼前挥了挥,这才勉强把闫星的注意力拉了回来。

薛珍珠开心地挽着闫星的胳膊去"元气小屋"吃烤肉,这是一家她期待已久的烤

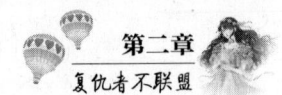

肉店，在千照市人气很高。不过今天，她的注意力已经不在美味的烤肉上了，她拽着闫星的手，叽叽喳喳说个不停。

"星星！我今天真是太开心、太幸福了！"

美食、礼物、最喜欢的偶像的话剧，她都有了，而且话剧中途慕非凡还像王子一般朝她走来，祝她生日快乐……薛珍珠这有限的十八年人生中，还从没有遇到过这么走运的事！

激动地说了半天，薛珍珠回过头发现闫星一脸心不在焉地听她讲话，她吐了吐舌头："星星，不好意思噢，我太高兴了，是不是忽略你了啊？"

"啊？不，没有啦！"闫星反应过来连忙否认，犹豫了一会儿，她又压低声音开口，"不过，珍珠，你不觉得自己被抽中为幸运粉丝的这件事很奇怪吗？"

"有什么好奇怪的……"薛珍珠嘟囔了一句，忽然大笑起来，"啊哈哈哈！我想起来了，三年前我们去小卖部买零食，你中了一张五十块的刮刮卡，为了领奖掉进池塘里差点儿淹死。从那以后你就再也不相信这种天上掉馅饼的事了！"

她无情嘲笑："哈哈哈！星星，你的阴影要不要这么深啊！现在还害怕呢？"

闫星无言以对，郁闷地低下头咬了一口烤肉。

不说了，再说下去一定会被薛珍珠这家伙气死！

3

夜之女神悄悄地降临了这座城市，温柔的月色下，整个星宙大学仿佛散发出淡淡的光，夏夜的蝉鸣和蛙声犹如和谐的奏鸣曲，让人忘了烦恼和忧愁。

回到宿舍后，尽管躺在床上好久，薛珍珠仍然翻来覆去地说着慕非凡有多么帅，当他的粉丝多么幸福。

"你知道吗？近距离看他本人，他的皮肤比女生还要好，连一点儿毛孔都看不到！"

"哎呀，该死！明天我们还要参加运动会呢！可是我睡不着怎么办？我现在一闭上眼，脑海中就会浮现他的眉眼……他好看得像漫画里的人物！"

"哈哈！明天的娱乐微信公众号，一定会写今天的事！哎呀，我会不会上镜不好看啊？早知道就化妆化得隆重点儿了！"

薛珍珠拉着闫星一直聊天到凌晨，直到睡意来袭，她才打了个哈欠："星星，谢谢你为我准备的生日礼物，我像做梦一样，真的好喜欢……明天我请你吃你最喜欢的麻辣小龙虾……"

正说着，薛珍珠对面床铺的鹅黄色纱帐颤动了一下，随之被挑开了一丝缝隙，闫星从里面探出头来。

"珍珠，你的邮箱今天没有收到什么邮件吗？"

"邮件？"薛珍珠莫名其妙，打开手机里的邮箱看了一眼，"没有啊！没什么邮件。"

"真的没有？"闫星不死心地问。

"只有我们常去的那家甜品店给我发了祝贺邮件，除了这个就什么都没了。"

闫星琥珀色的眼睛一下子瞪圆了，薛珍珠奇怪地问："怎么了？我的邮件有什么问题吗？"

"不，没什么……"闫星心事重重地拉上蚊帐，脑子里乱哄哄的，像是被人灌了糨糊。

从大剧院出来以后，闫星就隐隐有一种感觉——慕非凡突然给珍珠庆生这件事，跟自己昨晚剪辑的视频好像有关系。

可就在刚刚，她打开邮箱，却死活都找不到应该在五点钟发送给珍珠的那封邮件，一开始闫星以为邮件是被自己误删了，点开鲸羽，她却发现昨晚制作好的视频居

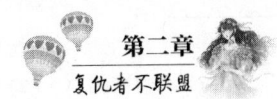

然不翼而飞了!

这不可能啊!

手机一整天都在她的手里,况且别人也不知道她的开锁密码。再说了,谁会无聊到这种程度,特地跑来删除一条视频呢?

"星星?星星你睡了吗?"

从对面的床铺传来薛珍珠的呼唤,可闫星没有心情回答,她还在鲸羽里翻来覆去地找自己昨晚制作的视频。薛珍珠低唤了两声没有得到回应,以为闫星太困睡着了,也跟着安静了下来。

就在满腹困惑时,闫星无意中瞥见屏幕的最下方有一个绿色的进度条,上面显示着1%这样的数字……这是她昨晚没有见到的。

她见过这样的进度条,以前玩过的好几款可爱小游戏里,在等待着登录和任务更新时,都会出现。一般等到进度条满100%时,就会解锁新的任务和画面。

鲸羽的100%,难道也会出现什么新功能?

窗外的知了渐渐放缓了鸣叫,尽管是炎炎夏日,空调源源不断输出的冷气却让室内温度凉爽宜人,闫星放下了手机,心里很不安。

漫漫长夜,夜空中的星星如同璀璨的钻石,在一闪一闪地等待着人们去攫取。广袤的黑暗宇宙中,也仿若这星辰一般,蕴藏着无数的秘密与宝藏。

第二天中午,薛珍珠守诺带闫星去闫星最喜欢的路边大排档吃了麻辣小龙虾,虽然一直有传闻说学校附近的大排档卫生质量堪忧,但薛珍珠和闫星都没当一回事。可是到了下午学校运动会要验收军训成果时,园林(1)班都已经换好了迷彩服,整装待发。广播里也已经开始广播——"下面,我们欢迎来自园林系园林(1)班的同学们……"闫星的肚子却突然疼了起来。

"不行了,不行了,我肚子好痛。"

"闫星!"同班的卫薇目瞪口呆,"你……你为了不穿神奇女侠的衣服这么拼?"

一颗颗汗珠从闫星苍白的额头上滚落下来,此刻她痛得甚至站不直身子,班上的同学见她这副样子,也都不敢劝闫星继续在军训方队里举牌。广播里已经催了三遍,班长宁曦当机立断:"闫星你别去走方队了,万一出什么问题更加麻烦。"

星宙大学一直都是千照市学风最自由的学校,每个系的上课和活动时间都不同,

于是一年一度的运动会,就成了学校的头等大事。为了让人有耳目一新的感觉,学生会会长高媛特意在每个班都安排了一位同学,扮演成漫画里的英雄人物走在最前排,可轮到园林(1)班出场时……

"奇怪,他们班怎么没有举牌的人?"

一位老师眺望着操场不经意地问,领奖台一旁的高媛听见了,蹙起秀气的眉头,低声问身旁的女生:"园林(1)班没有安排人举牌吗?"

"怎么会?会长您忘了吗?我们上次在餐厅遇到的那个叫闫星的女生,是您亲自指定她扮演神奇女侠的!"

"那她怎么没来?"

"不想丢脸,临阵脱逃了呗!"

听了这番话,高媛不悦地抿了抿樱色的嘴唇,美丽的脸上掠过一层阴霾,这可是她成为学生会会长以来,第一次负责举办大型活动。现在随便一个新生,就可以不把她的话放在眼里了吗?

园林(1)班在操场上走完一圈后,去卫生间解决完个人问题的闫星才姗姗来迟,可她还没站进自己班的队伍里,和她关系好的几个女生就迎了上来。

"闫星,糟糕了!"卫薇焦急地拉住她,"不知道怎么回事,你被学生会盯上了,刚刚学生会会长高媛亲自过来,说你擅自缺席军训成果验收,要记过处分!"

"对啊,班长和我们都替你求情了,可是根本没用。"

"你是怎么得罪高媛的?说你身体不舒服,她还不相信,非认为你是装的。"

女生们七嘴八舌地询问闫星,听得她欲哭无泪……不是吧?学生会会长居然报复心这么重?记过处分?

"那我马上去找她解释清楚……哎哟,不行,肚子又疼了……"

闫星刚要转身去找高媛,但腹中马上又传来"咕噜噜"的声音,她只得惨白着一张小脸继续往洗手间跑。她跑出好远,女生们仍能听到她怨愤的喊声。

"小龙虾害死我了!"

第三章
我的人生拒绝霸道总裁

Renjian Shiwu Si · Jing Xue Luo Hua I

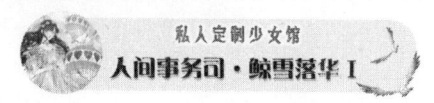

1

好不容易熬到运动会结束，回到宿舍，闫星和薛珍珠两个人第一时间就躺在了床上。

"我……我不行了……"

闫星拉了一下午的肚子，腿肚子都开始抽筋，就快要虚脱了。

"星星，你要不要喝热水？我去给你倒。"

薛珍珠挣扎着要从床上爬起来，被闫星虚弱地阻止："不用了，珍珠……我不想喝水，况且你也这么累……"

薛珍珠也很倒霉。她因为不吃小龙虾而逃过一劫，不卫生的食物全被闫星吃了，害得闫星狂拉肚子不说，还被记了过。于是愧疚的薛珍珠完成自己报名的比赛后，自告奋勇地帮闫星跑了五千米的长跑项目，又到保健室找姜老师给闫星开了药。她一整天四处奔波，丝毫没有闲着，也是累得够呛。

"那早点儿睡吧，星星。我今天不洗澡了，先睡一觉，明天再说……"

摊在柔软舒适的床上，薛珍珠很快就进入了沉沉的梦乡，而另一张床上的闫星却睁大眼睛看着天花板，怎么也无法入睡。鬼使神差一般，她摸出手机在搜索引擎里输入"星宙大学运动会"的字样，屏幕界面上就跳出了学校的官方微博，上面发布了一大堆运动会实况视频。

学生会对这一届的运动会非常重视，还请了专业的摄影师来拍摄，闫星没费什么力气就在视频中找到了园林（1）班的方阵队伍。视频中，园林（1）班的队伍最前端光秃秃的，没有人举牌领队，走正步和变换队形全靠班长的口令，然后镜头一转，便是看台上高媛阴沉着脸的画面。

看来会长真的很生气……闫星的心也跟着沉了下去，她的处分恐怕是无力回天了。

她心不在焉地翻看着手机搜索记录，不经意间，手指划过屏幕，身着红袍的侠客视频又开始播放。闫星目不转睛地看着慕非凡的清俊身姿，最后画面定格在他回眸的惊鸿一瞥上。

忽然之间，她的脑海中冒出了一个念头……慕非凡在出演话剧时的奇怪表现，会不会是因为受到了鲸羽里的剪辑视频的影响？

"不可能的啦……"闫星自言自语地反驳道。

第三章

世界上怎么会有这种超自然的事？她可是从小学一年级开始，就再也不相信神仙和圣诞老人了！

不过，既然这种事不可能发生，那么她试试看把自己PS到视频里，应该也不会有什么改变吧？

"就当是安慰一下自己吧。"

于是她花了五分钟，把自己PS进了星宙大学运动会视频的方队里，然后把手机扔到一旁睡觉了。

徐徐的微风吹拂过院子内的石榴树，发出"沙沙"的声响，在温柔的夜色中，闫星做了个奇怪的梦——在梦里，她直接回到了运动会的当天中午，在穿着神奇女侠的清凉装束排练完之后，薛珍珠过来找她。

"还愣着干什么，星星，跟我走啊！我们去吃小龙虾！"

梦里的薛珍珠笑眯眯地来拉自己的手，闫星迷迷糊糊地跟着踏出了一步，忽地反应过来："不不不！不行，我不能吃小龙虾！"

虽然只是梦，但这个梦也太逼真了吧？完全重现了悲剧的开始！

闫星告诫自己，即使在梦里也不能重蹈覆辙，坚决不能吃小龙虾！

薛珍珠百般劝说无果，只好请闫星去学校的餐厅，吃了一份普普通通的蘑菇培根炒饭。到了下午军训方队上场，闫星果然没有再肚子疼，成功穿上了那件丢脸的神奇女侠装，在一片哄笑声中走完了队列。

第二天清早，闫星在一片清新的植物芬芳中醒来。睡眼蒙眬中，她只觉得浑身像泡在热水里，每一个毛孔都张开，舒适得让人想大大地长吁一口气。

"星星，一大早叹什么气呢？快起来，大学第一堂课你就要迟到呀？"薛珍珠不知道什么时候已经穿戴整齐，站在闫星的床边大喊道，"快八点啦，大小姐！"

闫星一骨碌从床上爬了起来，看了眼手机上的时间："糟糕！快迟到了！"

她赶紧以光速开始穿衣洗漱，随后顶着满脸的白色洁面泡泡说道："珍珠，记得下午提醒我去学生会。就算没什么希望，我也要去找找高媛学姐，万一她今天心情好，答应不给我处分了呢？"

"处分？什么处分？"

闫星洗了一把脸："记过处分啊！你失忆了？昨天我肚子疼没赶上方队举牌。"

"你在开玩笑吗？你哪有没赶上举牌？"薛珍珠奇怪地看着她，"你昨天的神奇女侠装还'惊艳'了全校，大家都被逗得哈哈大笑呢。"

"不是啊！我明明……"闫星的话说到一半，戛然而止，她看着薛珍珠的脸上浮现出疑惑的神情，心头像是被什么东西猛地砸了一下，顾不上多想，就拿起手机迫不及待地点开鲸羽——

果然，昨天晚上睡前PS的视频又不见了！

"不是吧……"她瞪大了眼睛。

闫星又去搜索星宙大学的官方微博，翻到园林（1）班的视频，原本空荡荡的前排居然真的多了一个身影：蓝色披风包裹着一个娇小的身躯，金色头箍下是一张熟悉的脸，那个人举着园林（1）班的牌子正往前走……

这不是自己吗？可她明明因为肚子痛没有赶上呀！这个视频到底是怎么回事？

实在是不敢相信这件诡异的事，闫星匆匆忙忙地赶到植物学教室，园林（1）班的同学们都已经到了，大家熟稔地跟她打招呼，纷纷调侃她昨天的奇葩装束，压根就没人记得她昨天并没有赶上举牌的事。

这到底是怎么一回事？大家的记忆是怎么了？

下了课，闫星躲进洗手间，一遍又一遍地看着自己的运动会举牌视频……视频里的自己步履从容，神态也很自然。

"在看什么？"

冷不丁地，一个清亮的女声在耳边响起，闫星吓了一跳，扭头一看，学生会会长高媛居然站在她的身后，而且看着她的眼神十分赞赏！

"昨天举牌表现得不错，"见闫星在看昨天的视频，高媛向来冷若冰霜的脸上居然带了几分笑意，"以后再接再厉。"

闫星眨眨眼，目送着高媛的背影离开，手机"咣当"一下掉到了洗手池里。

这……真是活见鬼了！

2

整个上午，闫星都精神恍惚，不是走路差点儿掉进沟里，就是上课拿倒课本。中午在餐厅喝汤时，薛珍珠终于忍不住开了口："星星，你看看你手里。"

"什么？"闫星回过神来，这才发现自己正举着一把叉子舀汤喝。

"你今天怎么这么奇怪？"薛珍珠那双漂亮的丹凤眼里满是担忧，"哪里不舒服吗？一直都心不在焉的。"

"没……没有啦……可能是拉肚子的后遗症。"闫星心虚地隔着衣服摸了摸口袋里的手机。

"拉肚子？我们天天一起吃饭，你什么时候拉肚子了？严重吗？"薛珍珠闻言十分惊讶。

闫星这才惊觉，现在在薛珍珠的记忆中，自己吃小龙虾拉肚子的事已经完全不存在了。她胡诌了个理由搪塞了过去，下午薛珍珠有课，于是两个人从餐厅出来后便分开了。

闫星一个人回到宿舍，躺在小床上，忧心忡忡地盯着手机屏幕里的小绿芽图标看，一阵莫名的茫然袭上心头，空落落的，十分不真实。

她好像遇到了一件不得了的事……

抬起手轻点屏幕，熟悉的羽毛飞散特效过后，鲸羽嫩绿色的页面映入闫星的眼帘，舒缓悦耳的背景音乐也没有什么变化，然而她的脸色"唰"地一下变了，眼睛直勾勾地盯着屏幕的最下方——

原本显示1%的进度条，现在已经悄悄地增加了一点儿，变成了"2%"的字样。

闫星脑子里仿佛有根弦一下子绷紧了，她赶紧点进鲸羽里"我的账户"页面，接着又点进"我的账户"中的"设置"，找了半天，终于在"设置"页面的最下端看到"关于鲸羽"的选项，里面果然如她猜想，是之前被她忽略掉的《用户使用协议》。她一条一条仔细地看过去，前面很多冗长烦琐的条款都和她下载过的很多APP一样，枯燥无味，看得让人直打哈欠，只有一条是她从来没见过的——

本软件只允许一对一使用，如需中途改变使用者，必须是上一任使用者卸载，并确认放弃。

这是什么意思？

闫星蹙起了眉头，她还没来得及细想，鲸羽猛地闪过一道白光，发出一声悦耳的

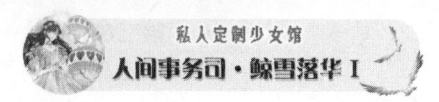

"叮咚"声,随之弹出了一个可爱的绿色卡通对话框。

亲爱的客人,您已经使用可爱的鲸羽APP一周啦!相信您也发现,使用我,您可以随心所欲地改变过去和未来,这种感觉怎么样?是不是很刺激?

作为鲸羽的第一位使用者,既然缘分大神神奇地让我们相遇,那么,就请挥动您的小手指,来为鲸羽打分吧!

请从以下几个选项中选择:

A.五星好评!谢谢鲸羽,让我的生活有了神奇的改变!

B.我要吐槽!什么垃圾软件,害我倒霉死了!

C.拒绝评论,下次再说。

"什么玩意儿?"

闫星吓得差点儿把手机甩出去,她点进APP Store,看了看这款APP的评论区,一片空白……也就是说,自己还真的是鲸羽的第一位使用者!

她手忙脚乱地退出了鲸羽,发现自己起了一身鸡皮疙瘩。

"不不不,现在是二十一世纪,人类发明了无线网、外卖送餐,派出的探测器都登上了火星,这是一个科学的世界……"闫星一边碎碎念着,一边忍不住疯狂地揉乱了头发,"啊啊啊!怎么可能会有这种事?"

"就算有这种事,为什么会发生在我身上?"

她从小就是公认的好学生,从不做出格的事,人生中唯一的奇遇就是很久以前中彩票,因此还差点儿被淹死……从那以后,她就更加坚定了"要循规蹈矩,平凡过一生"的信念。

然而没有人可以回答闫星的问题,静谧的房间里,只有翠绿繁茂的植物散发出清冽的芬芳,久久萦绕。

"星光闪耀,重拾回骄傲,今夜谁能摘得荣耀……"

欢快的手机铃声响起,打断了闫星崩溃的情绪,来电的是一个陌生号码,她奇怪地接了起来:"喂?"

"请问是闫星同学吗?"一个陌生的男声从电话那头响起,"这里是星宙大学教务处,现在请你过来一趟,你的监护人在等你。"

"监护人?"她茫然地重复了一遍,脑子里忽然"嗡"地响了一下,猛地从床上

坐了起来。

十分钟后,闫星气喘吁吁地跑到了教务处。

今天是星期三,除了教务处的老师以外,还有很多学生在帮忙整理卷宗,所以当她一推开玻璃大门,冲着站在办公桌前一位身着黑色西装的高大青年怒吼时,大家都吓了一跳。

"闫笑!你来干什么?"

青年原本正双手插口袋,欣赏着墙上学生的画作,他听到闫星的吼声回过头来。他二十四五岁的年纪,长得白净秀气,清瘦的身材包裹在笔挺雅致的西装里。细长的眼睛带着淡淡的凌厉,红润的嘴唇抿成一条直线,好像随时都流露出不赞同的表情。

"闫星,谁教你在公共场所这么大声的?你的教养呢?"

"反正不是你!"闫星粗声粗气地说。

"我是你哥!我不教你谁教你?"青年清秀的眉毛微微蹙起,又转过脸向桌后的老师道歉:"不好意思,我这个妹妹被宠坏了,比较任性。"

虽然看起来和闫星并不像,但眼前这位穿黑西装的青年,的确是年长她六岁的哥哥闫笑,也是父母去世后,辛苦抚养她长大的唯一的亲人。小时候兄妹俩关系还不错,但自从前些年闫笑在国外攻读工商管理,回国以后接手了父母留下的事业,变得越来越忙,两个人之间就疏远了很多。

"谁是你妹妹!"闫星气呼呼地嘟囔着,"一年半载不见人影!我去年过生日、今年考大学,你都不在!世上有你这样的哥哥吗?"说着说着,她的眼圈忍不住委屈地红了。

闫笑的神色缓和了一些,放柔了声音:"好了,这次我会在千照市待几个月,等你过完了生日再走。"

"谁稀罕!"闫星转过脸,倔强地抹了一把眼睛。

一旁的教务处老师愣愣地坐在两个人中间,尴尬地咳嗽了一声,递过一张申请表:"咳,闫星同学,是这样的,刚刚打电话叫你到教务处来,是想跟你确认一下退学的事……"

"退学?"闫星猛地转过头,"你说什么?谁要退学?"

3

"别任性了,乖乖签了它。"闫笑接过老师手中的申请表,递到闫星的手里。

闫星圆圆的小脸像纸一样苍白,她愣了好半天,才颤抖着声音问:"为什么……为什么要我退学?"

"我已经替你在M国的蒲林顿大学注册了MBA(工商管理硕士)课程,"闫笑清秀的脸上露出一丝不耐烦,"我打算送你出国读工商管理,毕业以后你就可以帮忙打理家里的产业。"

闫星大喊出声:"我不要!我对MBA一点儿兴趣都没有!我要学园林,我要留在星宙大学!"

"这种老掉牙的专业有什么好?"闫笑抬起手腕看了看表,语气又变得严厉起来,"听话,填好申请,从宿舍里搬出来。我半个小时后还有个会议,接下来的事情会有秘书替你打理。"

"你是不是听不懂普通话?我说我、不、出、国!"闫星提高嗓门,一字一顿地说,"我早就说了不喜欢做生意,为什么要强迫我做不喜欢的事?"

一时间,整个办公室都安静了下来,连根针掉在地上的声音都能听得见,老师和同学的目光齐刷刷地汇聚在这对剑拔弩张的兄妹身上。

"那个……"老师小声提醒,"闫星同学虽然还没满十八周岁,但有了身份证,就已经是成年人了,退学的决定还是需要她个人同意才行。"

"闫星!"闫笑再也没有了耐心,"你就不能让我省心一点儿吗?我这是为了你好!"

自从父母去世以后,闫笑就一手包办了闫星所有的事,不管她喜不喜欢,他总是那么霸道,让她毫无反抗的权利。每次她反抗闫笑的决定,闫笑就会搬出这套"我是为你好"的说法。她的心中如打翻了五味瓶一般,酸咸苦辣齐齐涌了上来。

"为我好……什么都是为我好!"她终于忍不住爆发了,"你要是真的为我好,为什么不能看到我喜欢些什么?不能多抽点儿时间陪陪我?只会逼我按你的决定做,这算哪门子为我好?"

"你能不能不要这么任性?我忙里忙外,难道不是为了你吗?去国外学习有什么不好?天天折腾那些破石头、花草,你以后能干什么?"

"你简直是霸道控制狂!我上什么学校你要管,我住不住校你也要管。可你能说

出我喜欢吃什么、爱听什么歌、爱看什么电影吗？你根本就不是为我好，而是为了你可怜的面子！怕别人说你妹妹整天和植物石头打交道！"

两兄妹就这样在大庭广众下吵了起来，吵到最后，闫星脑子一热，"唰唰"两下把那张退学申请表撕了个粉碎。

"死心吧！我宁愿以后再也不回家，也绝对不会出国！"冲哥哥大声吼完，闫星头也不回地冲出了教务处。

"闫星！你给我站住！"

身后传来闫笑愠怒的声音，然而那个瘦小身影仿佛没有听到一样，还是毅然地跑远了。

夏天最炎热的日子已经过去。下午两点多，金色的阳光洒在人们的身上，一阵暖风吹来，送来花草的芬芳。星宙大学的足球场上，是活力四射、正在互相追逐着的男生；三三两两的学生抱着书本从图书馆走出来，女生们的裙摆飘扬，有说不出的青春惬意。

"老妈，我知道啦！你不要这么唠叨……我要去上课啦！拜拜！"

一个女生挂断电话，迫不及待地跑向不远处等待她的男朋友，平凡的相貌也带上了夺目的光彩，一旁的林荫小道上，形单影只的闫星看着她，心中有说不出的羡慕。

在外面晃荡了好一会儿，闫星才回到109宿舍，她刚想开门进去，一摸口袋却发现自己没带钥匙，只好垂头丧气地坐在门口的石阶上。

"叮咚！"手机响了一声。闫星掏出手机一看，是薛珍珠发信息问她晚上想吃什么。她呆坐半晌，脑子里一片空白，刚想回个"随便"，视线却渐渐模糊，一滴眼泪"吧嗒"落在手机屏幕上。

想一想，她是多么可悲啊！从小到大，大家都羡慕她是家境优渥的大小姐，有把她视为掌上明珠的哥哥，吃穿用度皆是常人买不起的东西。实际上除了薛珍珠以外，连个真正关心她的人都没有。

亲人，爱人，朋友……可能得到一个，都算是非常幸运吧……

正一个人偷偷地悲伤落泪，前面的小院子里传来"沙沙"的树叶摇晃声，闫星揩了揩鼻子，泪眼婆娑地抬头望过去——

"砰咚！"

"噼里啪啦——咚！"

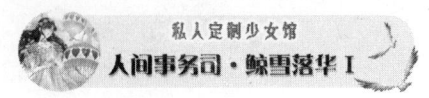

闫星先是头上挨了一下,接着,好几包花花绿绿的东西掉进了她的怀里,虽然砸在身上不疼。她愣了一下,捡起来一看,发现居然是薯片和坚果巧克力。

"喂!那边那个矮子!你过来一下。"

一个低沉喑哑的男声从前方响起,闫星定睛一看,"唰"地一下站起身来——不知道什么时候,偏僻的小院子里居然来了个形迹可疑的陌生人!

陌生人身形高大,站在石榴树旁,浑身裹着一袭黑衣。这么热的天气,他头上还戴着一顶鸭舌帽,压低的帽檐将他整张脸都遮住了。

"你想干什么?"

见她一脸警惕,黑衣男生赶紧安慰:"你别紧张,我没有恶意,只是想跟你打听一个人……"

黑衣男生正说着,忽然发现闫星满脸泪痕,忍不住惊讶地"咦"了一声。闫星更加紧张了,身体不由自主地往后退了一步:"你……你要打听谁?"

黑衣男生咳嗽一下,神秘兮兮地低声问道:"薛珍珠,我听说她住在这里的109宿舍……你认识这个人吗?"

4

"你打听薛珍珠干什么？"从一个形迹可疑的人口中听到好闺蜜的名字，闫星的心里"咯噔"一下。

"你认识她？她现在在哪儿？是在上课吗？"黑衣男生一听闫星好像认识薛珍珠的样子，连珠炮似的发问道。

闫星悄悄地打量着黑衣男生，脑海中不断掠过近日看过的社会新闻，好像最近大学里冒出了许多奇怪的骚扰犯，珍珠不是在不经意间被人盯上了吧？

这么想着，闫星一边支支吾吾地搪塞着，一边找机会逃跑。然而黑衣男生不知道是不是有意的，他竟然悄无声息地把她的退路都堵住了，如果离开就一定要经过他身边。

逃也逃不了，躲也无处可躲，闫星急得后背沁出了冷汗。

"咦？你怎么不说话啊？"终于，黑衣男生意识到了不对劲，他顿了顿又开口，"你不会认为我是坏人吧？亏我还特地带了零食。你想想，哪有坏人带着薯片、巧克力来行凶的？"说着，他向闫星走过来，伸手就来捞闫星怀里的零食。

闫星吓得浑身的汗毛都竖了起来，她"啪"地打开他的手："不要过来！"

"你这个人怎么回事？"黑衣男生生气地忘了伪装，捏着嗓子发出的细长假音一下子变成了低沉醇厚、充满磁性的男音。闫星觉得很耳熟，但此刻她无暇多想，绷紧的神经随着黑衣男生的靠近"砰"地断了，她尖叫着摸出手机："你别碰我！我要报警……打110了！"

"等等等等！"

见闫星已经开始解锁手机，黑衣男生慌了神："别冲动！我不是坏人！我是慕非凡！"

"我还是关巧巧呢！"闫星举起手用力拨号，她连摁两个"1"，眼看着那个"0"就要摁下去，黑衣男生一把扯下自己脸上的口罩和墨镜，猛地将脸凑到闫星的眼前："你看看！我真的是慕非凡！"

白皙细腻如上等瓷器的皮肤，一双如黑曜石般深邃的眼睛满含紧张地盯着她，那樱花瓣般的唇呼出的气息正往她的脸颊上喷。他又长又浓密的睫毛微微颤抖着，眉眼精致得像是艺术品。

这的确是闫星记忆中的慕非凡那张俊美的脸。

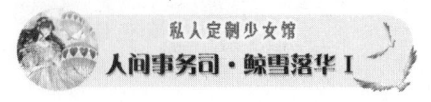

闫星一下子呆住了。

"啊！我认出来了，你就是那天看话剧时坐在薛珍珠旁边的那个女生，对不对？"和她对视了好一会儿，慕非凡突然认出了闫星，他乌黑的眉毛舒展开来，但还是有点儿不放心，"你该不会认不出来我吧？我包得这么严实，路上还是差点儿被粉丝认了出来，要不是我跑得快，就被围住了。"

能大言不惭说出这种话的，一定是偶像本人没错了。

听到这话，闫星很想给慕非凡丢去一个白眼。

慕非凡重新板起了脸，白玉似的面容绷得紧紧的："你是她的室友吧？我有很重要的事想问她，如果你告诉我的话，这些零食我都可以送给你。"

闫星下意识地看了看自己怀里的薯片，慕非凡又补充了一句："我还可以给你特别签名。"

"不用了，谢谢。"

这家伙，哪来那么大自信啊？

她满脸无奈，忽然之间脑海里闪过一道白光，想起那天自己在大剧院二楼的茶水间偷听到的话。慕非凡在非自己所愿的情况下给薛珍珠做了庆生告白，他不知道为什么，但如今的闫星知道，这一切是拜鲸羽所赐。他现在找上门来，说有很重要的事……不会就是要找薛珍珠说这件事吧？

闫星的心头升起了不好的预感，不行，她不能让他找到薛珍珠，这种匪夷所思的事，她不想把身边的人卷进来。

"你要找珍珠？下午她应该在经贸系大楼里上课，"仗着慕非凡不熟悉星宙大学，闫星故意指向相反的方向，信口胡诌道，"那边那栋黄色的楼就是了，你自己去找吧。"

"谢谢你！"慕非凡迅速戴上帽子、口罩，朝闫星所指的方向走去。

目送着慕非凡高大的背影离开后，闫星赶紧打开手机，立马毫不犹豫地卸载了鲸羽APP。不管多么神奇，受害者都找上门来了，还留着这东西，不是给自己找麻烦吗？刚才她所指的那栋楼是音乐舞蹈系的教学楼，音乐舞蹈系是整个大学里女生最多的系。作为一个遮住脸都能被粉丝认出来的超级偶像——慕非凡，你自求多福吧！

另一边，慕非凡走在大学校园里，目之所及处，都是轻松惬意的学生。他年纪很小就出名了，一直在国外接受精英教育，还真没见过这么多同龄人在一起踢球聊天。

就连路边的野花野草，都让他觉得无比新鲜。

可还没到"经贸系大楼"，他就渐渐开始觉得不对劲了。往这边走的人怎么大多是女孩子呢？路上还时不时有人偷瞥自己，指指点点……

"喂，你看，那个男生好奇怪啊。这么热的天穿这么多，还戴着口罩。"

"大概是耍帅吧！哼，再帅也帅不过我的慕非凡。"

"你别说，他的身材和慕非凡还真有点儿像……"

慕非凡不敢停下脚步，他快步走进这栋明黄色的"经贸系大楼"，把帽檐压了又压，随手拉住一个经过自己身边的男生："你好，请问你认识一个叫薛珍珠——"

"啊啊！慕非凡！"

没想到男生激动起来比女生还可怕，他一把拽住慕非凡的衣袖，满脸不敢相信地大声喊道："你是慕非凡，对不对？我是你的死忠粉啊，我看你的剧看了一百多遍！"

一瞬间，一楼大厅里所有人的视线都集中过来，大家开始蠢蠢欲动。

"慕非凡？是真的慕非凡来了吗？"

"是《绯色长安》来我们音乐舞蹈系搞什么活动吗？啊！让我过去，我要去看慕非凡！"

"在哪儿，在哪儿？慕非凡在哪儿！"

糟糕……忘了伪装声音……

顾不上找人，在被一拥而上的人潮淹没前，慕非凡一边慌张地护住自己脸上的口罩，一边甩掉男生的手，开始往楼外狂奔。跑过一间有落地窗的教室时，里面巨大的落地镜和身穿芭蕾舞衣的女生们惊醒了他。

这里根本就不是什么经贸系！

薛珍珠的室友叫什么来着？那个小矮子女生居然敢骗他！

第四章
雪弥园的秘密基地

1

当慕非凡的现身把音乐舞蹈系弄得鸡飞狗跳，引发了大骚动时，闫星已经悠闲地晃荡出了学校，在两条街外找了一家汉堡炸鸡店坐了下来，虽然知道慕非凡不太可能再来找麻烦，但为了保证万无一失，她还是躲了出去。

闫星顺手点了一份炸鸡汉堡，开始刷微信朋友圈，很快，她就看到了自己想要的信息。

喂喂美少女：天哪！听说慕非凡本人来了音乐舞蹈系，然后被围观群众吓走了，到底是不是真的？好激动啊！

"喂喂美少女"是闫星的同班同学卫薇的微信昵称，她和薛珍珠一样，是个不折不扣的超级追星族，不过她的偶像是郁辛煌。平时上课时，闫星跟着卫薇听了很多八卦，也因此加了一大群同样沉迷于追星的女生的微信。

很快，下面就有一群人回复——

是真的，是真的！我当时在旁边的露天网球场打网球，慕非凡穿着一身黑衣服跑过去，我亲眼看见了！

你居然看见他本人了！羡慕死了，早知道你叫我去运动，我就不该犯懒！

本吃瓜群众表示也看到了，他的口罩都被人抢走了，本人长得真好看。

羡慕楼上，希望我也有这份好运气，保佑我期末不要挂科就好了。

现在才开学呢，你就担心期末了……

接下来，众人的话题已经转到了课业上，一群人开始纷纷担忧起自己的专业课成绩来。教园林设计的王教授出了名地严格，听说上学期期末学长学姐们挂科非常严重。而园林（1）班从下周开始就会有他的课，因此大家难免担心起来。

"哈哈哈……"

同学们一个个都是段子手，闫星看评论笑得前仰后合，完全把先前和哥哥的争吵抛到了脑后，她的眼睛一边紧盯着手机屏幕，一边伸手去拿桌子上的薯条。

"咦？"

忽然间，闫星的手好像碰到了什么软软的东西，还带着一股温热，她抬起头扫了一眼，顿时呆住了。

她的身边不知道什么时候坐了一个穿着连帽卫衣的男生。他看起来十七八岁的年纪，小麦色皮肤，鼻高眉深，一双深邃的眼睛带着一点儿奇异的深灰。男生十分帅气，

第四章 雪弥园的秘密基地

长相充满了异域风情，一头乌黑的长发松散地束在颈后，看起来不像是千照市人。

男生津津有味地从她的盘子里拿薯条吃，不仅如此，他面前的桌上已经堆了一堆骨头，汉堡和炸鸡已经都被他吃光了！

"呃……"闫星一下语塞。

他是外国人吗？他为什么要吃我的东西？是因为出来旅游钱包被偷了吗？我要用英语告诉他警察局在哪儿吗？一瞬间，她的脑海中掠过了无数个问题，可还没想好怎么开口，卫衣男生倒是先说话了。

"喂。"

闫星吓了一跳："啊？"

"我来这里只是想提醒你一句，"男生英气勃勃的脸上神色严肃，然而嘴角的油光却显得他有些滑稽，"有些东西，不是你想丢掉就能丢掉的。"

"什么？"闫星转头左右看了看，手指不确定地指着自己，"你是在跟我说话？"

男生挑起乌黑的眉毛："除了你还有谁？真想不通为什么她会选中你这个笨蛋……我是说，看你的手机！"

"手机？"闫星傻乎乎地低下头，还是熟悉的手机屏幕，"和平常没什么两样啊……"

她一边嘀咕着，目光不经意间扫过一个熟悉的图标，整个人霎时僵住了……等等！这个绿色的小嫩芽图标，不就是不久之前被她删掉的鲸羽吗？

"终于看到了……"男生语气中带着一丝无奈，"还有，以后再要下载什么东西，先仔细看看用户协议吧。"

闫星颤抖着手，重新点开鲸羽，再一次翻看那被自己忽略掉的《用户使用协议》，果然在最下方找到了一条毫不起眼的句子。

由于本软件采用一对一VIP服务，卸载功能已上锁。如需卸载，请在农历十五的月圆之夜解锁此功能，否则一律视为无效操作，不可卸载删除。

"为什么会这样？这是霸王条款啊……"闫星大惊失色地抬起头，刚刚还坐在身边的男生已经消失不见，只余下一桌吃剩的残渣和空盒子，仿佛在无声地嘲笑着自己。

"不可能！"她忍不住叫出声来，这也太不科学了吧？这么一个大活人，居然在她眼皮底下消失了？

闫星叫来炸鸡店的店员询问，然而谁也没有看到刚刚那个男生，给她点餐的店员还一头雾水地说："小姐，你是不是搞错了？这边除了你，根本没有别人啊！"

她还是不肯相信，给了店员五十块钱小费，把自己的手机卡装到了店员的手机上，

然而换手机一点儿用也没有。她一开机，鲸羽那熟悉的绿色小图标就出现在屏幕最下方，仿佛是甩也甩不掉的阴影。

将卡插回自己的手机，闫星强忍着汗毛倒竖的诡异感觉，跌跌撞撞地跑出了炸鸡店。外面艳阳高照，直到感觉炙热的阳光烤得皮肤发疼，她才感觉自己堕入冰窖的心脏慢慢回温。

这个软件不管是什么来历，她都一定要卸载！

必须卸载！

闫星翻了翻日历，发现刚刚过去的昨天竟然就是农历十五……这么说，想要卸载鲸羽还要再等一个月。她决定之后的日子做个好学生，因此上课时她更加认真，不到必要时刻根本不把手机拿出来，有时候还故意把它遗忘在宿舍里充电，弄得薛珍珠老抱怨找不到她。要不是上课的具体时间和分配教室的消息是在班级微信群里通知的，闫星简直就想把手机锁进抽屉里，直到十五月圆时再拿出来。

"星星，你最近怎么无精打采的？是不是生病了？"薛珍珠正要拎着一袋切好的西瓜准备去吃饭，却发现闫星的心情有些低落，忍不住担心地询问起来。

"我没事，可能天气太热了吧。"闫星怏怏地摇摇头。

闫星打定了主意不让薛珍珠知道鲸羽的事。薛珍珠的性格向来风风火火，要是告诉她，说不定她会马上逼自己剪辑一段视频看看，那岂不是产生了反效果？

2

与鸡飞狗跳的日常生活相反的是，闫星的大学生活如鱼得水。她的父亲生前是千照市有名的园艺大师和收藏家，母亲是天赋奇才的画家。她从小在父亲的园林中长大，闭着眼睛都能背出上千种珍植异石。开学不到一个月，她就赢得了"天才学霸"的美名。

"学霸星，中午一起吃饭吗？来，把你的园林设计笔记借我看看。"上午，闫星刚刚走进阶梯教室，卫薇就迫不及待地迎了上来，热情地发起邀请。

"不了，我中午约了朋友。"闫星从书包里拿出笔记本，打趣道，"吃饭不要紧，看我的笔记才是重点吧？"

"哈哈哈……"卫薇干笑了两声，露出心有余悸的表情，"你也知道的，第一节就是王教授的课，我这不是想提前准备准备吗？要是被他点名却回答不上来，那我可就完了。"

也难怪卫薇这么紧张，一般情况下，大学老师并没有高中老师那么严格，因为大学更注重自主学习。但教园林设计的王教授是个例外，他不但随时点名让学生回答问题，还直接把课堂考核算进期末成绩里，如果上课表现得不怎么样，期末考得再好也是白搭，一样挂科没商量！

眼看着就到上课时间，卫薇如饥似渴地翻看起了笔记，然而今天王教授注定要让卫薇失望了，他一走进教室，就宣布了一个重大消息！

"下个礼拜的国庆假期，我们园林（1）班要外出去千照市最大的园林，也是古代园林的瑰宝——雪弥园，进行三天两夜的采风！"说完，王教授得意地看着学生们。他是个精神矍铄的小老头，虽然两鬓已经斑白，性格却像个顽皮的小孩，课余时间总喜欢和学生们开开玩笑。

整个教室在寂静了两秒后，骤然间爆发出雷鸣般的掌声，男生们还激动地吹起了口哨。

"教授，真的吗？太棒了！"

"噢噢！雪弥园晚上不是不对外开放吗？教授，您太厉害了！"

"难以置信！我要赶紧发微博吹一拨儿牛皮了！"

在一片欢呼声中，唯有班长宁曦镇定自若地推了推黑框眼镜，慢条斯理地问："那么请问教授，这次外出采风活动每位同学需要交多少费用呢？这笔钱是从班费里出吗？什么时候交？"

这句话一出，班上嘈杂的议论声戛然而止，所有人的目光都齐刷刷地汇聚在了讲台上的王教授身上。

王教授咳嗽一声："这个大家都不用担心，这次我们的采风活动的食宿费用，全都由现任雪弥园继承人——闫笑先生赞助！大家只需要带上眼睛和心去看，去感受园林艺术之美就好了，回来我可是会让你们交论文的。"

他的话音还没落，学生们的掌声又差点儿把屋顶掀翻了，还伴随着狂热的讨论。

"哇！雪弥园的现任继承人叫闫笑啊，一听就是个'高帅富'的名字。"

"去去去！人家本来就是'高帅富'好不好，大金主闫笑啊！本市最有名的珠宝商，他居然赞助我们去采风了，不可思议！"

闫星呆坐在座位上，琥珀色的眸子里满是惊愕，从王教授宣布要去雪弥园采风起，她就一直维持着这样的表情，整个人像被施了定身术般一动不动，坐在她身旁的卫薇撞了她一下，兴奋地说："喂！闫星，这个闫笑的闫和你的姓是一个字吗？这个姓可不常见啊。"

"啊？嗯……"闫星回过神来，苍白的小脸上勉强扯出一个笑容，她刚想发微信问问闫笑打算干什么，手伸进口袋却掏了个空，她这才想起自己为了不看到鲸羽，并没有带手机。

哥哥这家伙，是在向自己示威吗？

因为这件事，整个上午闫星都精神不振。下课后，她慢吞吞地走到学校餐厅的门口，猛地被翘首期待了好久的薛珍珠一把拖到了身旁。

"你怎么才来？快点儿快点儿，池海在里面帮我们占座位，去晚了菜可就没有了！"

大学开学以来，除了好闺蜜薛珍珠之外，闫星还交到了许多新朋友。除了和班上的同学会时不时一起结伴去图书馆学习或去学校电影院看电影外，那个叫池海的男生也变成了时常与她和薛珍珠一起活动的伙伴。也许是为了弥补上次临阵脱逃的愧疚，池海每天都提前来餐厅帮她和薛珍珠占座位。除此之外，他平时还做学校的清洁工作来赚取一些生活费，所以轮到闫星她们值日做班级卫生时，他也会积极地来帮忙。

池海虽然性格懦弱了一点儿，人还是不错的。薛珍珠曾悄悄打听过他的情况，得知他的父亲早早去世，是他的母亲含辛茹苦地将他养大成人，如今身患重病在医院治疗，身世很可怜。

于是，闫星和薛珍珠也就接纳了他，最近几天都和他一起在餐厅吃饭。

第四章

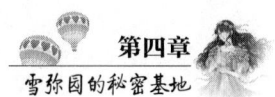
雪弥园的秘密基地

"哎呀！我还以为是谁呢？原来是我们的大少爷呀！"

刚走进人头攒动的餐厅，闫星还没来得及和池海打招呼，就听见了一道嚣张的女声，即使在嘈杂的餐厅中也格外刺耳。

"舒筱樱！"薛珍珠冲上前去，一把推开站在池海身前的舒筱樱，警惕地将他护在身后，一米七的个子与池海站在一起，看起来比他还高一点儿，"你想干什么？"

舒筱樱的身边还跟着一个男生，应该是她的同班同学，他打量了一下薛珍珠和闫星这两个漂亮女生，好奇地问："筱樱，他们是你的朋友吗？要不要一起吃饭？"

"谁和这群穷酸贫困生是朋友？"舒筱樱的脸色一下子变青了，她不屑地冷哼一声，便转身离开了。

"什么人哪！"薛珍珠朝舒筱樱的背影做了个鬼脸，安慰池海道，"你就当她有病没吃药！"

池海迟疑地点点头。

另一边，闫星已经把三个人的午餐都买来了，有汉堡鸡翅、红烧狮子头、鳗鱼寿司等，菜色十分丰盛。

池海蜡黄的脸一下子涨红，连连摆手："不不不，不用给我买饭，我吃咸菜配米饭就好……"

"哎呀，吃吧！"薛珍珠伸出手按着他的肩膀，将他按在了座位上，"星星可是有钱的'白富美'，你知道她哥是谁吗？千照市'十大钻石青年'的闫笑呀！我也经常跟着她蹭吃蹭喝，别担心。"

"闫笑？"池海茫然地眨眨眼，怔愣了两秒，猛地一下子站了起来，"你是说，那个超级有名的珠宝大亨闫笑？"

"对啊，吓到了吧？"薛珍珠"嘿嘿"地笑了两声，"不过要保密噢……我知道的时候被吓得更厉害。告诉你，闫笑哥可帅了！要是进军娱乐圈，一定会有很多女粉丝的！"

"他帅什么啊？烦！"闫星没什么胃口地戳着自己盘子里的菜，"上次我们不是吵架了吗？我把他的微信都拉黑了，没想到他现在突然赞助我们班集体去雪弥园采风，还三天两夜，这不是疯了吗？"

"雪弥园？"池海震惊地瞪大眼睛，"单人门票都要一百多块！"

"那不是很好吗？开学没多久就外出采风！"薛珍珠一脸羡慕，"你别想太多，说不定是巧合呢。"

"怎么可能是巧合?这么多班级,为什么偏偏赞助我们班?闫笑分明是在警告我,就算上大学了,也逃不出他的手掌心!"

闫星的脸气得更圆了,薛珍珠叹了口气,一把揽过她的肩膀:"好了好了,兄妹哪有隔夜仇!听我的,开开心心去玩,画影阁里的点心超好吃,记得给我带点儿流沙蛋黄包回来啊!"

在薛珍珠极力劝说下,加之闫星也不是真的记恨闫笑,很快,大家就有说有笑地吃起饭来。

第四章
雪弥园的秘密基地

3

下午没课,池海一个人提前来到学校的后山打扫卫生。刚开学时,在餐厅被舒筱樱那样闹了一场,很多人都知道他是贫困生了。这本来也没什么大不了的,但是池海向来沉默寡言,为了躲避麻烦,除了和薛珍珠她们一起吃饭、打扫卫生,其他时候,他都不怎么跟其他人来往。

今天他仿佛格外地倒霉,才在后山清扫了没多久,迎面就走来身着粉色运动服的舒筱樱,她一边悠闲地漫步,一边随手撕下吃了一半的甜筒的包装纸扔到地上。

"同学,这里是公共区域,请不要乱丢垃圾。"池海出声制止道。

一看到是池海,舒筱樱嘲讽地笑了起来:"哎呀!这不是我们勤劳的小蜜蜂吗?"

舒筱樱是一个很高调的女生,她在学校里只喜欢和家境好的学生玩,还总是跟在学生会会长高媛身旁拍马屁,然而对其他人,就变成了一副高高在上的样子。

听到舒筱樱语带鄙视,池海低下了头继续扫地,打算当作没有看见她。

被她一直看不起的池海无视,舒筱樱火气顿时上来了,她肆无忌惮地取笑:"你刚刚说什么?风太大我听不见!"一边说着,一边故意将手里甜筒上剩下的包装纸撕成一片片指甲盖大小的碎纸,到处乱丢。

世上怎么会有这么无聊的人?池海用力捏着手里的扫帚,忍气吞声着。

"大少爷勤工俭学呀?怎么没有看见你的两个大丫环?哈哈,她们平时不都是跟在你身后替你出头的吗?还装'白富美'拿钱来砸人呢,好像谁没有一百块似的。"

"你闭嘴吧!"池海终于忍无可忍,他抬起头冲舒筱樱吼道,"人家闫星本来就是大小姐,她哥哥是富豪闫笑,可不是你这种人能比的!"

"闫笑?不可能!"舒筱樱吃了一惊。

看着她震惊的表情,池海内心的憋屈终于有了个发泄口,他忘了之前吃饭时薛珍珠说过的"要保密",大声嘲笑了回去:"而且闫星哥哥赞助了园林(1)班全班,下个星期五去雪弥园玩。就连雪弥园都是她家的私人园林,国家级保护园林!你还叫人家丫环,你有资格吗?人家可比你厉害多了!"

舒筱樱的脸红了又白、白了又红之后,抿了抿嘴唇,不自然地干笑一声:"哈,是吗?没想到我们学校居然还有这么厉害的人物。看来,我当初真不该换宿舍了。"她的眼睛闪闪发亮,若有所思地不知道在打什么主意。

池海看着她的表情,背后冷不丁一凉……忽然有点儿后悔冲动之下把闫星的事说

出来,他是不是做错了?

接下来的几天,闫星和薛珍珠的话题中果然开始出现舒筱樱,她好像经常和闫星她们"偶遇",而且每次遇到还会热情地打招呼,弄得她们莫名其妙。

"这女生好奇怪啊!之前还那么嚣张势利,现在是在搞什么?"薛珍珠奇怪地说。

闫星耸耸肩膀:"不知道,不过她每次跟我打招呼时,我都觉得浑身不自在,以后见到她还是绕道走好了。"

每次听到这个话题,池海都如坐针毡,他犹豫着要不要把自己向舒筱樱透露闫星身份的事坦白出来,但是每当和她们坐在一起,他就又丧失了开口的勇气。

他好不容易才拥有这两个朋友,万一她们责怪他,不理他了怎么办?

第二周的星期五很快就来临了,这天是园林(1)班集体去雪弥园采风的日子,闫笑大手笔地派来了大巴来园林系教学楼外接人,临到闫星上车前,薛珍珠气喘吁吁地赶了过来。

"等等,等等!星星,你忘了手机!"薛珍珠把粉色的橘子手机和数据线一股脑儿塞进闫星的背包里,"不带手机怎么行,我会无聊死的,记得晚上跟我视频聊天啊!"

太久没有使用手机,闫星这时才想起礼拜六,也就是明天,是月圆之夜。要不是薛珍珠,她肯定就忘了。她不由得暗暗捏了把汗,对薛珍珠感激道:"谢谢你,珍珠!"

把东西交给闫星之后,薛珍珠站在大巴车外的窗边和她聊了会儿天。学生陆陆续续地上车,最后等王教授也上了车,大巴车发动起来。看着拼命挥手道别的薛珍珠,坐在闫星身旁的女生"扑哧"一下笑了出来:"你们俩感情真好。"

"她那是羡慕我可以出去玩。"闫星一边回答,一边朝薛珍珠招了招手。薛珍珠眼里的羡慕简直要化成实体,黏到她的身上。

这时忽然有人拍起了大巴车的车门:"等一下!等一下,还有人没上!"

门开了,一个背着鼓囊囊的背包,还拖着粉色行李箱的女生走了上来。闫星坐在大巴车的中段,她没有注意,直到女生拖着箱子"噔噔噔"走到她的面前时,她才吓了一跳:"舒筱樱?你怎么在这儿?"

"嘿嘿,意外吧?"舒筱樱特别熟稔地对她身边的女生说,"同学,能换个座位吗?我和闫星是朋友。"

"啊?好……"

趁着闫星目瞪口呆还没反应过来,舒筱樱成功地挤走了她旁边的女生,一屁股坐

第四章
雪弥园的秘密基地

到了她的身边。

"你干什么？"闫星警惕地坐直身子。

舒筱樱神秘一笑："我虽然不是你们园林系的，但是这次跟王教授申请过来帮忙，负责你们的后勤工作，一定会把你们照顾得好好的！"说着，她从背包里掏出一堆糖果零食，塞到闫星怀里，"别客气，吃啊！"

一路上，舒筱樱一会儿问闫星渴不渴，一会儿又问她空调够不够凉快，从之前的横眉冷对到现在的热情殷勤，巨大的变化真是让人瞠目结舌，闫星坐立难安。终于，舒筱樱旁敲侧击地问道："对了，我听说你是千照市首富闫笑的妹妹，是真的吗？"

闫星立马明白了舒筱樱的目的，心里顿时又好笑又好气。

"难道姓闫就一定是闫笑的妹妹吗？再说，他也不是千照市的首富。"

"哎呀，我都知道啦！雪弥园是你家的财产，以后就要请你多多照顾啦，闫星同学。"

舒筱樱自来熟地撞了一下闫星的肩膀，脸上带着谄媚的笑，让她更加不自在了。可不管她怎么否认，舒筱樱都认定了她的身份，一路上骚扰得她烦不胜烦。

好不容易到达目的地，闫星第一个跳下了车，雪弥园那熟悉的青砖白瓦出现在了她的眼前，仿佛一幅江南水墨画，唤起了她许多忧愁与感伤。

"哇！来看看这个窗棂，好漂亮啊！这是莲花吗？"

闫星发怔的时候，学生们已经纷纷下了车，摸着雪弥园的外墙和石头窗棂惊叹起来，好几个带了单反相机的学生开始"咔嚓咔嚓"地拍照。

"这个窗户的莲花，正好对应到里面的照壁！上面也是同样的莲花图案，这个设计好精巧啊！"有人惊叹雪弥园的精巧之处，闫星也过去摸了摸那白玉石头雕刻的莲花。玉石莲花晶莹剔透，入手冰凉，底下的荷叶衬托着待放的花苞，花苞上还有一滴栩栩如生的石露水，久违的酸意袭上她的鼻尖。

来过雪弥园的人都绝口称赞，这里飞阁流丹，极尽精巧，春夏秋冬都有世上最美的景致。可只有她和哥哥知道，雪弥园的一草一木、一花一石都是父亲亲自设计挑选，是送给母亲的定情信物。因为母亲曾经最爱的花就是莲花，园里的每一扇窗都雕刻描摹着不一样的莲花图案。

母亲离开得很早，闫星已经记不清楚她是怎么去世的，可她却清楚地记得父亲卧病在床的模样，原本俊秀的脸清瘦得可怕。母亲的走，也带走了父亲的灵魂。

雪弥园也是那一年改名的，它曾经叫作"花印园"，契合母亲的名字"花昊"；母亲去世后，父亲把它改名为"雪弥园"。

你走以后，大雪弥漫……

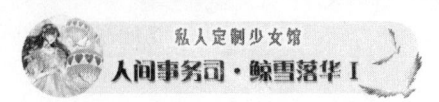

4

"你们这些学生,雪弥园这几天不对外开放,赶快离开!"

"剧组包下了这里,不许拍照!"

"这里粉丝不能来,不允许探班!"

几道粗声粗气的男声把闫星从恍惚中拉了出来,她扭头一看,几个穿黑色保安服的彪形大汉正在驱赶学生们。有一个体格健壮像猩猩的大汉,甚至还拽住了同班男生的相机带子,试图让他删掉照片。

"你们想干什么?"王教授气得冲上前去,他人虽说瘦小老迈,动作却矫健迅疾,他一下子从大汉手中夺回学生的相机,"离我的学生远点儿!我是星宙大学的教授,我和我的学生是正式受到雪弥园主人的邀请,过来采风的!"

园林(1)班的学生纷纷聚拢了过来,宁曦出示了自己的学生证,一板一眼地进行交涉:"我们是有正式邀请函的,并不是你们口中的粉丝,而且我们也不知道你们是什么剧组。如果真的如你们所说包下了这里,也请出示相关法律文件。"

"这……"保安队队长迟疑了,眼看他的态度有软化的迹象,一道清脆的女声忽然响起:"怎么回事?聚了这么多人,不知道我们《绯色长安》剧组要拍戏吗?"

大家的目光齐刷刷地看过去,雪弥园的门口,不知道什么时候站了一位红衣少女。她穿着飘逸的古装,五官清丽,妆容精致,一双柳叶眉高高挑起,微抿的薄唇带着一丝冷傲。

顿时,学生中起了一阵骚动。

"哇!是明茜!我没看错吧?"

"《绯色长安》真在这儿拍戏?那我们这个时候来采风,真是赚了!"

"对啊!搞不好还能看到慕非凡呢!"

闫星茫然地听着大家的议论,身旁的舒筱樱羡慕地说:"居然是TUNNANA48的明茜,她在《绯色长安》里演慕非凡的侍女。既然她在这儿,那就肯定是《绯色长安》在拍戏没错了。雪弥园真厉害呀,剧组都要在这里取景,肯定赚了不少钱!"

明茜,TUNNANA48……这些名字怎么那么耳熟?

闫星的脑子里忽地闪过一道白光,对了!明茜不就是开学那天,她和薛珍珠在109宿舍外看到的在天上飞的女生之一吗?

哥哥他到底在干什么……

第四章
雪弥园的秘密基地

闫星蹙起眉头,雪弥园是母亲生前最喜欢的园林,她小时候曾在这里住到七岁,直到父亲去世后才搬到哥哥的公寓,可现在看父亲的心血沦为哥哥拿来谋取利益的工具,她的心里格外不是滋味。

一群人吵吵嚷嚷了好一会儿,也没有个结果。明茜的戏份不多,拍完自己的戏份后便来到外面透透气,没想到会遇到这样的事件。她一口咬定是粉丝找借口来探班,一定要保安把学生们赶走。

"你好,我是星宙大学的……"

王教授上前交涉,还没说几句,明茜就抬起一只手,傲慢地打断了他:"不好意思,我不知道什么星宙大学,我只知道这两天我们剧组都要在这儿拍摄,按照规矩,雪弥园是不会对外人开放的。"

学生们本来看到明星都很兴奋,见明茜这般态度,一个个都愤慨起来,女生们更是举起手机开始录视频。

"明茜怎么这样?一点儿也不尊重人!我要拍视频,上传到微博,让你更红!"

"我们教授今年都快六十岁了,你至少不要呼来喝去的吧!真是一点儿礼貌都没有。"

"什么少女偶像?现在怎么什么人都能当偶像,路人转黑了。"

大家的议论让明茜气得涨红了脸,她跺了跺脚,提高了嗓门:"保安!保安呢?怎么还不把这些人赶走?"

保安们已经不太想插手这件事了,他们面面相觑了一会儿,才慢吞吞地过来赶人。学生们同仇敌忾,群情激奋地抗争,特别是王教授,气得浑身颤抖。宁曦怕王教授摔倒,拜托了几个男生扶住他。

舒筱樱一看情况不对,悄悄地往人群后退去:"什么嘛,我还以为跟着闫星会有特权呢!居然倒霉碰到了剧组……咦?闫星人呢?"她左顾右盼好一会儿,都没看到闫星的身影,正疑惑间,目光忽然瞥到不远处,一下子呆住了。

很快,其他学生也都注意到了。

"哇!快看那边……那是雪弥园的工作人员吗?"

"我们在这里吵了这么久,工作人员是应该出来了,他们穿得好有格调啊,这是汉服吗?"

雪弥园外的小径铺着不同颜色的石头,远远看去,像一层漂亮的樱粉色锦缎。在这淡淡的樱粉色锦缎上,缓缓走来一众穿着宫装的男人,个个宽袍广袖,风姿卓然。

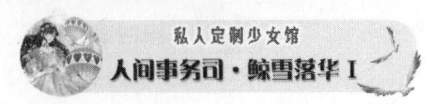

　　清雅的青色袍服如同雪弥园中莲池的水滴，映衬着不远处八重山的金色枫叶，简直是一幅绝美的风景画。

　　而走在他们最前方的，居然是一位小巧玲珑的少女，她穿着普通的蓝色连帽运动服，看起来和这幅画面格格不入。大家的目光全都被吸引了过去，卫薇最早看清，震惊地叫出声来："等等……前面那个人是闫星？"

　　这群人走过来，就连明茜也忘了继续让保安赶人。她在这里拍了一个礼拜的戏，每天早上醒来就看到精致美味的早餐摆在桌上，房间打扫得一尘不染，可除了她第一天来的时候见过他们中的一位李姓管家外，其他时候都没再见过其他工作人员。据说雪弥园的前主人闫朝生有位很珍爱的美丽夫人，因为夫人喜欢安静，他就将工作人员训练得如同影子一般，从不在人前出现。

　　现在看到了"影子"来到太阳下，怎么能让她不惊讶？

第四章
雪弥园的秘密基地

5

闫星走到人群跟前，顶着全班同学火辣辣的目光，指着雪弥园的大门问身后的一位中年男子："李叔叔，我听说《绯色长安》剧组包下了我们雪弥园，不许别的游客进入，有这回事吗？"

大家的目光又像聚光灯一样，打在中年男子身上。中年男子的样貌非常普通，却带有一股儒雅的气质，他十分温和："小姐，据我所知，少爷的确是将雪弥园的园林景区部分租给了影视公司，但是出租条款并没有私人包场这一条。您知道，老爷生前规定不管什么人过来，雪弥园都不能被包场。"

他的话语虽然平淡，却在人群中激起了惊涛骇浪，就连王教授都一脸恍惚，卫薇和几个女生已经兴致勃勃地聊了起来。

"这个人我见过，之前我来雪弥园参观时，有次遇到的讲解员就是他。他是雪弥园资格最老的管家，这里的所有事务都是他在打理。"

"我的天，闫星到底什么来头？"

"太兴奋了，这个大叔叫她小姐呀，感觉就像在看现场版电视剧一样！"

窸窸窣窣的讨论声就像潮水一般朝闫星涌了过来，她不是没听见，她当然听得到同学们在讨论自己，虽然脸上镇定自若，但她的耳根子已经红透了。

都怪过世的老爸定的什么破规矩，要家里用人们称她为小姐，称哥哥为少爷，好丢脸啊！

"那么，我们还是有权进去吧？"

"当然，小姐。"

闫星点点头，就要带着大伙往雪弥园里走，回过神来的明茜急了，一把拦住了她："喂喂喂！你不能从这里进去，我们剧组就在大门这边的池塘拍戏呢！"

闫星本来想直接无视她，但想想直接进去，打扰到别人的确不好，于是她低声跟王教授商量："教授，要不这样，我带你们从后门进去。这几天同学们就在画影阁采风，等他们休息的空隙，我们再去其他地方好吗？"

"画影阁？"王教授一双小眼睛激动得放出光来，连连点头，"可以可以！当然可以！"

从雪弥园对外开放参观以来，画影阁一直是禁止访客进入的区域。据说前任主人闫朝生与夫人生前一直住在那里，里面的每一样物品、每一处构造都令人惊叹，还有

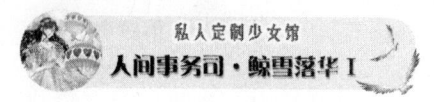

各种价值连城的珍贵收藏品。

但是闫星却并没有什么感觉,对她来说,那里只是父亲去世之后,十几年没人居住的空房子而已。

在她的父母还在时,李管家就一直是父亲的得力助手,从小他就不会拒绝闫星和闫笑的要求,一听她要安排同学去画影阁,也没有任何反对的意思,他恭恭敬敬地对闫星鞠了个躬:"那么,我就让人去安排了,请大家跟我来。"

看着李管家转身离开,他身后那群男仆也齐齐低眉敛目地朝闫星行礼,舒筱樱整个人都兴奋得快疯了,她果然遇到了人生中最有钱有势的女生!

唯一美中不足的是,其他学生也知道了闫星的身份。不行,她要努力接近闫星,成为闫星的好朋友才行。

进入雪弥园后,李管家带着学生来到雪弥园专为客人准备的清栖园,闫星也没有享受特殊的 VIP 待遇,而是跟大家一起住在清栖园,可是很快她就发现自己成了班上的大新闻,卫薇带着一群女生叽叽喳喳地不停地问她问题,连平时最冷静的宁曦,也假装忙碌地路过她房间好几次,偷偷往屋里看。

闫星招架不住,便借口自己要上洗手间的空当,跑出了清栖园。

走在雪弥园的幽静小道上,锦缎般的石子路从她的脚下一路铺开,一路欣赏着修剪得十分别致的梅枝、倾泻如瀑布的紫藤花,最前方还有一座高达二十米的巨大假山。这是一座非常特殊的园林,里面生长着上千种花卉植物,因为母亲生前最喜欢花。有最常见的鸢尾与蔷薇,也有从国外空运来的西番莲和玛丽球兰,一年四季都有鲜花怒放,美不胜收。

"唉,回去给珍珠发微信吧,她一定会嘲笑我……"轻叹口气,闫星刚要转身回清栖园拿手机,忽然眼角的余光瞥到一个粉色身影正走进紫藤瀑布下,顿时头皮一麻。

舒筱樱,她怎么又跟来了?

"闫星!闫星你在哪儿?"

隐隐约约传来舒筱樱的呼唤声,闫星顿时无语,她果然是来找自己的。

她实在是不想再被舒筱樱缠上,于是又掉头快步往前走,走进了被万花包围着的假山。假山也十分有雪弥园的特色,用来建造它的石头全是通体雪白、温润如玉。

闫星熟门熟路地绕进一个隐蔽的假山洞里,右拐,下楼梯。

"嘿嘿……果然还在!可惜没带手机……"

第四章
雪弥园的秘密基地

  山洞里伸手不见五指,闫星伸手摸到楼梯尽头的木门的环扣,忍不住得意地笑了。这里可是她小时候和哥哥玩耍时无意中发现的小地窖,从那以后,这里就改造成了她的秘密基地。

  "吱呀——"

  木门本身没有上锁,闫星轻易地就推开了。地窖里没有一点儿怪味,她走了进去,园林里的鸟鸣声、舒筱樱的呼唤声一下子就被隔绝开来。

  黑暗中,她摸索着墙壁想要找到灯的开关。忽然之间,传来一阵窸窣的衣料摩擦声,她还没反应过来,身后就伸来一双大手,猛地捂住了她的嘴巴!

6

"呜！呜呜……"

闫星拼命挣扎起来，但对方显然比她强壮，一双手牢牢地捂着她的嘴，她一点儿反抗的余地都没有，只能徒劳地发出"呜呜"声。

毛骨悚然的感觉，就像这双大手一把攥住了她的心脏，闫星陷入极度的恐惧中，吓得眼泪都要流出来了。她无比后悔自己为什么要为了躲舒筱樱钻进假山里！这个人会是坏人吗？他想对自己做什么？

没过多久，只听见"啪"的一声，整个小地窖都亮堂起来。

那个人比闫星高多了，宽厚的胸膛贴在她的背脊上，就算隔着几层布料，肌肤的灼热好像也能传递过来。他身上带着好闻的鼠尾草的清凉气息。他的头似乎低了下来，离她的耳朵很近，气息喷在耳后，让她不禁害怕地发抖。

"哈"的一声笑，一道低沉悦耳的男声响起："原来是你呀，欺诈犯同学。"那个人的大手松开来。

闫星缓缓回过头，对上一双星辰般的明亮双眸。眼前的男生一身红色劲装，头上戴着一顶精致古朴的白玉冠，乌黑修长的眉毛斜飞入鬓，整个人透出清冷如玉的气质。

"慕……慕非凡？"闫星倒吸一口冷气，"难道我是在做梦？"

她环视了一圈，这里与她小时候的样子相差无几，可爱的山海经小怪兽床单，地上铺着的柔软的地毯，大大的地球仪，毛茸茸的玩偶，丢得到处都是的乐高玩具。地窖里一尘不染，看得出有人定期来打扫维护。只不过，她原本用来存放自己心爱的"星星公园"的床头柜，现在居然塞满了花花绿绿的零食。

"等等……"目光落到自己的小床上时，闫星的脸忍不住抽动了一下，这个梦怎么这么怪异，她居然会梦到慕非凡来到了她的童年秘密基地，睡了她的床，还吃得满床都是零食碎渣？

"你不是在做梦。"闫星的眼睛瞪得大大的，一张小圆脸莫名让人想到腮帮鼓鼓的小仓鼠，慕非凡忍不住手痒地拧住闫星的面颊，像揉面团一样把她的脸搓来搓去。闫星感到阵阵挤压和疼痛，忍不住"啊"地叫出声来，慕非凡这才满意地松开手。

"敢把我骗到音乐舞蹈系，害我差点儿被人群围住出不来。同学，你胆子不小啊！"

"不是梦？"闫星摸了摸自己被搓得红红的脸，心虚了起来，"那……那你一个大明星，不认识珍珠却替她庆生，还突然跑到学校来找她，我觉得很奇怪嘛……"

第四章
雪弥园的秘密基地

慕非凡挺拔的背脊僵住了,俊美的脸上露出一抹无奈:"算了,也不怪你。而且就算我说了,你也不会相信,这件事那么蹊跷……"他的声音渐渐低了下来,陷入了沉思。

"对……对了!那你怎么会在这里?"闫星赶紧转移话题。

堂堂一个大明星怎么会莫名其妙地跑到这个黑漆漆的山洞里来?

"我在这边拍戏,休息时无意中发现了这个山洞,进来看时发现居然还有个小房间。"慕非凡拆开一包薯片,修长如玉的手指就算拿薯片也十分好看,"本来以为是哪个小孩子的游戏室,后来看这里这些玩偶都是十几年前的款式了,而且我待了好几天也没有人打扰。看来,这里的主人已经搬走了。"

不,她就在你面前,闫星在心里翻了个白眼。

"原来是这样……"她还在为之前自己骗慕非凡的事心虚,也就没有说明这个房间是她小时候的秘密基地。

"不过假山里面温度适宜,隔音又好,粉丝找不到这儿来,我终于能好好地睡一觉了。"慕非凡摊开长臂伸了个懒腰,在她的小床上坐了下来,发出满足的喟叹,"真舒服。"

那当然,也不看看是谁的房间。

虽然对慕非凡还是抱有警惕,但听到他夸她的秘密基地,闫星心里一阵美滋滋的,不过紧接着,慕非凡说的话就没那么好听了。

"我想这里的原主人,那个小孩,脾气一定很古怪。"

"哪里古怪了?"闫星问。

"这还用问?"慕非凡抿起薄唇,瞥了瞥毯上的玩偶,挑剔地说,"品位这么差,满地洋娃娃没一个好看的。"

闫星的眉毛跳了跳,忍不住替自己辩驳:"还好吧?十几年前也没什么好看的款式啊。"

"怎么会?我小时候的玩偶就很精致,还有你看看这个乐高公园。"他顺手扫开床头柜里的零食,拿起垫在下面的一棵乐高积木拼成的树,啧啧感叹,"还有,一般的小男生喜欢帆船模型、遥控飞船什么的也就算了。可是你看看这些花花草草算什么?好丑啊!"

看着慕非凡那张俊美的脸露出嫌弃的表情,闫星心头的怒火止不住地往上涨。

"这是什么……假山?这是什么品位,怎么会想到拼个公园出来呢?"

听到这里,闫星再也忍不下去了,她一个箭步上前,一把将那棵乐高树从慕非凡手中夺了下来:"这拼的不是公园,是园林,园林!"

慕非凡此刻评头论足的,正是闫星小时候的第一部作品,父亲手把手教她建造的"星星园林",虽然现在看来很幼稚、很粗糙,但对她来说却是不可替代的。而这家伙,竟然还把零食堆在上面!

"你干什么?野蛮女!"慕非凡震惊地瞪着她,长这么大,还没有人这么粗鲁地对待他,而且还是个小矮子……要知道,他可是个大明星啊!

闫星才不管什么明星不明星,对吼回去:"你管我!再糟蹋这些乐高玩具,我让你见识一下什么叫真正的野蛮!"

"你……"慕非凡气得差点儿岔气,他忽然想起自己还不知道这个小矮子的名字,只得板起一张帅脸,虚张声势地威胁道,"喂!你这么嚣张,就不怕我发动粉丝去找你吗?"

"喊,不用你发动粉丝。我叫闫星,星宙大学园林系园林(1)班大一新生!"

第五章

甜党 VS 咸党

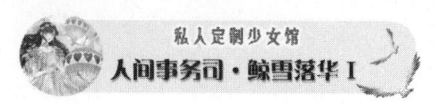

1

慕非凡觉得自己真是看走了眼，原本还挺顺眼的小矮子，居然是个浑身长刺的仙人掌姑娘！闫星也对他十分鄙夷，不请自来，睡她的床，往她床头柜里塞东西，搞得她的小床都是零食碎屑，还对她的品位评头论足！

"你什么人啊！"两个人异口同声地说。

慕非凡一怔，闫星才不管那么多，直接拽住他的手："你给我出来！"

趁着对方没有防备，她生拉硬拽地，硬生生把一个一米八大高个的男生从地窖里拽了出来。地窖的木门一关，两个人眼前顿时都一片漆黑。

"你干什么？"

慕非凡愠怒的声音从身后传来，闫星故意用力拽了拽他的胳膊。果然，慕非凡的脚步趔趄了一下，像是被什么绊住了。

"喂，快放开我啊！万一你害得我受了什么伤，你可赔不起！"

即使知道闫星是故意拽自己，慕非凡也并没有抽出手。山洞太黑了，男生的力气大，他怕自己控制不住力道，伤到人。

黑暗中，闫星的手软软的，温润的感觉令他感到奇异，仿佛是一片虚无的云朵，又好像柔软的棉花糖。虽然演感情戏时，他也时常会与其他女演员牵手，但从来没有一个人让他产生这样的感觉。

"嘿嘿，你的经纪公司不是给你的脸和身体投保了十亿吗？"闫星不甚在意地说，"不用怕，你就是磕到脸，也能拿着保险金，躺着活下辈子了。"

"你……"

给自己的脸投保，是被慕非凡视为人生污点的一件事。作为一个实力演员，怎么能这么看重外表呢？所以当时他和经纪公司大吵了一架，然而新闻通稿已发，已无力回天。不过慕非凡的忠实粉丝都知道他不喜欢别人谈论他的脸。

奇怪，这个小矮子大咧咧地说出来，他怎么一点儿也不感到刺耳呢？

山洞并不深，两个人一前一后地走着，很快就看到了亮光，闫星仍在絮絮叨叨地说着："你放心吧，别人我管不着，但我是绝不会让你磕着碰着的，这里我闭着眼睛都能……"

迟开的菖蒲在风中摇曳着淡紫色的身子，夏末和煦的暖风带着花香扑在脸上，沁人心脾，闫星觉得整个人都神清气爽了起来："好香啊！我们出来啦！慕非凡，这下

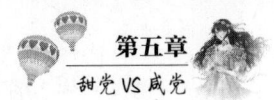

第五章
甜党 VS 咸党

你不能说我会害你受伤了吧……"她蹦跶着跑出山洞，正得意地准备自夸一番，视线不经意间扫过假山一侧的花丛，还没说完的话就变成了一阵尖叫。

"啊啊啊！"

"是不是傻？你鬼吼鬼叫什么？"慕非凡吓了一跳。

"有人……人！"闫星吓得语无伦次，浑身汗毛倒竖，她赶紧跑回慕非凡的身后，害怕得紧紧攀住了他的肩膀，"有人倒在地上！"

慕非凡的神色立刻变得严肃起来，他循着闫星手指的方向看去，白玉假山右侧的菖蒲丛里，真的躺着一个面朝下的身影，一动不动，不知道是死是活。

他迈开长腿，大步流星地走了过去，闫星也壮起胆子跟了过来。看清伏在地上的人所穿的衣服后，她倒吸一口冷气："是……是和我同校的舒筱樱！我认得她这件粉色衣服，我的天！"

"她没死，只是昏过去了。"慕非凡冷静地将人翻了过来，果然是舒筱樱。她一脸苍白，昏迷不醒，额头磕破了，伤口正汩汩地流着血。

慕非凡有条不紊地掀开舒筱樱的眼皮看了看，又试着呼唤了她几声，她仍然毫无意识。

"好多血！怎么办……我是不是应该去找人？"

一旁的菖蒲花丛染上了触目惊心的红色，闫星急得转身就要跑，慕非凡一把拽住她。他从口袋里拿出自己的手机："别傻了，从这里跑去找人多费时间，打电话给你们老师，然后报警。"

"啊？好！"

闫星按照慕非凡说的做完以后，又不放心地给李管家打了电话。随后，慕非凡手把手教她如何按住舒筱樱的伤口以减少流血，如何正确地实施心脏复苏按压，直到远处的紫藤园传来嘈杂的人声，他才站起身来。

"从她掉下来的姿势看，应该是从假山上失足摔下的，我教你的都记住了吗？"

他紧盯着闫星眼睛，那幽黑的眸子如同一泓深潭，似乎要将人吸进去，她心烦意乱地点点头："记住了。"

"好，你就一直保持着这样的救护姿势。我得走了，我留在这儿只会让现场混乱，影响营救效率。"

听说慕非凡要离开，闫星更加手足无措起来，虽然他大明星的个性有点儿讨厌，但他现在却是她唯一的战友。慕非凡看出了她的无助，揉了揉她的头发："别担心！

就跟警察实话实说,说咱俩一起发现的她就行了。"

"可是……"闫星有些犹豫。

当红的偶像明星和一个女生单独在一起,这样的事要是传出去,会不会对慕非凡的影响不好?

"可是什么!我把我的电话留给你,如果需要去警局协助调查的话,你就给我打电话,我会让助理来说明情况,做证是我和你一起发现的。"

慕非凡黑曜石般的双眸中满含鼓励,他穿着一袭红衣站在那里,挺拔清俊,气质如岳临渊,坚定而可靠。

不知道为什么,闫星吊在嗓子眼的心一下子就落了地,她重重点头:"嗯!"

交换电话号码后,慕非凡从假山后的小道离开了。没过多久,王教授带着雪弥园的工作人员匆忙赶到,将舒筱樱抬上担架。

雪弥园配备有救护车,闫星原本要跟着王教授一起上去,但却被他吹胡子瞪眼地赶了下来:"小孩子凑什么热闹,这儿有我呢。"

"可是教授……"

"教什么授,带着学生出来却出了事,我难辞其咎。"王教授的白头发似乎一下子变多了,"别说了,快回去休息吧,你也吓到了。"说着,他颤巍巍地上了车。

救护车拉响刺耳的声音,闫星目送救护车离开后,忽地发现身上的蓝色运动服沾了许多星星点点的血,像暗沉的疤痕,刺眼极了。

2

回到房间洗了澡换完衣服，闫星就被警察叫走了。鬼使神差一般，她在警局做笔录时并没有提慕非凡当时也在场。回来后，她发现全班同学都聚集在清栖园的门口激烈地讨论着什么，每个人的脸上都透出惶恐和不安。

"闫星！"卫薇带着好几个女生迎了上来，一脸焦虑地开口，"你听说了吗？和我们一起过来的那个音乐舞蹈系女生出了意外！"

"是啊，是啊！听说她摔成了重伤！"

"真可怕啊……怎么会摔到呢？王教授跟去了医院，希望人没大碍吧。"

女生们你一言我一语。闫星格外沉默，她心不在焉地听着，思绪不知道飘到了哪里。

"王教授回来了！"有眼尖的男生看到了王教授，大喊了起来。

闻声，原本就聒噪的人群更加激动了。

"啊？教授回来了？太好了！"

"快去接一下！"

王教授的确回来了，跟在他身边的还有一位高大的青年，那个人正是闫笑。他们简单地说明了情况——因为发现及时，舒筱樱只是腿骨折加轻微脑震荡，很快就会醒来。

听到这个消息，闫星也不由得松了一口气。

闫星站在人群中，神色复杂地看着闫笑。几天不见，闫笑看起来精神不太好，他脸色透着青灰，细长优美的眼睛泛着乌青，虽然面对他人时仍然那么温文有礼，但只有从小和他一起长大的闫星感受得到他的反常——闫笑的眼神太疲惫了，他的目光穿过人群盯在某一个点，空洞又茫然。

处理完事故后，闫笑又像来时一样，步履匆匆地离开了。整个过程中，也不知道是不是刻意的，他看都没看闫星一眼。

"哇……闫星，你哥哥好酷啊。"卫薇悄悄凑到闫星跟前，兴奋地窃窃私语，"你们的关系好吗？听说他很宠你呢！之前我看到八卦新闻上说，等你过十八岁生日时，他要送一件价值连城的珠宝给你！"

"那是什么小道消息，没有的事！"闫星哭笑不得地澄清，"那只是我母亲留下的遗物，哥哥之前替我保管而已。"

"这么说，是真的有这件珠宝咯！"

卫薇的嗓音在闫星的耳边叽叽喳喳着，像个停不下来的小铃铛，她敷衍地回应着，

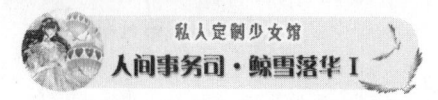

心中一直牵挂着闫笑那疲惫的脸。

晚上,闫星来到闫笑的西厢房——这里位于雪弥园最僻静的角落,也是给客人住的最普通的房间。可不知道为什么,从闫星记事起,闫笑就一直住在这儿,而且说什么也不肯搬。

"有人在吗?我进来了哦!"

木质结构的房门轻轻一推就开了,闫笑的房间完全不像有钱少爷的房间。除了桌子、床、椅子之外就没有别的家具了,更别提摆设与装饰品。闫星刚踏进房间,扑面而来一股调料味儿,她老哥正独自一人坐在房间里,捋起衬衣袖子,手握一把塑料叉,掀开杯装泡面的纸盖。

"你晚上就吃这个?"闫星三步并作两步走过去,一把夺过闫笑手里的塑料叉,"别懒,让厨房给你做点儿有营养的饭菜。"

"还我。"闫笑伸手去捞,却扑了个空。

他那位脾气很大的妹妹,还没脱掉婴儿肥的小圆脸绷得紧紧的,正倔强地瞪着自己。闫笑实在是没辙了,只好举手投降:"不是我想吃啊,大小姐,你也不看看现在几点了,雪弥园的大厨都下班了。"

闫星一愣,只呆了几秒,就干脆利落地将泡面一把扔进垃圾桶。

"喂喂!我的面!"闫笑心疼极了,还想蹲下身去捞。闫星一把拽住他的袖子:"走,我去给你做!"

在闫星利用厨房里剩下的食材,给闫笑做了一顿美味的起司火腿焖虾后,两个人之前的隔阂就消失了。酒足饭饱后,两个人重新回到房间,像小时候那般,屋内留一盏琉璃灯,就着微弱的灯光谈起了心。

"小时候你多顽皮啊!"闫笑一脸感慨,"总怀疑我瞒着你偷吃零食,经常半夜三更跑到我房间来突击检查,想不到,有一天我也能吃到妹妹做的饭了。"

"只要你不突然跳出来说要我退学出国的疯话,我天天给你做。"闫星白了他一眼。

说到这个话题,闫笑忽然沉默了,闫星瞥了一眼闫笑的脸色,发现他又露出了那种疲倦茫然的眼神。她没来由地紧张起来……难道他还不同意?

"你喜欢的话,就随便你吧。"

预想中的责备并没有发生,一只大手落到了闫星头上,闫笑轻声说:"你考上大学,哥哥都没有赶回来替你庆祝,是哥哥不对。"他白净的脸上带着一丝愧疚。

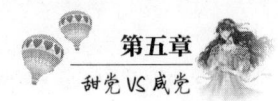

第五章 甜党 VS 咸党

闫星蹭了蹭他的手心:"哥,你知道就好。"

说着,她自己都忍不住笑了起来。记得小时候,他们也常常会吵架,但不管是谁的错,最后总是闫笑先道歉,那时她就会像此刻这样蹭蹭他,表示自己也错了。

那时候他们多么好啊!父亲虽然卧病在床,却也是他们遮风挡雨的大树。但自从父亲去世后,哥哥就挺着自己瘦弱的肩膀,撑起了整个闫家。这十几年,哥哥除了打理生意之外,还要照顾她,经常几天几夜不合眼,如果她还不理解哥哥有多累,那真是太没有良心了。

"谢谢你,哥。"闫星轻轻靠进闫笑的怀里,"其实我不在意咱们家有没有钱,只要你能抽点儿空陪陪我,不要一年到头不见人影就好了。"

闫笑伸手摸了摸她的头发,没有吭声。

哥哥的怀抱还和小时候一样温暖,但有了成熟男人的稳重和宽厚,令闫星觉得无比安心。

"星星,我问你件事,你一定要诚实地告诉我。"

"嗯?"

闫笑顿了顿才低声开口,嗓音暗哑:"最近你身上是不是发生了什么特别的事?"

闫星直起身子,脑海中突然蹦出了鲸羽那个绿色小图标,她犹豫着要不要把这件事告诉哥哥,可是转念一想,明天就是月圆之夜,反正自己要卸载掉软件了,多一事不如少一事。

她心虚地移开眼睛:"特别的事?没有啊……"

"你再想想?真的没有?"闫笑一下子站起身来,双手握住她的肩膀摇晃,"星星,不要骗我!"

"啊!好痛!"闫星甩开闫笑的手,"哥,你干什么啊?我说没有就是没有!"

莫名地,闫笑脸上的神情一下子就变了,原本温馨的气氛急转直下,气温仿佛下降了十度,他咬牙切齿地瞪着闫星:"什么事都不告诉我,你真的以为自己长大了,什么都能自己做决定了?"

"我本来就长大了,很快就要十八岁了!"闫星不服气地吼了回去,"当然可以自己做决定!"

"好,好好好!那你要我这个哥哥有什么用?"闫笑气得笑了,两个人和好还没到半个小时就又闹掰了,他径直将她赶出房间,"你想过什么生活,不关我的事!但以后不管发生什么,都不许你挺身出头!"

闫星毫不示弱地在门外又做鬼脸又吐舌头:"你管我!"

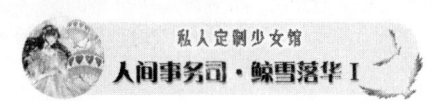

3

　　被哥哥这么对待，实在是很没面子，闫星想到闫笑这几年对自己的冷落，忍不住鼻子一酸，眼睛不由自主地红了："呜呜呜……这么久不来看我，一来就让我退学！以后再也不给你做吃的了！大坏蛋，大浑蛋！"

　　夜色已深，累了一天的学生们早已进入了梦乡，剧组也因为出事的缘故暂时停工。雪弥园里一片静谧，只余下不会说话的花草树木在圆月洒下的清辉下，散发出幽幽的清冽芬芳。一阵清风如同一双温柔的手，轻轻抚过闫星的脸。"沙沙"的树叶摩擦声，仿佛在无声地安慰。闫星边哭边走，渐渐地，前方的视野越来越开阔，一个巨大的银色湖泊出现在她的面前。泛着粼粼波光的湖的对面，一泓人工瀑布"哗啦啦"地往下倾泻在一个低洼的水池里，不停溅起白色的水花。

　　这是雪弥园最大的琥川湖，位于整个园子的正中心，每位游客来到这里都会被琥川湖的美景震撼到，可他们不知道的是，夜晚的琥川湖才是一天之中最美的。

　　闫星对这里太熟悉了，闭着眼睛都能抄近路。她走到横跨琥川湖的白玉石桥上，这座拱桥造型优美，细瘦的桥身横跨于水面之上，仿佛一弯皎洁明月，因此被命名为"飞月桥"。更妙的是，在阳光的照射下，湖对面的瀑布溅起的水雾会形成一道瑰丽的彩虹，正好与这座飞月桥重合，因此也有很多人叫它"彩虹桥"。

　　闫星越想越气，泪水模糊了她的视线："亏我还担心你最近太累，真是白操心了，你眼里哪有我这个妹妹！呜呜呜……居然还把我赶出来！呜呜呜……"

　　哭得太累了，闫星被自己的眼泪呛到，猛地打了个喷嚏："阿嚏！"

　　她吸了吸鼻子，摸索着身上的口袋找了半天纸巾，这时一只手举着纸巾伸到闫星面前："别找了，拿去擦吧。"

　　"谢谢。"她非常自然地接过来擦了擦眼泪，又揩了一把鼻涕，这才忽然感觉不对，猛地抬起头。

　　"慕非凡！怎么是你？"

　　看着闫星圆圆的小脸上满是惊恐，慕非凡忍不住大笑出声："你怎么这么逗？我都在这儿坐了好一会儿了。"

　　繁忙的拍摄日程中，好不容易暂时停工，有半天的时间休息，慕非凡便匆忙换下戏服，只穿着清爽的条纹睡衣就跑了出来。他听助理说警察并没有来找他，所以想去找闫星问问情况，可是给她打了好久的电话都没人接。他只好改变路线，趁着晚餐时间，

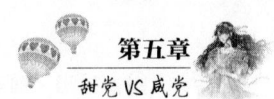

第五章 甜党 VS 咸党

去餐厅拿了一些点心和粽子,好不容易留到晚上,想独自一人躲到僻静的地方慢慢吃。没想到隔着老远,他就看到有个小傻妞朝这边哭边走,而且还哭得那么专心,完全没有注意到他。

原本撞见这种尴尬的事,他应该避开,可也许是下午一起经历过假山事件,又或者她是这么久以来第一个以平常心对待自己的女生,看到她哭泣,慕非凡脑子一热,下意识地迎了上去,还从口袋里掏出了纸巾。

闫星惊讶得说不出话来,憋了好一会儿,干脆自暴自弃:"算了,看都被看到了,反正你一个大明星也不至于长舌地到处讲。"

"喂,你当我是空气吗?这种话也当面说。"慕非凡对她提不起脾气来,他无奈地举了举手里的塑料袋,"吃吗?"

"不了,我吃过晚饭……"话音还没落,闫星的肚子就"咕噜噜"地叫了起来,她尴尬地僵在原地。早知道刚刚给老哥做消夜,她也吃点儿好了,现在多丢脸。

慕非凡拿出一个粽子扔在闫星怀里,在飞月桥旁边的白色石阶上坐下:"行了,别装了,我都听见了。"

芭蕉叶的清香混合着糯米的甜味钻进闫星的鼻子,闫星忍不住咽了口口水,也跟着坐了下来。剥开芭蕉叶,她开心地咬了一口:"呀!有栗子,好甜!"

"是甜的?"慕非凡也正在剥粽子,闻言立马想丢进水里,闫星一把抢了过来:"你干吗?不吃给我吃!"

"甜的怎么能吃?"

"哇!甜的多好吃啊!又软又香,你这个是蜜枣加红豆的。"

"算了,我还是吃别的点心好了,粽子我只吃咸的,卤肉加蛋黄,想想就流口水。"慕非凡一边咬着叉烧包,一边幻想着大肉粽,俊美的脸上露出憧憬的表情,可爱得像个纯真的孩子,闫星的心跳忍不住漏了一拍。

"明明咸粽子才很奇怪好吗?甜的才能叫粽子嘛。"

"胡说,咸粽子才是从几千年前流传下来的传统!"

"甜的更好吃!"

"咸的才好吃!"

"甜的!"

"咸的!"

温柔的夜色下,两个人一边斗着嘴一边分吃粽子和点心。仿佛与闫星心有灵犀,

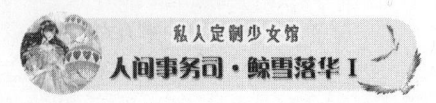

　　慕非凡一句话也没提刚刚闫星哭泣的事。闫星抬起头看着天空中的明月,情绪莫名地平静了下来。

　　"喂,你今天去警察局做笔录没给我打电话,是不是没告诉他们我当时也在?"

　　慕非凡突然开口问,闫星没想到他会问这件事,只得含糊地搪塞了过去,慕非凡也没有追问。

　　"嗝。"

　　吃完所有点心,闫星打了个饱嗝,她有点儿不好意思地瞥了慕非凡一眼,发现他目光温柔地注视着自己,黑曜石般的眸子里,仿佛洒落着满天星光。

　　皎洁的月光洒在平静的湖面上,如白茫茫一片雪,瀑布怒吼着冲下来,白色的水花如同崩裂的玉盘,在两个人的心中都激起了千层涟漪。

4

第二天一大早,清栖园外就无比嘈杂。叽叽喳喳的说话声,奔跑的脚步声,还有手机的铃声,让凌晨才回来的闫星睡不安稳。她抓起枕头捂住自己的耳朵:"好吵啊……"

可没过多久,外面又传来"砰砰砰"的捶门声,伴随着卫薇那聒噪的大嗓门:"闫星,闫星你醒了吗?闫星!"

闫星往被子里拱了拱,打算装死,可卫薇接下来的一句话,却让她惊得直接坐了起来。

"闫星,出大事了!舒筱樱的家人来了!指名道姓说要找你呢!"

匆忙洗漱完,换好衣服,闫星就被卫薇拉着来到了清栖园的大厅里。临走前,她还特地带上被自己冷落已久的手机,今天就是农历十五月圆之日,在删除鲸羽前可不能出什么岔子。

清栖园的大厅足足有好几百平方米,这里原本就是待客的地方,偌大的圆桌旁此刻站满了陌生人,把闫笑围在了中间。大部分人的手上都拿着照相机,还有人举起手机在录像,一看就是闻风而来的媒体记者。

闫笑的面色十分凝重,王教授坐在他身边,拼命用手拍桌子:"你们这样是颠倒黑白!没道理,没道理!"

"哥?教授?"闫星一出声,所有人的目光就像探照灯一样,"唰"地打到了她的身上。她不知所措地站在那里,闫笑的脸色一沉,从座位上站起身来:"你怎么来了?"

"你就是闫星?"一个离她最近的中年妇女站了起来,她头发烫着俗气的"玉米卷",脖子上挂着一串浮夸的宝石项链,紫色的旗袍将肚子上的肉一圈圈勒了出来。闫星愣愣地点点头。

"就是你害了我女儿!"猝不及防间,这位中年妇女朝闫星扑了过来,吓得她连连后退几步,闫笑怒吼道:"你敢碰我妹妹?"

然而舒筱樱母亲还没挨到闫星的衣角,就被站在一旁的工作人员拦住了。舒筱樱母亲一愣,捂着脸大哭起来:"你们这些有钱人太霸道了!我可怜的女儿啊……这世界还有公道吗?"

她身旁的一个大叔也站了起来,他和舒筱樱母亲一看就是一家子,又圆又胖的肚子像个大南瓜,连皮带都快要圈不住了。他那张同样圆胖的脸涨得通红,怒气冲冲:"这是欺凌,赤裸裸的欺凌!你们以势欺人,倚强凌弱!"

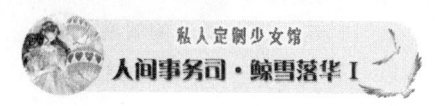

"等等……这到底怎么回事？"闫星虽然一头雾水，但还是关切地问，"您是舒筱樱的父亲吗？她现在怎么样？"

"你还装！"虽然激愤，但舒筱樱母亲没有再扑上来，她气愤地瞪着闫星，"就是你把我们家小樱推下假山的！现在狗拿耗子假慈悲，装什么好人哪！"

闫星的脑子里"嗡"地一声响，失声叫了出来："你说什么？"

"我们小樱听话又乖巧，这些天她给家里打电话，一直提到你的名字，还说什么你是有钱的大小姐，担心你不喜欢她，这么巧她昨天就出事了！出事的时候第一个发现的人就是你！不是你把她推下去，她怎么会摔？"

不……不是她！

这是污蔑，污蔑！

闫星的心里呐喊着，可偏偏面对舒筱樱父亲的大声质问，她的脑子里空白一片，张开嘴巴一个字都说不出来。记者们犹如嗅到了鲜肉的苍蝇，兴奋地举起相机"咔嚓咔嚓"开拍。

闫笑怒喝一声："谁敢拍我妹妹，出了这扇门，我让他吃不了兜着走。"

"哇！千照市第一财阀威胁媒体啦……又有头条可以写了。"

"嘻嘻嘻，哥哥胁迫媒体，妹妹欺凌同学，富豪家庭果然黑暗啊……"

可记者们根本不当一回事，反而更加兴奋起来，舒筱樱的父母也顺势大喊大叫：

"你们太嚣张了！"

"有钱了不起吗？我们家小樱还躺在医院呢！"

这时，一直侍立在一旁的李管家站了出来，慢条斯理地说："这位夫人，请您别这么激动，清栖园的每一件家具都有超过两百年的历史，太高的分贝会对它们造成不可逆转的破坏。如果您造成破坏，我们将对您以破坏私人财产罪进行起诉。"

"你！"舒筱樱的母亲举起手指着李管家，"你……"

"还有，如果您有舒小姐被我们家小姐推下假山的证据，大可以拿出来，或者直接报警。"李管家目光炯炯地盯着她，"可是根据我们的消息，您并没有第一时间报警，而是急急忙忙地召集记者说要爆料，赶到这儿来，请问您是想要什么呢？"

"哼，当然是钱。"

闫笑讽刺地扯了扯嘴角，他已然平静，恢复了冷酷的精英企业家形象。他双手交叠在桌前："在来之前，他们就找到我说要索赔一千万，如果我不答应，他们就要把事闹大，让我妹妹在学校背负欺凌同学的骂名。"

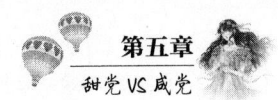

第五章 甜党 VS 咸党

"胡说！我以人格担保，闫星绝不是那样的学生！"王教授气得吹胡子瞪眼，还有几位混进大厅看热闹的学生也出声支援。

"没错，闫星人可好了，一点儿架子也没有，上次我身体不舒服还帮我做值日呢！"

"她才不会做这种事，你们想讹钱找错人了吧？"

"就是，我们也可以担保，有证据去报警啊！"

舒筱樱的父母战斗力也不弱，辩不过人家，就往地上一坐，抹着眼泪哭天喊地，场面一下子变得混乱起来。

最初的惊愕和不知所措过去后，闫星终于镇静了下来，她冷眼看着这对夫妻："你们去报警好了，或者去法院告我，我随时奉陪！"

这些人为了钱，真是什么事都干得出来，既然这样，她也没什么好怕的。

在一片吵闹声中，王教授接了个电话，一下子惊喜地站了起来："什么？舒筱樱醒了？"

整个大厅骤然安静了下来，坐在地上的舒筱樱父母停止了哭喊，眼巴巴地看着王教授……手里的手机。王教授才懒得理他们，直接开了免提，当着所有记者的面把事情问了个清楚。

舒筱樱也说自己是被人推下去的，但她自己也知道没有证据，并不敢指名道姓说是闫星推的自己，听到女儿的话，她那对奇葩父母的气焰重新高涨起来，又开始闹着要索赔。

然而，慕非凡助理的到场，彻底让他们傻了眼。

谁也没想到事发现场还有另一个人，那个人竟然是大明星慕非凡！

5

天天与媒体打交道的人就是厉害，慕非凡派来的孙助理，不但三言两语就解释清楚了事情的经过，还给闫星带了一句话。

"不要怕！还有我呢！"

大家都莫名其妙，不知道是什么意思，但闫星却听懂了。慕非凡冒着被传绯闻的风险站出来，让她觉得心里暖暖的，还有点儿甜。

舒筱樱摔下假山这件事，本来就和闫星没关系，闫笑更不可能答应家属索赔一千万的条件，但的确有一个古怪的地方——明明假山附近有监控摄像头，但不知道怎么回事，拍到舒筱樱的那一段却变得特别昏暗，根本就看不清她是怎么摔的！

"一定是你们找人做了手脚！要不然明明是大白天，光线怎么会那么暗？"舒筱樱母亲气势汹汹地说，还向媒体记者出示了舒筱樱的病历单，闫星拿过来一看："小腿粉碎性骨折，多处软组织擦伤，脑震荡……"

"舒筱樱没有心脏病？"闫星前前后后看了好几遍。

"你胡说什么啊？我们家小樱健康得很！"舒筱樱父亲鄙夷地说，"你可别咒她。"

心头蹿起的火焰越烧越旺，闫星想起舒筱樱当初口口声声称自己患有心脏病，她傻乎乎地把条件好的宿舍换给了舒筱樱；舒筱樱每次吵架不占理，就捂着胸口喊疼假装心脏病发作……

原来都是装的？

心中的怒火犹如火山爆发，闫星"啪"地把病历单往桌上狠狠一丢，大喊道："太卑鄙，太无耻了！"

"闫星同学？"旁边的王教授吓了一跳。

她忍无可忍，冲到舒筱樱父母面前："我从没有推过任何人，也根本不怕记者报道！你们这样胡编乱造污蔑我，我要报警！这是诽谤罪！"

舒筱樱父母吓了一跳，记者们赶忙拿出笔记本和录音笔，想要记录现场状况。为了不让事情变得更复杂，闫笑皱着眉头将闫星拉开了。

"哥？"

"你先出去，这边交给我。"

"可是……"

"听话，珍珠来了，让她陪陪你。"

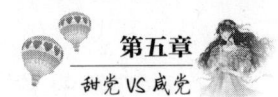

第五章
甜党 VS 咸党

闫笑斩钉截铁地把闫星推出了清栖园的大厅,刚进清栖园的薛珍珠一看到闫星,立马奔了过来,一把搂住她。

"星星!你没事吧?"

闫星在薛珍珠怀里转过头,厚重的朱红色大门后,是哥哥高大却单薄的背影。比起一年前,哥哥瘦了很多……她忽然想起昨夜闫笑一个人在房间吃泡面的情景,或许还有不知道多少个夜晚,他都是那样孤独辛酸地度过的。正如此刻,他一个人面对着舆论的压力,尽力保护自己这个只会发脾气的妹妹。

"星星,你还好吗?我给你打了几百通电话你都没接。我一大早接到闫笑哥的电话,他让我过来陪陪你……星星,星星你怎么了?"

她……哭了吗?

闫星下意识地抬起手,摸了摸自己的脸,看到指尖的水迹,她才意识到自己真的不知不觉中流出了眼泪。

"星星,你还好吗?我们不理那些浑蛋啊,我刚刚在邻街发现了一家很棒的部队火锅。走,我带你去吃!"

薛珍珠心疼地拉着闫星的手离开了雪弥园,带着她七拐八绕,来到了一家装饰着可爱的HELLO KITTY(凯蒂猫)布偶、灯光明亮的火锅店。

刚一坐下,闫星就"哇"的一声哭了出来:"珍珠!我好没用啊,遇到事只会哭,被人污蔑却只能靠我哥来挡着,自己一点儿忙都帮不上!"

"别哭啊,星星!"薛珍珠一边给她擦眼泪,一边拍着胸脯,"你不是还有我吗?你放心,不管发生什么事,我一定无条件站在你这边!保护你,替你把坏人打跑!"

薛珍珠慷慨激昂的表情夸张得像电视剧里英勇赴义的女英雄,闫星"扑哧"一声笑了出来……没错,就算世界上有那么多坏人,但她身边还有哥哥和像珍珠这样关心自己、爱自己的朋友,以及慕非凡。

离中午时间尚早,火锅店里除了她们并没有别的客人。为了回报薛珍珠的这份信任,闫星不再犹豫,把鲸羽的事告诉了薛珍珠,包括慕非凡对薛珍珠的庆生告白、她没赶上军训举牌被记过处分,都一股脑儿地说了出来。她还说了今晚就是月圆之夜,她准备卸载掉鲸羽。

优美抒情的钢琴旋律静静流淌着,闫星紧张地盯着薛珍珠脸上的表情。薛珍珠一言不发,一动不动,过了好一会儿才眨巴了一下眼睛。

见薛珍珠这种反应,闫星丧气地说:"你是不是不相信?唉,我就知道这件事太

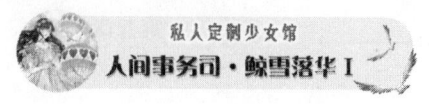

奇怪了。要是我,我也……"

"不!不不不!"

一双手"啪"地握了上来,闫星一怔,正对上薛珍珠陡然睁大的眼睛:"我信!我信啊!你最讨厌说谎了,肯定不会骗我的!我刚刚只是被吓到了!"

店员送上点好的食物,薛珍珠一边看着热气腾腾的火锅,一边喟叹:"从小,我就相信这个世界上一定有超自然的事,没想到这种事居然发生在我最好的朋友身上,真是好刺激啊!"

"珍珠!"闫星哭笑不得,之前的愤懑和忧伤都被冲淡了很多,"你不生我的气吗?我之前瞒着你这么久……"

"嗨!这有什么好生气的,你肯定也被吓到了才会这样啊!"薛珍珠迫不及待地凑过来,"快快快快!那个鲸羽APP长什么样?"

"你可别乱来啊,这么诡异的东西我可不敢留着,是一定要卸载的。"

说着,闫星从口袋里掏出了手机,她一解锁屏幕,就被上面大量的未接来电吓到了,除了宁曦和卫薇零星打过几个电话,有一半是薛珍珠给她打的,而另一半都是一个叫"MOON(月亮)"的人打来的。

"这个MOON是谁啊?你要好的同学吗?"

薛珍珠只是随口一问,闫星听到,面颊却情不自禁地发烫了起来。

MOON,是她为慕非凡专门存的名字。

第六章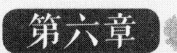
圆月宝石

Renjian Shiwu Si · Jing Xue Luo Hua I

1

抱着某种说不清的情愫，闫星含糊地"嗯"了一声，以她们两个的亲密程度，本来她也没想要把这个问题糊弄过去，不过此刻薛珍珠压根顾不上这个叫"MOON"的人了——

因为她，根本看不见鲸羽！

"在哪儿呢？哪儿啊！"薛珍珠瞪大眼睛来回翻看着手机，闫星不死心地指给她看："这儿啊！就在你眼皮底下，你都看不到吗？"

"看不见啊！"

"你再仔细找找……"

十分钟后。

"我服了，我真的找不到！"

闫星的手机里并没有安装什么花哨的美颜相机和游戏APP，整个界面清爽简洁，一目了然。可不管怎么努力，薛珍珠却始终看不到鲸羽那绿色小嫩芽图标。

薛珍珠往椅背上一摊："我的天哪！太刺激了吧？"

"刺激什么啊？"闫星忧心忡忡，"你都不知道我有多害怕，整天提心吊胆的。现在你说你看不见，我浑身的鸡皮疙瘩都起来了。"

"怕什么啊！"薛珍珠一下子坐直了，"得到这个东西，说明是老天爷选择了你啊！你和普通人是不一样的！"

薛珍珠"含情脉脉"地看着闫星，目光狂热而激动："该不会我的好朋友，背负着拯救世界的使命吧？"

"拯救个头啦！你动漫看多了，脑子里整天都在想什么？"

"嘿嘿……"薛珍珠摇了摇头，"不过说真的，你既然有了这个神器，不就可以帮闫笑哥了吗？我之前听你们班的同学说，监控摄像头拍到了舒筱樱出事时的现场，你直接修改监控录像，让她不要受伤不就好了？"

闫星愣住了。

薛珍珠越说越兴奋："我觉得这个点子很好啊！你不是亲测有效吗？说起来，那天我好像是有做梦，梦见请你吃小龙虾耽误了举牌，可后来不知怎的，那段记忆就变得非常模糊了……"

"可是，我今天晚上就准备卸载它……"闫星心动不已，却有些犹豫，她总有种

不太好的感觉。

"那就在卸载之前最后修改一次视频啊！等救了舒筱樱，让一切回到正轨，再删也不迟。"

是啊，她只做这一次……这一次之后就一定删掉！

这么想着，闫星跌落到谷底的心情也不禁飞扬了起来："这样的话，哥哥不用面对那些讨厌的记者，舒筱樱也不会受伤，我也不用再被人污蔑，浪费口舌跟舒筱樱这家人纠缠不清了！"

找到了解决问题的办法，闫星浑身轻松。两个人一边吃着美味的部队火锅，一边讨论怎么修改视频。现在时间还早，在薛珍珠的建议下，闫星决定到了晚上再开始行动。

下午，闫星心不在焉地和同学们一起在园林里写生，平时不带手机的她这次特地借了薛珍珠的充电宝，把手机的电充得满满的，这次行动一定不能出任何差错！

陪着闫星待了一个多小时后，薛珍珠再也坐不住了，她听说了《绯色长安》剧组也在雪弥园拍戏的事，一心想要去悄悄围观。

"这丫头！"

看着薛珍珠迫不及待地跑远的背影，闫星无奈地笑着摇了摇头。她收回目光，想要努力把心神放到眼前的画布上来，可画笔刚沾上一抹绯红色的颜料，就又不由自主地走了神。

如果修改视频，能够改变过去发生的事，那么是不是修改以后，她就不会进入假山里的秘密基地，也不会再遇到慕非凡，更不会和他成为朋友？

她攥紧了手机，好不容易下定的决心又动摇了起来，看着那几十通属于"MOON"的未接来电，她心中滋生了难以说清的不舍。

"哇！快看是郁辛煌！"

"在哪儿，在哪儿？让我也看看！"

还没弄清楚自己到底在惆怅什么，闫星耳边传来同学们兴奋的叫声，打断了她的思绪。对面的琥川湖边有好多工作人员在忙碌，忙着灯光、布景……她的位置就紧靠玉莲石窗，正好能看得一清二楚。

"《绯色长安》剧组出来拍戏了吗？我们岂不是可以看到现场了？"

"早知道我就选靠窗的位置了！郁辛煌今天好帅啊！"

"现在是拍他的戏份吗？他真的好适合古装，就像翩翩绝世佳公子！"

　　工作人员准备期间，郁辛煌站在离他们几步路的地方看花。他的确样貌出尘，黑底刺绣金莲的长袍衬托出高华的气质，精瘦的腰身用一根玉带束起，他白皙修长的手上执着一把折扇，俊美的脸上带着一丝忧郁。

　　"啊！"见到是郁辛煌，闫星忍不住小小地惊呼出声，郁辛煌似有所感地抬起头来，和她的目光撞了个正着。闫星赶紧露出个笑脸，用嘴形悄声说："谢谢。"

　　她可没有忘记，当初自己被剧院保安拦住时，是他带她进去找人呢！

　　郁辛煌惊诧了一瞬，随即也露出了微笑，眉目纯净无瑕，让人好感倍增。

　　"啊啊！郁辛煌笑了！他朝我们笑了！"

　　"我能去要签名吗？真的好想去！"

　　"现在不方便吧，人家不是要拍戏吗？"

　　有了这个小插曲，闫星忘了自己先前的忧愁，又聚精会神地画起画来，等待着黑夜降临。

2

入夜时分，天边消散了最后一丝晚霞，闫星拉着薛珍珠来到了雪弥园最神秘、平时未经许可不得进入的画影阁，准备在这里完成自己的"终极使命"。为防有人来打扰，她特意找了个最偏僻的房间，还让薛珍珠在门外把风。

一进入房间，闫星就迫不及待地打开早下载好的事故视频，径直用鲸羽剪辑起来。整个屋子静悄悄的，复古精致的中式家具一尘不染，一座琉璃屏风隔开前后屋，琉璃折射出诡异的光泽，冰蓝的暮色在空气中弥漫。

没费多少工夫，视频便修改好了，闫星的手心里紧张得全是汗，她盯着发光的手机默念"一，二，三"，眼睛一闭，点下了"确认"。

"咻——"

失重的感觉从闫星的脚底传来，奇迹般的一幕出现了！

手机屏幕的光越来越亮，越来越刺眼，昏暗房间中的一切都似乎活了过来，在扭曲，在生长。无数发出绿色荧光的小羽毛从手机屏幕里飞了出来，落在墙上、地上、窗边……西洋钟表蔓延出红色的蔷薇，琉璃屏风上凭空出现亿万颗星星，闫星浑身冒着冷汗，听见自己的牙齿"咯咯"上下打架的声音。

斗转星移，红尘颠倒。一时间，闫星有种不知道自己身在何处的错觉。她似乎穿梭了万年时光，又似乎只过了一瞬。一阵目眩神迷后，周围变得漆黑一片，闫星回过神来，脚下终于有了踩踏实地的感觉，她伸出手摸索了几下，碰到了冰凉坚硬的墙壁。

骤然间，一双大手捂住了她的嘴巴！

"唔！呜呜呜！"

闫星激烈地挣扎起来，然而下一刻身后传来的熟悉的鼠尾草清香，让她瞬间反应了过来。

是慕非凡！

她回到了舒筱樱出事的当天。此刻，是她刚走进假山山洞里的秘密基地，正准备开灯，却被躲在里面睡觉的慕非凡捂住嘴巴的时候！

这个时候……这个时候的舒筱樱，正一边喊着她的名字一边走到了假山……

来不及了！

闫星不再犹豫，对着慕非凡的手"啊呜"就是一口，她身后的慕非凡顿时发出一声惨叫，猛地松开了手。

"对不起,我赶时间!"

丢下这句话,她急匆匆地拉开门就往外跑。

苍天眷顾,她刚从假山山洞里冲出来,就看到舒筱樱的粉色运动服的衣角,眼见她人已经爬到了半山腰。

"舒筱樱!"闫星连忙大喊了起来。

听到有人喊她,舒筱樱停下步伐循声望去,看到是闫星,她显得惊喜极了:"星星,你是出来找我的吗?我也找你好一阵子了!"

看着舒筱樱闪闪发光的眼神,闫星的手臂不禁起了一层鸡皮疙瘩,她的目光往假山山顶上看去,那里一片白玉无瑕,反射着金色的阳光,就像是雪山顶上那圣洁的雪线。除此之外,一个人影都没有。

舒筱樱果然在说谎,哪儿来的人推她啊!

"是!我是来找你的!"

等舒筱樱反身走下假山,闫星拽着舒筱樱就往回走,她只想快点儿离开这个是非之地。舒筱樱却误会了,以为自己锲而不舍地跟在闫星身边,终于让她对自己亲近起来,于是态度更加谄媚,不断地跟她说着些什么。闫星根本没有心情听,只是敷衍地胡乱点头。

一高一矮的两个女生的身影走远后,一个高大的身影才从假山山洞里走了出来。慕非凡那张清冷英俊的脸上没有任何表情,唯有幽黑如寒星的眸子里闪烁着难言的光。

重新把舒筱樱带回清栖园,再三嘱咐她不要乱跑后,闫星借口说自己累了想睡午觉,就回到了房间按照计划躺下。她的头沾上枕头还没有多久,一阵睡意袭来,就进入了沉沉的梦乡。

第二天清早,太阳透过白色窗帘照到脸上,闫星醒了过来。突然想起前一天的事情,她便迫不及待地套上衣服,像一颗炮弹般冲出房门。

"珍珠!珍珠我成功了吗?"

脚尖刚刚迈出房门,闫星就怔住了。屋外静悄悄的,一点儿声音都没有,走廊的尽头有几位早起的同学在画速写,欣赏构造精巧的廊柱和飞檐。

她赶紧给薛珍珠发了条微信:你在哪儿?

很快,薛珍珠的信息就回了过来:当然是在床上美美地睡觉!怎么?亲爱的星星,你想我了吗?

闫星没心思聊天,直接将电话拨了过去,薛珍珠带着睡意的声音刚刚响起,她就

第六章 圆月宝石

劈头盖脸地问:"珍珠,你现在是在109宿舍吗?"

"当然在宿舍了,不然我在哪儿,你这问题……"

薛珍珠话还没说完,闫星就挂断了电话。她心乱如麻地翻开手机的日历,一看日期——

现在是10月2日,也就是说,她一觉醒来,时间回到了十二个小时前,舒筱樱出事的第二天早上。清栖园没有舒筱樱的父母带着一群记者大闹,显得清幽寂静。

她忽然明白了,现实已经改变了!

不过这次改变和第二次她修改军训举牌时,完全不一样!

闫星心事重重地点开了鲸羽,里面储存好的视频果然再次消失不见,而唯一变化的是——最底端的进度条有了飞跃般的增长!

一下子变成了20%!

怎么会涨这么多?

闫星的眼珠子都要瞪出眶来,不知道是不是错觉,鲸羽图标上的那片小嫩芽似乎变得更绿了,可爱地伸展着枝丫,一派生机勃勃。

还是先去看看舒筱樱现在怎么样了吧。

想来想去,闫星只得把手机收了起来,现在时间尚早,她不知道舒筱樱住哪个房间,只得先去餐厅,准备问问吃早饭的同学。

"不知道,"卫薇一大早就在啃鸡腿,小嘴吃得满是油光,"舒筱樱这个女生真奇怪,明明跟王教授申请的后勤助理,但不管哪个同学去找她,她都是一副爱理不理的样子,干活也总是喊累不肯动,后来有什么事大家都懒得去找她了。"

"那你有没有听说过,昨天园里出了什么事吗?"闫星试探地问。

"出事?出什么事?"卫薇一脸莫名其妙。

"没……没什么。"

闫星摇摇头,虽然看样子自己是成功了,不过没有看到舒筱樱本人,她高悬的心总是不能彻底放下来。

卫薇啃完鸡腿,一边擦手上的油,一边好奇地问:"你的好朋友不是经贸系的薛珍珠吗?你什么时候和舒筱樱关系那么好了?"

还没想好怎么回答,闫星的耳畔冷不丁地就响起惊喜的女声:"星星?"

她扭过头,虽然早有心理准备,但看到舒筱樱那堆着笑的脸出现在眼前的那一刻,这种震撼,还是让她失去了言语……天哪!鲸羽真的能修改过去发生的事,让一个骨

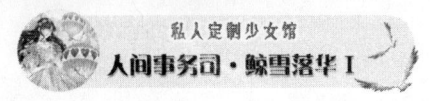

折的人好端端地站在自己面前！

舒筱樱听到了卫薇的话，故作亲昵地轻捶闫星一拳："你是特地来找我一起吃早饭的吗？怎么不叫我？"

闫星刚想要摆手："不，我——"

舒筱樱压根不给她反驳的机会，一把挽住她的胳膊："走走走，早知道我就早点儿起来了，让你等多不好意思。"

3

整个早晨，舒筱樱就像个小丫环一样跑来跑去，一会儿给闫星拿酱料，一会儿又去添橙汁。随着餐厅里的人越来越多，同学们纷纷向她们投来奇异的目光，闫星吃得如坐针毡。

"快吃，快吃！"舒筱樱一边往闫星碗里夹蟹黄小笼包，一边催促，"待会儿我带你去看个好玩的！"

"不，不用了……"

"哎呀，我知道雪弥园是你们家的，我说的当然不是什么花花草草之类的。你待会儿看到就知道了，一定不会失望的！"

不愿让别人围观自己，闫星只好匆匆吃了早餐，就跟着舒筱樱出了清栖园。见识过舒筱樱父母那势利的嘴脸，又得知舒筱樱满嘴谎言，闫星现在根本无法用平常心看待她。一路上，她都心不在焉地想找个借口摆脱掉舒筱樱。

然而舒筱樱不知是没注意到闫星的不自在，还是根本不在意，只一路拽着闫星往琥川湖走。隔得老远，两个人就看到一群人在湖边忙碌，有推着摄影机缓缓前进的，也有举着白色打光板的，还有两个导演模样的人坐在折叠椅上，目不转睛地盯着监视器，查看现场拍摄的效果。

"星星你看！轮到慕非凡上场了……哇！他要拍打戏！"

听到那个熟悉的名字，闫星不由得心中一动。她抬起头来，一抹绯红色的身影闯入她的视线，风姿卓然，如上等白玉般的容颜被张扬明艳的红色衬得越发英俊，举世无双。

"慕非凡好帅啊……"

舒筱樱感叹着，闫星也无法将自己的视线从他身上抽离。

以前透过屏幕看慕非凡，她没有一点儿感觉，顶多觉得他是一个遥不可及的明星罢了。可是现在，闫星却情不自禁地想起了很多：秘密基地中，他拿着她的"星星园林"乐高一脸嫌弃的模样；面对摔下假山的舒筱樱，他充满耐心教她急救的镇静模样；她难过哭泣时，他给她递纸巾时的温柔模样；还有他们为了粽子是甜的好吃，还是咸的好吃而争吵的幼稚模样……

这一切，慕非凡应该都已经忘掉了吧！对他来说，她只是一个骗过他的可恶女生。

"Action（开拍）！"

　　导演一声令下，慕非凡和一群饰演反派的蒙面黑衣人打斗起来，他的身形翩若游龙，潇洒飒爽，剑如电光，快得令人看不清。

　　舒筱樱看得津津有味，兴冲冲地提议："走！我们走近点儿看！"

　　"这不好吧？"闫星犹豫地小声说。

　　之前和少女偶像明茜在雪弥园门口闹了一场，因此他们和《绯色长安》剧组达成了协议，剧组使用外景的湖泊和拱桥花园时，采风的同学们就在画影阁活动，等剧组转移阵地了再出来。

　　"怕什么？这整个园子都是你家的。而且他们现在拍到紧要关头，不会出声赶我们走！"

　　舒筱樱不由分说地抓住闫星的手，硬拉着她挤进了工作人员里，拿着打光板的小姐姐被挤得一个趔趄，朝她们瞪了一眼，却也不敢出声打断这场重要的戏份。

　　"唰唰唰！"

　　剑气如虹划破长空，慕非凡手中长剑所到之处，黑衣人们纷纷负伤倒地，胜负即刻见分晓。就连一旁的武术指导大叔也面带微笑地连连点头，慕非凡算是他指导过的最有天赋的学生了。身为顶级明星的儿子，慕非凡从小就被送去学习空手道、西洋剑等，还是空手道黑带，这场戏对他来说完全是小菜一碟。

　　然而只有慕非凡自己知道，他有多么心不在焉，从清晨五点半被助理叫起来准备，他的脑子里就只有一件事——

　　他不是嫌弃外面的媒体记者太嘈杂了，所以下午潜入到整个院子里最偏僻的房间里，躲到了一架琉璃屏风后面睡觉吗？为什么一觉醒来，他又回到了房间里……时间还是早上？原本因为雪弥园里女生摔伤而停工的武打戏，又按照原计划开拍了！

　　而且他问了好几个工作人员，大家都说没有什么女生从假山上摔下来，导演还憋着笑拍着他的肩膀说："非凡，我看你是最近拍戏精神太紧张，出现幻觉了，等拍完这场之后就好好休息一下吧。"

　　难道真的是他记错了？

　　慕非凡疑惑起来，那段记忆在脑海里时而清晰时而模糊，这种奇怪的感觉异常熟悉，好像跟那天在大剧院首演《琥珀色阶梯》，他突然走下台替陌生女孩庆生一样。

　　"哼！是我们技不如人，不过风水轮流转，我们青山不改，来日方长！"

　　见自己的人节节败退，按照剧本，黑衣人头目喊出台词就要撤退，慕非凡提着剑就追。

第六章 圆月宝石

原本,他只需要足尖一点,吊着钢丝飞到对方前面,帅气地挥出一剑就行了。可没想到就在这关键时刻,慕非凡的余光瞥到了闫星和舒筱樱,顿时大吃一惊,就连剑招都使偏了。剑"当啷"一下从半空中掉了下来,差点儿砸中一位摄影师大哥。

"Cut(停)!"

导演也注意到了闫星和舒筱樱,赶紧喊停,不满地站起身来:"你们两个人怎么回事?不是说了粉丝不能来探班吗?"

见状,工作人员立马过来驱赶这两位"不速之客"。舒筱樱一边被人推搡着一边喊"不要推我,我自己会走",而闫星的脚却像灌了铅,她的视线无法从慕非凡的身上移开,心中翻涌着千言万语,却只能相顾无言。

钢丝承托着慕非凡缓缓降落,他漆黑如夜的双眸与她对视着,她那复杂的目光仿佛一缕幽暗的火焰,落入他的眼底,燃起了无边大火。

"快走!快走!"

来不及说一句话,闫星就被工作人员不客气地轰走了,之后慕非凡再也回不到心无旁骛的状态,之后补拍的打斗戏老是出差错,有好几次还差点儿伤到自己,看得导演和孙助理都捏一把冷汗。

"算了,先休息半小时!"

接连几次"NG(没有通过,重新拍)"后,导演终于宣布暂时休息,孙助理捧着矿泉水迎上来:"非凡,你今天是怎么回事?你可从没有过这样的状态啊。"

慕非凡乌黑的眉头锁得紧紧的,接过水后好久才拧开瓶盖:"我知道,抱歉……"

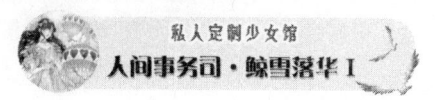

4

拒绝了舒筱樱偷溜出去逛街的邀请,闫星怅然若失地回到房间,干什么都提不起劲来。

"唉,忘了就忘了吧。反正他是大明星,和我这种普通女生也不会有什么交集。"

她栽倒在床上,拿起手机准备再研究一下鲸羽,这时,"叮咚"一声,有人发来一条短信。

MOON:中午一点半,来我们的秘密基地一趟,有事要问你。

"MOON?"闫星一个鲤鱼打挺坐起身来,"慕非凡?"

他的电话不是应该不存在了吗?

改变过去就意味着改变未来,鲸羽的力量让她在舒筱樱摔下假山前就阻止了她,那么后来在秘密基地里和慕非凡斗嘴的事不会发生,哥哥也不会因为这件事而回来处理媒体舆论,她也不会被慕非凡撞见哭泣的样子……

慕非凡的电话还在她的手机里,这件事根本不合理啊!

大概见她很久没回信息,慕非凡又发来一个问号。

闫星壮起胆子试探:你在说什么啊?什么秘密基地?

MOON:别装了,就是那个用乐高玩具造公园的地方,不见不散。

闫星震惊了,看着手机里的短信,她的脑子里成了一团乱麻……

怎么回事?

这到底是怎么回事?

事情好像越来越不受控制,仿佛暗中有一双翻云覆雨的大手在操控着这一切。要是不弄清楚这件事,她实在是无法安心!

好,不见不散。她咬咬牙,回复道。

下午一点半,按照和慕非凡的约定,闫星独自来到了假山中的秘密基地,才一进门,她就被一只强劲有力的胳膊拽了进去,"砰"地一下,慕非凡把她架在了门边。

"解释一下吧。"

闫星眨眨眼睛,"咕咚"咽了下口水……慕非凡那张白玉无瑕的脸离她也太近了吧!

慕非凡的鼻梁高挺,眼眸深邃,睫毛秀美纤长,这么近的距离,连他脸上的绒毛都看得一清二楚。

"解……解释什么?"闫星紧张地问。

第六章 圆月宝石

慕非凡居高临下地看着她，又往前缓缓踱了一步，他那修长的五指慢慢缩紧，掐得闫星的胳膊都发疼："你说呢？我今天一早醒来，发现自己回到了10月2日早上。而我却明明记得，自己睡着的时间，是10月2日傍晚！而我睡前见到的最后一个人，就是……"

他猛地收住话尾，俊美的脸逼近到闫星面前，和她鼻尖对鼻尖："你！"

"轰！"闫星的脑子里一瞬间响起了惊雷，炸得她魂飞魄散，"怎么会……不会，这不可能！"

闫星震惊得语无伦次，慕非凡却不给她思考的机会，一字一句清晰地说："什么不可能？闫星，告诉我是不是你搞的鬼？你是怎么做到的？为什么能把所有人的记忆都篡改掉，甚至……甚至让一个原本应该住进医院的人好端端地出现？还一点儿事都没有！"

慕非凡的每一个问题，都像是一把利刃，将闫星凌迟得体无完肤。她的手脚发软，满脑子只重复一句话：怎么办？他发现了！

慕非凡的双手用力抓住闫星的胳膊，阻止她身体不断往下滑，那双迷人的眼睛里燃着熊熊火焰，好像如果她的回答不能令他满意，这幽暗的火焰就会烧到她身上，将两个人一起焚烧殆尽。

"我……我……"闫星的脸色惨白，除了"我"字，其他话怎么也说不出来。

看着她这副样子，慕非凡的心里升起几分犹豫，怀疑自己是不是把她逼得太紧了。其实，他的记忆原本也没有那么清楚，虽然对曾经发生过的摔伤事故有印象，却像被人刻意拉上窗帘遮掩过一样，朦朦胧胧，模糊不清。

"后来我问别人，大家都说我是拍戏拍糊涂了，但只有我自己知道不是这样的。"

这一切，是在他见到闫星之后变得清晰起来的。慕非凡不知道该怎样形容那种感觉，好像有个人"哗啦"一下，在他眼前拉开了厚重的窗帘，露出外面清晰无比的世界，也让骤然从黑暗中走到阳光下的他备受震撼，不知所措。

为什么，所有人都和自己的记忆不一样？

而且更重要的是，这件事的确没有发生过！那个女生还好好的，活蹦乱跳地来看他拍戏！

"告诉我，你到底是什么人，为什么你可以改变过去发生的事？告诉我！"

从来没有被人像审犯人一样追问，闫星下意识地看向被自己攥在手心的手机，这个细微的动作一下子被慕非凡捕捉到。

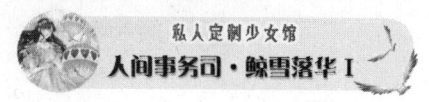

"手机？"

"不！你就是糊涂了！"

闫星也不知道自己哪里来的力气，慌忙用力伸手一推！此刻慕非凡正好放松了力气，猝不及防间居然被她推开，趁他还没反应过来，她拉开门一口气跑了出去！

她一点儿也不想拥有这种"超能力"！一点儿也不想成为别人眼中的"异类"！

今天就是月圆之夜了，只要卸载掉鲸羽，就再也不会有人知道之前发生的事……就算慕非凡怀疑，他也没有证据！

"你给我回来！"

慕非凡追了上去，可惜他没有从小在这儿长大的闫星熟悉地形，很快就让她溜掉了。等他跑出假山时，那个娇小的女生已经不见踪影。

5

离月亮升起的时间还有好几个小时,从秘密基地出来后,闫星小心翼翼地躲藏,生怕被慕非凡发现。他那么聪明,一下子就会看出手机是问题的关键。

他一定不会善罢甘休!

想来想去,闫星还是觉得自己待在雪弥园太冒险了,于是找到王教授,谎称自己身体不舒服,提出要提前返回学校的请求,因为她在班上优良的表现,王教授不疑有他,很痛快地同意了。

不知道舒筱樱从哪儿知道了闫星请假提前回校的事,特地在雪弥园的后门堵住了她,拍着胸脯保证会好好替她遮掩,还挤眉弄眼地说:"你放心吧!这种事我可熟练啦。"

"是吗?谢谢你。"

闫星实在没有心思和舒筱樱多聊,勉强扯出个笑脸,就坐上出租车走了。舒筱樱一个人对扬长而去的汽车挥了挥手,看它载着闫星消失在街道拐角,脸上的笑容一下子就垮了下来,神情阴郁又轻蔑。

"得意什么,要不是看你家那么有钱,我才懒得理你。"

闫星在出租车上打了好几个电话,薛珍珠都没有听到,她听着话筒里"嘟嘟"的长音,更加心神不宁了。

薛珍珠一定又宅在宿舍里打游戏,还戴着耳机,所以才听不到手机响。闫星一阵腹诽,在校门口下了车后,仍不死心地继续拨打,这次终于接通了。

"喂?星星!你在雪弥园玩得怎么样啊,开心吗?"电话那头传来薛珍珠元气满满的声音,还有游戏"轰隆隆"的特效声。

"什么雪弥园啊!我现在回来了,你在哪儿?"

"宿舍啊,你怎么这么快就回来了?"

听到薛珍珠的声音,闫星的心稍微安定了一些。因为是假期,星宙大学校门口的学生并不多。一侧的网球场在维护保养,网球场后是一大片茂密的树林,秋日里十分幽静,不过因为蚊虫很多,所以大家都不喜欢来这儿,现在更加没有什么人经过了。

然而只要穿过这片小树林,再走五分钟就可以到达109宿舍,于是她一边抄近路,一边和薛珍珠通话:"唉,说来话长,我现在已经进了网球场这边的树林了,等我回来跟你……啊!"

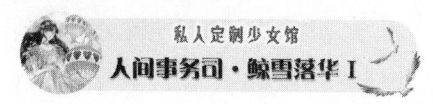

走着走着，闫星的身后突然伸来一只手，抢过闫星的手机转身就跑！

"来人啊！有人抢手机啊！"闫星拔腿就追，一边追一边焦急地大喊，可是树林偏僻无人，根本没有人会听到她的求救。

手机里传来电话那头薛珍珠的哇哇大叫："发生了什么事？星星？星星！"

抢手机的人穿着黑色T恤，黑色口罩遮住了他的面容，再加上小树林里光线昏暗，抢手机这一幕又发生得太快，闫星连人长什么样子都没看到，只能从背影确定他是一个个子很高的人。她在身高上吃了亏，她迈三步顶对方一步，运动神经又不发达，等她气喘吁吁地跑出树林，那个可恶的劫匪早已经消失得无影无踪。

"可恶！"

闫星气得跺了跺脚，脑海中忽然浮现出慕非凡的脸……黑色衣服，黑口罩，上次慕非凡乔装打扮去109宿舍，不也是一身黑的打扮吗？

一定是他！

之前在秘密基地，慕非凡就对她的手机产生了怀疑。真想不到就算后来她跑掉了，他仍不依不饶地跟了过来！

问不出来就明抢，这太卑鄙了吧？

十分钟后，薛珍珠一脸焦急地找了过来，见闫星像个木头人似的呆立在原地，清秀的小脸上一阵青一阵白，不由得紧张地问道："星星，你怎么了？"

闫星琥珀色的眼珠呆滞地盯着地面，仿若没有听到一般，吓得薛珍珠一把抱住了她道："星星？星星你说话啊！不要吓我！"

"珍珠……"终于，闫星的眼睛缓缓地转了过来，脸上扯出一个比哭还难看的微笑，"我的手机被人抢了……"

"啊？我说怎么说到一半就挂了，再打过去就关机！"薛珍珠一脸晦气，"在大学里被抢劫，这什么治安啊？赶紧报警！"说着，她拉着闫星的手，不放心地打量了起来，"你人没受伤吧？"

闫星又不说话了，整个人像丢了魂。薛珍珠见她的样子不太对劲，赶紧拉着她回到宿舍，给她冲了一杯香气扑鼻的奶茶。

"星星，"薛珍珠按着闫星的肩膀，让她坐在椅子上，"你老实告诉我，那个劫匪没有做什么不可饶恕的事吧？"

"不可饶恕的事？"闫星捧着奶茶，一脸茫然地抬头。

薛珍珠那张平时没个正经的脸上神情严肃得过分，她蹲下身来握住闫星的双手，

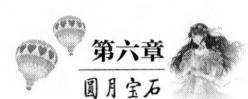

平视着闫星的眼睛:"星星,我们是不是好朋友?好朋友就要互相信任对方,对不对?"

闫星一脸莫名其妙地点点头,薛珍珠深吸一口气:"好,那你告诉我?那个人有没有伤害你,我需不需要带你去医院?"

"啊?"闫星张大嘴巴,更加听不懂了。

"哎呀!"薛珍珠急得一下子站了起来,却又不敢太大声,怕伤到闫星脆弱的心灵,"就是……就是他没有做什么不礼貌的动作吧?"

"你在说什么啊?"

闫星哭笑不得,薛珍珠却误解了她,以为她是被自己说中了心事,气得满脸涨红:"你放心!学校到处都有监控,一定能找出这个卑鄙无耻的家伙的!抓到他,我要亲手把他撕得粉碎!"

她气红了眼,捋起袖子,一副立马要出去打架的架势,闫星赶紧把薛珍珠拖了回来:"不是,不是……珍珠你误会了!"

虽然闹了个哭笑不得的乌龙,但注视着薛珍珠那张满是担忧的脸,闫星如坠冰窟的心注入了一股暖流。她思虑了一会儿,再次将鲸羽的秘密告诉了薛珍珠。

"哇!我的好闺蜜居然有改变过去和未来的力量!你不会是拯救过世界吧?"

果然,这次薛珍珠的反应和上次一模一样,不但第一时间无条件相信了闫星,还憧憬地幻想起闫星像超人一样锄强扶弱、除暴安良的场面。

"快醒醒,珍珠!"沉浸在幻想中的薛珍珠的嘴边已然挂起了傻傻的笑容,闫星无奈地推了推她,"怎么办?我本来打算今晚卸载掉鲸羽的,可手机却被慕非凡抢了!现在我连他人都联系不到,今天是别想拿回手机了!"

"慕非凡?"薛珍珠震惊地瞪大眼睛,"这又关慕非凡什么事?"

闫星只好又花费好半天时间,将自己和慕非凡相识的经过细细道来,薛珍珠听完之后,不但不同意她的猜测,还义愤填膺地跳了起来。

"不可能!我的偶像不可能是这种垂涎鲸羽而去抢劫的人!"

"可是……"

"不必可是了!"薛珍珠的手"砰"地拍向桌子,"我以我的人格担保,如果手机是慕非凡抢的,我就……我就……我就把这张桌子吃掉!"

听到薛珍珠如此笃定,闫星不禁怀疑起自己的猜测,毕竟她和慕非凡相处的时候非常快乐,从心眼里,她也不希望他是抢走手机的人。

可是,真有这种巧合吗?她这么倒霉,偏偏在今天被劫匪盯上?

第七章

雪弥园的危机

Renjian Shiwu Si · Jing Xue Luo Hua

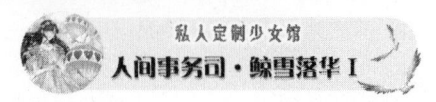

1

当天闫星和薛珍珠报了警,调取了学校的监控,奇怪的是监控摄像头并没有拍到劫匪抢完手机跑出树林的画面,除此之外也没有任何线索,两个人一直奔波到深夜无果,只能暂时将此事搁下,重新再买部手机了。

没想到第二天刚起床,薛珍珠就收到卫薇发来的劲爆八卦——慕非凡转入了星宙大学电影系!

"怎么会这样?"闫星不由得惊讶大叫。

薛珍珠翻看着已经快被信息刷爆的班级微信群说:"慕非凡的经纪公司说他的下一部戏是校园题材,所以他打算从一位普通大学生做起,来体验生活。"

读完信息,两个人沉默着面面相觑。

"哎呀,别管他了!"薛珍珠猛地从椅子上拿起衣服丢给闫星,"难得国庆节放七天假,我们什么都不要想,好好玩一下吧!"

国庆假期后的第一节课是在园林(1)班的小教室上,卫薇一早就占好了她们惯常坐的座位,见到闫星后她开心地打起招呼:"早啊!你身体好了吗?听王教授说你生病了。"

"啊?嗯……"闫星不会说谎,勉强笑着点点头,然后把书包塞进抽屉。抽屉里不知道有什么东西,书包撞到后发出"砰"的一声响,她拿出来一看,小脸上的血色瞬间褪得一干二净。

"闫星,你的脸色怎么这么差啊?是不是病还没好?你要不要紧啊?"卫薇关心地凑过来,看到闫星手上的东西,奇怪地问,"你怎么了?拿着自己的手机发呆干吗?"

闫星僵在原地,完全失去了说话的能力。是谁?偷走了她的手机,又把它塞进了她的抽屉里?

见闫星不说话,脸色苍白,卫薇不由得担心起来:"你要是不舒服,那就再请几天假吧。"

"我没事。"闫星回过神,摆了摆手。

手机电量早已经耗尽,暂时开不了机。当她看到自己的粉色橘子手机时她就明白了,抢走手机的人根本就没有什么别的目的,纯粹是不想让她删掉鲸羽!

发现了这一点,闫星上课时没办法集中精神,她满脑子都是这件诡异的事。课间,

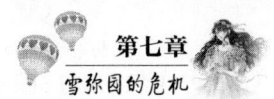

第七章
雪弥国的危机

她借来充电宝给手机充电,开机后发现舒筱樱给她发了好几条微信,热情洋溢地说中午要来找她一起吃饭,吓得她在下课铃响起的那一刻,便起身急匆匆地离开了教室。

薛珍珠临时被社团拉走聚餐,她一个人恍恍惚惚,不知道该往哪儿去,只得背着双肩包在校门外乱逛。秋风带着凉意,阳光却热烈到刺目,街边高楼的招牌都反射着晃眼的白光。

"小心!"

茫然间,一股强壮的力量揽住闫星的腰,用力把她抱离地面,一辆黑色小轿车登时与闫星擦身而过,轮胎在地面上划出"嘎吱"的一声,刺耳又难听。

"过马路不看红绿灯,找死啊!"司机从车窗里探出头来破口大骂。

闫星这才回过神来,吓得腿都软了,救了闫星的慕非凡连忙道歉:"对不起,下次不会了。"

小轿车走后,慕非凡看看路边没什么人,一把扯下脸上的黑色口罩:"你疯了?去哪儿这么赶,红灯也往马路上冲?"

"我……"

看到慕非凡那张英俊白皙的脸,闫星忽然浑身不自在。她现在最不想看到的人,就是慕非凡。她在为自己之前怀疑慕非凡而感到羞愧,他根本不知道鲸羽是什么,又怎么会多此一举,偷走手机又还回来?

可是,慕非凡分明就发现了什么……她要告诉他鲸羽的秘密吗?

"算了,你现在这个傻乎乎的样子,去哪儿我都不放心。"慕非凡拉开停在路边的一辆银色保姆车的车门,"我刚刚来学校办完入学手续,你还没吃饭吧?先跟我回家。"

"可是……"闫星有些犹豫,慕非凡不由分说,一把拉住她的手,将她推进车里:"走吧,别可是了。"

银色保姆车一路向北开出市区,窗外的景色飞速倒退,慕非凡把车窗打开。迎着风,闫星原本抑郁的心情舒畅了很多,她偷瞥了一眼坐在身边的慕非凡。慕非凡狭长深邃的眼睛里闪烁着明亮的光,脸上带着淡淡的微笑,安静美好的侧脸犹如一尊优美的雕塑。

他怎么能长得这么好看呢?还偏偏不靠脸吃饭!闫星不禁感叹。

慕非凡的家位于千照市郊区的一处小湖畔,富有设计感的几何式层叠建筑坐落在金色麦田间,湖边蓝色码头上立着一座小小的白色灯塔,秋风一吹,几只水鸟从芦苇丛中飞了出来,低低地徘徊着。

"好漂亮啊！像电视剧中一样！"闫星跳下车，忍不住惊叹。

和影视剧中的明星豪宅相比，慕非凡的家装潢得十分简单。客厅里铺着厚厚的白色毛绒地毯，除了大沙发和落地灯之外，就再没有别的家具了。而且慕非凡居然是一个科技爱好者，从玄关到客厅摆满了玻璃橱柜，四米高的橱柜里密密麻麻陈列的全是无人机，惊得闫星合不拢嘴。

慕非凡白玉般的脸上闪过一抹笑意，随即又装作一副满不在乎的模样。

客厅有一面白色的墙，慕非凡用手指按了一下墙上的开关，顿时墙面裂开，出现一个巨大的屏幕。

屏幕一闪，画面里出现一位穿黑西装的大叔，他彬彬有礼地鞠了个躬："中午好，少爷。"

"秦叔，我饿了，上午饭吧，"慕非凡指了指呆立在一旁的闫星，"顺便也给她来一份。"

"这位可爱的小姐吗？好的。"管家扫视了闫星一眼，表示明白，屏幕蓦地变黑了。

拉着闫星坐到沙发上，慕非凡朝她竖起手指："算上这一次，我已经帮你两次了。面对你的救命恩人，你就没什么想说的吗？"

"哪……哪有两次？还有我跟你又不熟，干什么拿手指我！"闫星嘴硬地说，可对上慕非凡那双如寒潭般幽黑的眼睛，却又忍不住心虚地垂下了眼睛。

"是吗？"慕非凡伸手握住了闫星的下巴，轻轻迫使她抬起头。闫星那双琥珀色的瞳仁里映出他俊美的容颜，他微微一笑，轻声吐出的话语却犹如惊雷乍起。

"那10月1日，从假山上摔下来的那个女孩，又怎么算？"

第七章
雪弥园的危机

2

"那天，一大早我就听到雪弥园里吵吵嚷嚷的，听说那个叫舒什么的女生的父母来找麻烦，就把孙助理派了过去，导演担心粉丝会趁乱闯进来，又停了半天拍摄，我正好睡眠不足，就想着找个地方去补觉。"

慕非凡之前没有来过雪弥园，只是凭感觉找了个离喧闹的人群最远的偏僻小楼。原本画影阁都有人守卫，偏偏那天闫星为了不被人打扰，把保镖们都调开了，而她选择的那间房正好就是慕非凡睡觉的那间！

"我睡得迷迷糊糊的，突然感觉自己被一股力量拉扯着，一睁开眼睛，就发现自己莫名奇妙回到了秘密基地里，手还捂着你的嘴巴……"

接下来的事，闫星都知道了，她火急火燎地冲出去找舒筱樱，把慕非凡一个人丢在了秘密基地里，当时的她根本想不到，他居然也被鲸羽一起拉回了过去！

她脸色惨白地坐在沙发上，虽然早有了心理准备，但亲耳听着慕非凡一点点回忆过去，心里仍然感到了强烈的冲击。

看着她失魂落魄的样子，慕非凡心中一软："喂，你没事吧？需不需要纸巾啊？"

"才不需要，我又没有哭……"闫星有气无力地往沙发扶手上一趴，一副慷慨赴死的模样，"好吧，我的秘密你也知道了，我也没什么好隐瞒的了。有什么想知道的，你问吧！"

在慕非凡的追问下，她一五一十地把鲸羽的来历和神奇都坦白了。听完后，慕非凡不可思议地拿过闫星的手机："这么神奇？我看看。"

"看吧，看吧，随便看。"

"真的看不到……"慕非凡看了好久也没看到鲸羽的图标，他把手机还给闫星，一脸可惜，"可能这就是上天安排给你的试炼吧，也许你身负重任，要拯救世界也不一定呢。"

"你怎么也这么说？我才不想要拯救世界。"闫星嗤之以鼻。

"不过有件事我不太明白，"慕非凡摸摸线条优美的下巴，"你说除了你之外，知道这个秘密的只有你的好友薛珍珠和我，但是她在你救了那个叫舒筱樱的女生之后，就一点儿也不记得之前你说过的事了。"

"是啊。"

"那这就很奇怪了，她不记得，我为什么会记得？"

"这还用说！"闫星一拍桌子，"当然是因为你当时和我在一个房间啊！"

慕非凡点点头，寒星般的眼眸里若有所思："看起来也只能这样解释了。"

"啊啊啊！现在重点根本不是这个好吗？"闫星崩溃地抓头，"我只是个普通人，一点儿都不想要超能力！"

"为什么？你没看《蜘蛛侠》吗？人千万不要看轻自己，也许你能做到自己也想不到的事！有了特殊的能力，才能更好地保护身边的人啊。"

"可我身边压根没什么人需要保护啊！"闫星像看傻子似的看着慕非凡，"我哥是总裁，身边有保镖随护；我的同学都是安分守己的好公民，有什么危险需要我去解决？"

"你这个人怎么一点儿追求都没有？"

慕非凡被闫星不成器的想法气得想拍桌子，幸好管家及时按响了铃，提醒午餐已做好，打断了这段尴尬的对话。

两个人一边往餐厅走，闫星还一边不服气地怼他："我没追求怎么了？你以为人人都想当大英雄啊，我就想做个安静的美少女，怎么了？"

两个人来到餐厅，新鲜的蟹籽沙拉已经摆上了桌，红色的蟹籽配上青翠欲滴的冰草，十分清爽。

管家殷勤地替闫星拉开椅子："这位可爱的小姐，您是我们少爷第一个带回家的客人，尝尝沙拉，看合不合口味？"

闫星听话地舀了一勺蟹籽，鲜甜可口的滋味在味蕾上蔓延开来，她忍不住用大拇指比了个赞："好吃！"

"再好吃，天天吃也会烦啊……"

另一边，慕非凡生无可恋地拿着餐具一动不动，管家看着他不情不愿的样子，提醒说："少爷，这是夫人吩咐的，一个演员应该——"

"应该有良好的自我修养，不吃热量高的食物，不吃口味重的食物，不吃零食、不喝含糖饮料，保持运动量，对吧？"他无奈地戳了戳盘子里的蔬菜，"我从小就听这个，耳朵都要长茧了。"

闫星竖起耳朵，好奇地听着慕非凡和管家的对话……哇！原来当明星这么辛苦啊，为了保持身材，什么都不能吃！不过她转念一想，不对啊！慕非凡不是还在秘密基地里囤了很多零食吗？

"既然少爷明白，我就放心了。"管家大叔点点头，转过来和蔼地看着闫星，"这

第七章
雪弥园的危机

位小姐,您和我们的少爷是……"

"她是我的大学同学,之前帮过我很多忙。"慕非凡抢先一步解释道。

"是吗?"管家大叔的态度一下子变得热情起来,"厨房还有刚烤出来的意大利熏肉香肠比萨饼和栗子慕斯,小姐要吃吗?我这就给您送过来。"

"不了,我……"闫星刚要拒绝,目光落到慕非凡的脸上,瞬间改变了主意,"那给我来一份吧,谢谢管家大叔!"

哈哈!可怜的大明星,只能吃草,还偏偏喜欢零食!

那就好好看着她享用美味吧!

3

香气扑鼻的意大利熏肉香肠比萨饼很快就上桌了,比萨饼上面铺满了双层芝士,闫星随手拿起一块,融化的芝士都会拉出几条金黄的丝。

"哇!好好吃啊!"闫星大声惊叹着,看着慕非凡的神色变得更加郁闷,心情不由自主地飞扬起来。而在管家大叔的严格监视下,慕非凡只能艰难地咽着蟹籽沙拉。

"不要羡慕我的比萨饼啦,"闫星故意安慰他,"你的沙拉也很好嘛,很有营养。"

"闫星!"慕非凡抬起眼睛,从牙缝里一字一顿地挤出话来,"你够了啊。"

"嗯……"闫星又咬了一口栗子慕斯,"软软的,又绵又滑……"

慕非凡的喉结微不可察地滑动了一下,他低下头恶狠狠地吃起面前的"草"来。

吃饱后,闫星又和慕非凡明枪暗箭地斗了一番嘴,她原本因鲸羽忐忑的心也踏实了下来。在离开慕非凡家前,她去了一趟一楼的洗手间,被走廊上的两扇房门忽地吸引住了。

奇怪,慕非凡家的装潢都是统一的米白色,为什么只有这两扇门是黑色的,而且上面还贴着骷髅头的海报?

"喂!没人告诉你,在别人家做客不要随便乱逛吗?"

闫星刚伸出手准备推门瞧瞧,就听到身后传来懒懒的男声。慕非凡双手抱着肩膀,长身鹤立,冷冷地盯着她。

"我只是好奇嘛。"闫星悻悻地说。

"这两扇门的后面是禁区,如果打开的话,会发生很可怕的事。"

"喊,装什么神秘,我才没有兴趣呢。"闫星拍拍手,"走了,走了。"

刚走到109宿舍的楼下,闫星就看到薛珍珠扒着窗户眼巴巴望着她,活像一只可怜的小狗。

回到宿舍后,闫星满脸无奈:"你不用这样吧?只不过给你发信息说了慕非凡的事,你就变成了这样。"

薛珍珠跳到她面前:"你发信息的时候,我还在餐厅吃饭,一听消息连饭都顾不上吃了,就跑回来等你!那可是慕非凡啊!"她兴奋地转圈,"我的好闺蜜居然有慕非凡的电话!"

"喂!你别这么大声!"闫星慌张地捂住了薛珍珠的嘴巴。薛珍珠顺势抱住闫星

第七章 雪弥园的危机

的腰:"星星,好星星,你和他是什么关系啊?你都去他家吃饭了,他来星宙上学是不是也因为你啊?"

薛珍珠一连串的问题劈头盖脸地砸下来,闫星的心脏猛地漏跳了一拍,她的脸火辣辣地烧了起来:"你说什么啊?我和慕非凡什么关系也没有!"

"我不信!"薛珍珠拖过两个蒲团放到宿舍的地毯上,兴致勃勃地拍了拍,"来聊天!老实交代,你和慕非凡之间到底是怎么回事?"

两个人坐在蒲团上喝起了奶茶,吃起了零食,闫星竹筒倒豆子般将自己和慕非凡之间发生的事情说了一遍。

"缘分啊!你和慕非凡真是缘分!"薛珍珠忍不住喟叹。

"什么缘分,孽缘吧!"

"你真是身在福中不知福,能跟慕非凡认识,是多少女生梦寐以求的啊!"薛珍珠伸了个懒腰,随即转移了话题,"星星啊,我们是不是好久都没有这么聊过天了,好舒服啊。"

"是啊,上一次还是……我十七岁生日那天晚上。"闫星抱着奶茶杯出神。

"那天晚上你等了闫笑哥一整晚,他也没有回来……最后你抱着我哭了一整晚,眼泪稀里哗啦的,第二天早上起来眼睛都肿了。"薛珍珠回忆着,关切地问,"你和闫笑哥最近怎么样啊?"

"就那样……"闫星的语调低沉了下来。

"哎呀,你们俩怎么还这样!"薛珍珠急得坐直了身子,"你和闫笑哥就是一个脾气,犟!谁也不肯先开口示弱,心里却非常担心彼此。听我说一句,明天你主动去找他吧!你们两兄妹齐心,有什么迈不过去的坎啊?"

闫星低下头不吭声,薛珍珠急得推了她一把:"星星!"

盯着面前袅袅升起热气的奶茶,闫星的脑海中浮现出闫笑为了她连夜赶回雪弥园的身影,缓缓点了点头:"我知道了。"

第二天上午只有两节课,闫星上完课就坐公交车回到了雪弥园,作为千照市最有名的私家园林,雪弥园平时只允许游客周末进入,还限额一百人。这天是周六,闫星提前问过李总管,得知闫笑正在雪弥园里办公。

"小姐你回来了。"刚一进门,李总管就迎了上来,像闫星小时候那样伸手就要接过她的双肩包,她赶紧抱住:"不用了,李叔叔!我自己背得动的!"

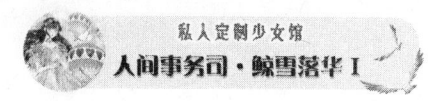

李总管慈祥地笑着:"小姐长大了,和夫人想象的一样,乖巧漂亮又懂事。"

"哥哥呢?"闫星被夸得不好意思了。

"在办公室里。"

闫笑的办公室就在他卧室的旁边,比他的卧室还要简单。空荡荡的房间里,只有一张桌子一把椅子。闫星进来时,只见桌子上摆着一台打开的笔记本电脑,还有一杯冒着热气的茶,并没有看到人。

茶还热着,人应该刚出去没多久,闫星在椅子上坐下来等待。电脑屏幕还亮着,停留在邮件界面,她不经意间瞥了两眼,一下子被吸引住了目光。

"唐人街私家侦探?"

哥哥写邮件给私家侦探干什么?闫星仔细看了看,发现闫笑竟然在悄悄拜托私家侦探寻找父亲留下来的遗嘱和地契。

"遗嘱和地契?"她呆呆地看着邮件,"哥哥找这个干什么?"

趁着闫笑还没回来,闫星又仔细翻看了他最近收发的几封邮件,一封来自Y先生的来信引起了她的注意。

尊敬的闫笑先生:

您好!

本人谨代表当事人原乐颐先生向您发出最后通牒,距离您的还款日已经逾期三十天,届时将根据合约,收取您名下的雪弥园作为债务抵押不动产……

雪弥园!

闫星看到这里惊得瞪大了双眼。

为什么哥哥的法务文件中会提到雪弥园?

第七章 雪弥园的危机

4

闫星连忙把 Y 先生的邮件全都翻了出来，一字不漏地看了一遍。原来，闫笑做的珠宝生意并没有外界所传言的那么好，他在南非的矿源莫名枯竭，稳定的合作伙伴也突然背叛，连番打击下来，欠下了好几亿的债务。因此闫笑居然拿雪弥园来作为抵押向别人借钱，现在被对方威胁到月底还拿不出钱来，就要拿走雪弥园作为赔偿……

"你在干什么？"这时，闫笑拿着一沓文件从屋外走了进来，看见闫星坐在电脑前翻看自己的邮件记录，"啪"地合上笔记本电脑，"出去！"

"哥哥！"闫星难过地拽住闫笑的衣袖，"你告诉我，你是不是把雪弥园抵押给别人了？现在别人要拿它来抵债？"

"大人的事小孩不要掺和，"闫笑有些烦躁，"这不是你该问的事。"

"什么大人小孩！哥哥，你告诉我，你是不是把雪弥园抵押给别人了？这可是爸爸妈妈留下来的啊……"闫星琥珀色的眼睛里水光盈盈。

"我知道！"被闫星那双泛着泪光的眼睛注视着，闫笑狼狈地转开了脸，"是我投资失利……不过你放心，雪弥园是母亲去世前指明要留给你的，在你满十八岁之前，我只是代为监管。除了你，谁也拿不走雪弥园。"

"哥，你还要骗我，那个 Y 先生的邮件我都看到了！"

"那个不重要！"闫笑脸色铁青，"母亲留下了遗嘱和地契，可以证明我对雪弥园的抵押和担保是无效的，拿出这两样东西，就算上法庭也不怕。"

"那还等什么，快拿出来啊！"闫星焦急地道。

闫笑蹙起眉头，眼睛里掠过一丝黯淡的光："不行啊，母亲走得太早，当时的事我已经记不清。父亲去世前又没有告诉我遗嘱和地契的下落，到现在我都没找到。"

"我也来帮忙找！"闫星自告奋勇，"那些债务也不是哥哥你一个人的责任！我既然知道了，就不能袖手旁观！"

"行了，"闫笑用文件敲了敲她的头，"你又不会做生意，能帮什么忙。"

"可……"

闫笑不想再让她多问，卷起衣袖就开始赶人："好了，你只要好好念书就行了，地契和遗嘱我委托了专业的侦探去找，相信很快就会有结果的。现在我要工作了，别在这儿打扰我了。"说着，他就提着闫星的衣领，将她从椅子上拉了下来。

闫星看着闫笑单薄瘦削的身影，心里一阵难过。难怪哥哥最近瘦了那么多，白衬

衣的袖口还染上了污渍，生意不顺利，他肯定很郁闷吧，她还常常气他……

一股热血冲进脑子，闫星脱口而出："如果我拿自己的秘密来交换呢？"

"什么？"

"我说，"闫星鼓起勇气往前跨了一步，"最近在我身上也发生了一些特别的事，哥哥你一定很感兴趣。如果告诉你的话，作为交换，哥哥你也让我分担一些你的事好不好？"

上次在雪弥园，闫笑就曾经打探过她的事。被她用鲸羽改变了过去，闫笑肯定也都不记得了，但以他的精明程度，现在肯定已经开始怀疑她了。

"可以啊，"闫笑上下打量了她几眼，白皙干净的脸上忽然露出似笑非笑的神情，"小丫头也有秘密，还会和哥哥讲条件了。"他双手抱胸，往椅背上一靠，"行，你说吧，说完我考虑考虑。"

"那我说了。"闫星就像小学生一样双手交握，将鲸羽的事情从头到尾交代完。一开始，闫笑的脸上挂着一抹微笑，就像小时候逗妹妹玩那样轻松惬意，可越听到后面，便越正襟危坐，脸上的笑容也渐渐消失，神色变得严肃起来。

"事情就是这样，"闫星低下头，没什么底气地说，"我知道自己说的事很离奇，哥哥你也一定不会相信我，可这些都是真的！因为——"

"我信。"闫笑打断了她的话，从椅子上站了起来，他伸出手，"手机给我。"

闫星乖乖从口袋里掏出手机。她还以为要被闫笑痛骂一顿，没想到他一下子就接受了。

闫笑在她面前还从未如此严肃过，他拿过手机翻看了一阵，脸上表情神秘莫测："照你说的，鲸羽是个剪辑视频的APP？"

"是啊，是不是很神奇？"闫星凑了过去，用手指了指页面，"它就在这儿，不过除了我以外好像谁都看不到。"

闫笑低头俯视闫星："星星，既然你说这个APP可以修改过去和未来，甚至可以控制别人的生活。那么你告诉我，你喜欢这个软件吗？或者说……你喜欢这种控制别人的感觉吗？"

"控制……怎么会？"闫星把头摇得像拨浪鼓一般。

不知道是不是她的错觉，闫笑的嘴角似乎牵起了一丝微笑，可下一秒，他的面容又变得冷酷起来，径直把闫星的手机收进了自己的口袋里。

"哥，你干什么？"闫星一脸莫名其妙，闫笑却并没有理睬她，而是走到桌前按

第七章 雪弥园的危机

了个按钮:"来人。"

只不过几秒钟时间,外面就走进来两个穿着浅褐色短打的高大男人,是闫星以前在雪弥园从来没有见过的陌生面孔。

闫笑冲他们挥了挥手:"把小姐带回房去,没有我的允许,不许她出房间。"

"哥!"闫星被人抓住了手臂,"为什么?"

"我说过了,小孩子不要掺和大人的事。"闫笑背对着她淡淡地说,"从今天起你不要回学校了,我会找人去办退学手续的,等后天,我就送你去国外。"

"什么?我不去!哥,你为什么要这么对我?"闫星不敢相信地拼命挣扎着,可是直到她被人押着走出房间,闫笑都没再回过头来看她一眼。

阳光从窗外洒进来,树影摇曳间,枝头的花瓣飘落在闫笑的肩膀上,过了好一会儿,他才轻声开口:"对不起,星星……"

5

"哥哥！哥哥放我出去！"

"喂！外面有没有人啊？你们没有权力关我！我要报警！"

"闫笑，你是不是有毛病啊？把我放出去！我不出国，喂！你听到没有啊？"

闫星被强行关进了画影阁三楼的房间，小时候她曾经在这儿住过一段时间，房间里的摆设一直都没有变过：刻着漂亮的飞天图案的罗汉床，投射出五彩斑斓的光的琉璃灯，透明水晶的莲花窗棂……无一不精美绝伦，透出古典和雅致。

可是她的喉咙都喊哑了，闫笑的身影也没有出现。直到太阳沉入西边的地平线，晚霞漫天时，才有个沉默的男人送来精致的餐点。

"能不能拜托你叫闫笑来找我啊！这样关着我算什么？"

男人放下餐点就走，闫星扑过去想冲出大门，却又被门口的两个守卫无声无息地推了回来。

"喂！你们这是做什么？这是非法囚禁！"闫星气得脸都涨红了，一下子把桌上的餐点扫翻在地。

"小姐，不吃饭怎么行呢？"这时，一抹天青色的身影出现在闫星房间的门口，李总管提着一个古朴的食盒，慈祥地看着闫星，"饿肚子对身体不好的哦。"

"李叔叔，"看到李总管，闫星的眼泪一下子就流了出来，"你放我出去吧！我要去问问哥哥他为什么要这样对我？我不想退学，也不想出国啊！"

"小姐……"李总管为难地摸摸她的头，"少爷下了命令说不想见你，我也不能放你走。不过我想你们之间只是误会，应该很快就会解开的。"

"你不懂的，李叔叔……"闫星摇摇头，滚烫的泪水一颗颗砸落在地，以她对闫笑的了解，他这么决绝一定是下了决心，他真的会后天就送她出国。

"至少让我给珍珠打个电话吧，总不能我退学了，都不告诉她一声啊！"闫星又央求李总管道。

这个要求李总管不好拒绝，他犹豫了一下，把自己的手机递给了闫星，让她给薛珍珠打了电话后，又安慰了她一会儿才离开。

夜幕降临，闫星没有打开房间里的琉璃灯，任凭黑暗将自己笼罩。虽然闫笑一直很霸道强势，但不是也很疼爱她吗？她真的不明白为什么他这么想送她出国，还突然翻脸把她关起来！

第七章
雪弥国的危机

是因为鲸羽吗？可是闫笑明明也知道，就算他据为己有也用不了！

闫星的嗓子都哭得冒烟了，深秋夜晚的凉意袭人，她却仿佛感觉不到似的，呆坐在床沿。

"笃笃笃。"

靠床的窗沿忽然传来细微的敲击声，她沉浸在悲伤中不能自拔，并没有发现。

"笃笃。"

敲击声又加大了几分，这次闫星终于听到了，她泪眼婆娑地抬起头，爬到床边支起木窗，一个戴着面罩的黑影出现在窗外。

"啊！你……"她刚发出一声惊叫，就被对方捂住了嘴。对方的袖口上传来的淡淡的鼠尾草的气息让闫星瞬间安静了下来。夜幕中，慕非凡的眼睛如星辰般明亮，映出闫星的小小身影。

"小姐，你没事吧？"门外传来守卫的询问，闫星定了定神，哑着嗓子回答："没……没事……我只是不小心磕到了桌角。"

外面的守卫没有再说话，她扭过头，压低声音问："你怎么来了？"

"不要说那么多了，跟我走。"慕非凡把窗户撑到最大，"出来，我会接住你的。"

三楼看起来不高，但也离地面五六米，不过幸好画影阁位置幽静偏僻，而且后面的围墙边有一道可以从里面打开的小角门，如果小心点儿，是可以逃出去的。

闫星心一横，点了点头。

慕非凡单手一撑，轻轻松松就翻到了一楼的房檐上，身轻如燕，犹如影视作品里的武林高手。闫星不敢跟着往下跳，只能从窗户中爬出去，趴在二楼的房檐上小心翼翼地往下挪动，好不容易爬到房檐边上，慕非凡将手伸向她："手给我。"

闫星紧紧抓住慕非凡的手，被半抱着到了一楼的房檐。

"呼……好险……"闫星站稳，心有余悸地抬起头对慕非凡扯出个笑容，然而下一秒她脚底的瓦片一滑，她发出一声尖叫，"啊！"

眼看抓不住闫星，慕非凡居然纵身一跃也跟着跳了下去，在半空中揽住了闫星的腰。闫星的目光直直地撞进慕非凡漆黑如墨的眸子里，他的眼神坚毅明亮，看得她的心脏不由得漏跳了一拍。

"砰！"

慕非凡抱住闫星，用自己的后背硬生生地撞在了地面上，他不禁发出一声痛苦的闷哼，两个人在地上滚了两圈，终于停了下来。

"慕非凡！你没事吧？"

闫星赶紧爬起来，摘下慕非凡脸上憋闷的面罩，那张英俊的脸庞露了出来，他半支起身子动了动胳膊："没事。"

两个人的目光撞在一起，闫星的心脏又开始"怦怦"加速跳动着，越来越快，越来越快……仿佛要蹦出嗓子眼。

"小姐，你没事吧……不好！小姐不见了！"

三楼的守卫听到闫星的叫声，推门而入，立马便发现她失踪不见了。凌乱的脚步声和嘈杂的人声纷纷响起，慕非凡首先回过神来，拉住闫星的手："我没事，我们快走！"

第八章
人生中无法面对的污点

1

  凭借着对地形熟悉的优势，闫星很快就找到了那扇小角门，两个人顺利地逃了出去。雪弥园虽然位于千照市热闹的市中心，但到了深夜是很难一下子打到出租车的，慕非凡怕被人追上，拉着闫星一口气跑过了两条街，才气喘吁吁地停下。

  "呼……呼……我们算不算安全了……"闫星弓下身扶着膝盖大口喘气，慕非凡摇摇头："还算不上。"他拉着她躲进一个僻静的巷口，给管家打了个电话，很快，一辆黑色小轿车低调地停在他们面前。

  在慕非凡的示意下，闫星一边乖乖地上车，一边忍不住好奇地问："咦？你换新车了？"

  "你以为我只有一辆车吗？"慕非凡示意司机开车，拿出手机说道，"今天你不能回学校，我给薛珍珠打个电话。"

  "珍珠？"

  "不然你以为我怎么知道你被关起来了。"

  拨通了薛珍珠的电话，慕非凡说闫星晚上会住在他家，然后便在薛珍珠的惊叫声中挂断了电话。听见薛珍珠那富有穿透力的大嗓门，闫星的额头不由得流下几滴汗。

  "当时，我接到一个陌生来电，她说她是你的好朋友，还说你被你哥哥关起来了，让我想想办法。"

  "这个珍珠……"闫星心里又尴尬又感动……之前她经不住薛珍珠的百般纠缠，只好把慕非凡的电话告诉了她，还千叮咛万嘱咐一定不能乱打，没想到薛珍珠居然为了她找上他。

  "不过幸好有她告诉我，不然你要真的被送出国了，我一定会后悔的。"

  慕非凡侧过脸来，窗外有车经过，车灯的光映在他如玉般的俊脸上，像镀上了一层耀目的金光，闫星的心又"怦怦"跳得很急，像揣了一只小兔子，她不禁轻轻抚上自己的胸口。

  她这是怎么了？

  忽然，慕非凡伸出一只大手，轻柔而又不失强势地将闫星的脑袋按在自己的肩膀上。闫星莫名地抬起眼睛，却撞进慕非凡那双仿佛落满星光的温柔双眸里。

  "睡吧，哭了一天，你也累了。"慕非凡的目光仿佛具有魔力，让闫星一时失去了言语，他以为她还在不安，薄唇弯起一抹优美的弧度，再三保证，"你放心，在我

第八章
人生中无法面对的污点

这儿绝对安全。"

"扑通!"

闫星的心脏再次漏跳一拍,伏在慕非凡宽阔的肩膀上,被那淡淡的草木气息包围着,她感到很安心。她轻轻闭上眼睛,好像忘却了一切烦恼。

车子载着他们飞驰,霓虹灯像都市里的星星,闪烁着最耀眼也最浮华的光,坐在前座戴着白手套的司机如雕像般沉默,车里和车窗外的世界,仿佛隔了一个世纪般遥远。

怀中闫星的呼吸声渐渐均匀绵长,慕非凡低头凝视着她的侧脸。之前从二楼摔下来,两个人沾了一身灰,他情不自禁地伸出手,轻轻抹掉她脸上的灰。

在慕非凡家寄住了一晚,闫星睡得并不好,她一大清早就醒来了,大概是着了凉,起床时还打了好几个喷嚏。

她心事重重地走下楼梯,看见慕非凡起得更早,他穿着蓝色格纹的家居服,坐在客厅的沙发上不知摆弄着什么东西。一架无人机发出"嗡嗡"的声音,把热气腾腾的早餐"空投"到了餐桌上。

"早。"闫星打招呼道。

"早,"慕非凡慵懒地转过身,朝她招了招手,"过来,给你样东西。"

闫星走过去一看,原来慕非凡摆弄的是一款精巧可爱的粉色手机,他把手机塞进她手里:"拿着吧,送给你的。"

"可是……"

"别可是了,看看鲸羽还在不在。"见闫星犹豫,慕非凡又加了一句,打消了她的顾虑。她拿过手机,原本在慕非凡摆弄时手机页面还是一片空白,但在她成功确认指纹密码的一刻,鲸羽那熟悉的绿色小嫩芽图标就立刻出现在她的眼前。

"怎么样?"慕非凡紧张地盯着闫星,"还在吗?"

见闫星沉重地点点头,他反而兴奋起来,在她的肩上拍了一巴掌:"看来这个东西,除了你之外谁也不能用。"

"我倒是想给别人呢……"闫星嘟囔了一句,慕非凡捏住她的脸,往两边扯:"别哭丧着个脸了,这种开挂的技能,我求都求不来呢!"

"那你倒是去求啊!"她真不懂为什么他们会羡慕她拥有鲸羽,她气呼呼地说,"就因为这个,我的生活变得一塌糊涂。我哥像中了邪似的把我关起来,原本今天还有四节课呢,我现在却连学校都不敢回……你懂我的感受吗?"

"抱歉,我不该这么说。不过你不想知道你哥哥为什么会这么做吗?你是不是去问清楚比较好?"

"我疯了吗?他昨天可是直接把我关起来了!"

"不用担心,"慕非凡握住闫星的手,"我不会让昨天那样的情况再次发生。不管是你哥,还是别人,都别想将你擅自带走。"

慕非凡神情认真地凝视着闫星,被他这样看着,闫星连呼吸的本能都差点儿忘了,胸腔中仿佛生出了一股勇气,让她做任何事都不会感到害怕。

第八章
人生中无法面对的污点

2

闫星和慕非凡一起回到了雪弥园,她要当面质问哥哥到底发生了什么。为什么他欠了那么多钱都不告诉她,为什么得知鲸羽的存在后就把她关起来?为什么不顾她的反对非要送她出国……

太多的为什么,在她的心中纠结成一团浓浓的疑云。

"什么?哥哥走了?"

她没想到的是,李总管却告诉她闫笑一大早就离开了雪弥园。

"是啊,少爷昨天找了您一夜,然后早上五点多的时候接到一个电话,就急匆匆走了。"李总管如释重负,"谢天谢地,小姐你可算回来了,要不然少爷该多担心啊。"

"李叔叔,那您知道哥哥去了哪里吗?"

"这个不知道。最近少爷去外地出差都没让我订酒店和机票,我也不清楚他去了哪儿。"说到闫笑,李总管露出担心的神色,"少爷这段时间瘦了很多,总是一副心事重重的样子,我原本以为小姐回来他会开心一些呢。"

闫星沉默了。闫笑这些日子不开心,她却一点儿都不知情。她总说闫笑忙着工作不够关心她,她又何尝对闫笑有多关心呢?

慕非凡看到闫星脸上的神色变得黯然,安慰地拍了拍她的肩膀。

"这不是你的错,先回学校上课吧,到时候再想办法联系他。"

闫星勉强点点头,和李总管告别后,两个人向雪弥园外走去,这时她的新手机响了起来,她的新手机号码目前只有慕非凡和薛珍珠知道。

"珍珠?"

闫星刚接起电话,听筒里就传来薛珍珠的大嗓门。

"星星!怎么办呀!池海……池海他出事了!快来学生会!"

电话那头人声鼎沸,薛珍珠说完这句话后连电话都忘记挂断,就去跟人家争论了。闫星听了好半天都听不清她们在吵什么,一时急得像热锅上的蚂蚁。

"别慌!正好我也要去学校办报到手续,顺便送你一起过去,不会有事的。"

两个人一起急急赶往学校,慕非凡没来得及乔装打扮,穿着带有流苏和铆钉装饰的黑色飞行夹克和水洗蓝牛仔窄腿裤,从银色保姆车上下来,所到之处引起一阵阵尖叫。

"啊啊!慕非凡!"

"他真的转来我们学校了？我还以为是八卦消息乱传的呢！"

"别挡着我，我要拍照发朋友圈！"

闫星提前在上一个路口下了车，穿过追逐慕非凡的人潮，一个人赶到了学生会。她刚推门进去，就差点儿被一个歇斯底里的女生推出来。

"珍珠？"闫星看清楚推她的人后吓了一跳。

薛珍珠的脸涨得通红，大波浪的长发凌乱不堪，像刚和人打了一架。她拼命将池海护在身后，池海只是低着头不吭声。他们对面站着的全是穿学生会制服的人，为首的那一位女生长相清冷艳丽，个子高挑，不是学生会会长高媛又是谁？而她身旁还站着闫星熟悉的面孔舒筱樱，舒筱樱看到闫星也来了，朝她露出一个灿烂的笑容。

"星星你来了！"薛珍珠眼睛一亮，伸手就把闫星扯到自己这边。

"发生了什么事？"闫星忙问。

"还不是她们！"薛珍珠气愤地扫视着学生会的一群人，"她们冤枉池海，要开除他！"

高媛不耐烦地说道："行了，薛珍珠，你闹到现在也闹够了吧？我们都是按照校规办事。池海偷了教材费，按道理我们肯定是要报警的，开除也是学校经过商议以后做出的决定，你再这样，我可要算你扰乱学校秩序了。"

"偷了教材费？"闫星震惊地盯着池海，盼望他能给个解释，可他脸色惨白地摇摇头，什么话也不说。

"这是胡说！池海不可能做这样的事！"

薛珍珠激烈地反驳，高媛忍不住翻了个白眼，她身后的学生会成员们都一脸无奈，看得出来，这样的对话已经重复很多次了。

"既然说服不了你，那只能等看到监控视频，你才会信了。"

高媛在办公椅上坐下，没过多久，前去调取监控视频的学生回来了。众目睽睽之下，大家看到辅导员办公室外的监控录像里出现了一个鬼鬼祟祟的黑影。他左右看看四下无人，便拿出钥匙偷偷潜了进去，出来时，他身后背着的本来瘪瘪的帆布书包被撑得鼓鼓的。

高媛面若冰霜地按下暂停键，画面正好停顿在黑影的脸上，放大以后，在场的所有人都看到了池海那张青灰色的脸。

"池海！"薛珍珠震惊地回头，而回应她的，只有更加呆若木鸡的池海本人。

"昨天夜里两点三十八分，"高媛冷冷地说，"池海同学，你趁辅导员不注意窃取了她的钥匙，潜入办公室将软件工程系昨天收上来的教材费，共计三十万五千元全部偷走。现在学校对你处以开除处分，并且会将此事交给警察来处理，你没有意见吧？"

学生会办公室里陷入了死一般的沉默，除了呼吸声外，没有人开口说话。

高媛继续公事公办地说："这段监控视频，学校也会发给你一份存档，如果有什么异议，可以等警察来了再提。"

薛珍珠终于忍不住爆发了，冲上前去揪住池海的衣领："池海！你……你为什么这么做？缺钱不会跟我们说吗？"

"珍珠！"闫星想要拉开薛珍珠，池海却任由薛珍珠摇晃着，一言不发，脸上的神情麻木得好像一只没有思想也没有感情的木偶。

虽然也焦急郁闷，但闫星心中更多的是迷惑……的确，像薛珍珠说的那样，池海平时宁愿吃咸菜配饭也不愿做坏事，实在不像是会偷钱的人，这到底怎么回事？

"你不说，我就当默认了。"高媛懒得再多说，拿出手机就要报警。

"等等！"薛珍珠急得一把拦下高媛拨打电话的动作，恳求道，"再给我们一点儿时间。就一天，一天好不好？"

"你没毛病吧？"高媛蹙起弯弯的柳叶眉，"一天的时间能干什么？池海这种行径已属犯罪，就算一天之内你们凑出钱来还了，按照校规，他也是要被开除的。"

高媛不留情面的话语，像一把冰刀，狠狠地剜着池海的心，他暗淡的目光中透出死一般的绝望，看得闫星于心不忍，也跟着求情："会长，先不要这么急着报警，我们再好好问问池海，也许这件事还有别的隐情呢？"

"证据确凿，还有什么隐情？"高媛嗤之以鼻，她身后的舒筱樱一直关注着闫星的神情，见状她赶紧帮腔："会长，宽限一天时间，我们也可以好好整理这些证据和视频，到时候就算要报警，也材料齐全呀。"

这个理由倒是打动了高媛，她想了想，勉强答应了下来。

走出学生会，原本喧闹的教学楼变得空荡荡的，路上的学生也没见几个，薛珍珠在路边和池海聊了好一阵子后，把闫星拉到一旁，压低声音："星星，你帮帮池海吧？"

"好的。"闫星下意识地掏钱包，却被薛珍珠一只手按住。

"不不不，我知道这些钱对你来说不算什么，"薛珍珠凑过来，"不过我的意思是，你帮帮他。"她神神秘秘的，还在"你"字上加重了语调。

"啊？"闫星一时没有听懂，愣了几秒钟后，忽然反应了过来，"啊！你是说……"

薛珍珠想让她用鲸羽来转变池海的命运！

闫星紧张地四处张望，不知道薛珍珠跟池海说了些什么，他便垂头丧气地离开了，此刻只有她和薛珍珠两个人。

"你放心，我不会让他知道这件事的！"薛珍珠点点头，"鲸羽是我们两个人的秘密……不过你刚才不也听见了吗？高媛说就算还了钱他还是要开除池海，这样一来他可真的完了！要是你能用鲸羽修改他偷窃的视频，让大家都忘了他偷过教材费的事——"

"不行！"闫星立刻反对，"我说过以后不会再用鲸羽的！你也知道上次要不是有人抢了我的手机，我早就把它删了！"

"可你不是没删成吗？这就说明，是老天爷让你留着它帮助别人啊！"薛珍珠苦

第八章
人生中无法面对的污点

苦劝说,"再说池海只有我们两个朋友,难道你就能眼睁睁看着他被退学?"

闫星为难极了,薛珍珠说得没错,池海家境不好,可他却并没有认命,而是奋发努力考上了星宙大学。要是就这样从大学退学……他肯定很难过。

"可是,偷窃是不对的,池海明明做错了事,我不能颠倒事实啊!"虽然池海让人同情,但闫星始终觉得这样做不行,薛珍珠劝了半个小时,她都不肯松口。

"星星!和你做了这么多年朋友,我真没想到你会这么胆小怕事,一点儿也不仗义!"劝到最后,薛珍珠对闫星的冥顽不灵感到生气,"算了!你不肯帮忙,我自己想办法!"

扔下这句话,薛珍珠就转身"噔噔噔"地离开了。闫星愣在原地,看着薛珍珠的身影越走越远,心中像堵了一块大石头,郁闷得让她喘不过气。

下午两个人都没有课,闫星回到109宿舍时,屋内却空无一人。这里还维持着之前她离开时的模样,阳光洒满了整个房间,绿色植物衬得小小的陋室温馨浪漫,地毯上散落着两个蒲团,前不久她和薛珍珠还曾一起坐在上面聊天……

这还是闫星和薛珍珠第一次吵架,她第一次觉得,109宿舍原来是这么空旷,空旷得让人的心也空荡荡的。

闫星在蒲团上坐下,忆起自己和薛珍珠初识的情景。那是六年前,她刚从小学升到初中,闫笑派了很多保镖护送她到学校。这种行为让她一下子在学校里出了名,从此以后,不管她走到哪里都会有人指指点点,更别提找到同龄的朋友。

有一次,体育课临时改成室内公开课,却没有人通知闫星。上课铃打响了十分钟后,她才发现课突然改了,急匆匆地穿着运动服跑进教室,班主任看到后非常生气,不分青红皂白就让她出去罚站。

闫星从来没有受过这样的委屈,她蹲在教室外的墙边,哭得上气不接下气,直到耳边突然传来一个热情的声音。

"嗨!你也在罚站啊?"

她抬起头,一张好奇的脸伸到她的面前。薛珍珠的头上顶着一本英语书,像耍杂技一般递来一张纸巾:"哪里来的小花猫?来!擦擦脸吧!"

薛珍珠的笑容灿烂如骄阳,驱散了闫星身边的寒冰,融化了心中所有的阴霾。她不懂为什么很多好朋友会争执、误解、彼此指责,至少她和薛珍珠之间绝对不会发生这样的事,她们是那么爱对方,不管发生什么事,都全心全意地相信彼此,支持彼此。

正发着呆,闫星的手机忽然响了起来,是慕非凡打来的电话。

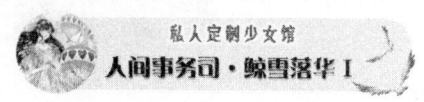

"发生了什么事?需要我帮忙吗?"

"没什么……"闫星沮丧地回答。

"闫星,你知道你一点儿也不会说谎吗?有事就直说。"慕非凡毫不留情地戳穿了她。

闫星只好把池海窃取教材费的事,还有她和薛珍珠吵架的事一股脑儿地告诉了慕非凡。

他听完后沉吟了一会儿:"虽然我认为有原则是一件很好的事,但也许这件事还有别的隐情呢?在没有弄清楚原委的时候,你不要轻易下决定。"

"可是……"

"不管怎么说,既然你们是好朋友,哪会有解不开的误会呢?你们还是好好谈谈吧。"

第八章
人生中无法面对的污点

4

是啊,除了这个也没有别的办法,薛珍珠那么固执,她总不能因为池海而跟多年的好友闹掰吧?闫星只好遵从慕非凡的建议,给薛珍珠打去好几个电话,但薛珍珠都没有接。直到夜色渐浓,整个星宙大学都陷入沉睡时,109宿舍的门才被打开,一个高挑的身影走了进来。

"珍珠!"闫星穿着睡衣从床上跳了下来,她一直没有合眼,就是在等着薛珍珠回来。

薛珍珠脸色铁青地白了闫星一眼,没有理睬她。薛珍珠把双肩包放在椅子上就去洗手间洗漱了,看得出来,之前说的要替池海"想办法",也并不顺利。

"珍珠,你吃晚饭了吗?"闫星站在洗手间门口,小心翼翼地问,"肚子饿的话,我给你留了比萨饼……"

"还吃什么饭,气都气饱了!"薛珍珠头也不回地回了一句。

"珍珠,对不起……"闫星喃喃地向背对着自己的薛珍珠道歉,"是我不好,我不该这么冷漠无情。池海是我们两个人的朋友,他的事,我也应该出一份力才对……"

薛珍珠洗完脸转过身来,她清秀的脸上还淌着水珠,但脸色比刚进门时好了很多。闫星迈着小碎步走到她面前,拽住她的衣袖,瞪着一双水汪汪的眼睛望着她,活像一只无辜可爱的小狗。

"珍珠,对不起嘛!"

"你呀!"薛珍珠弹了闫星的额头一下。

紧张的气氛终于舒缓了下来,重归于好的两个好姐妹在蒲团上坐下,薛珍珠的眉头蹙得紧紧的:"星星,之前我也没打听清楚,你知道池海为什么会偷钱吗?"

闫星摇摇头,薛珍珠继续说:"他是为了自己的妈妈。他妈妈患上了很严重的肾病,一直靠做透析来维持生命。可为了让池海上大学,她瞒着他把自己做透析的钱省了下来给他交学费,因此病情加重。就在昨天她陷入昏迷,医院下了病危通知书!"

"怎么会这样?"闫星一脸震惊,"可……可池海从来没有说过啊!"

这一个月来,池海常常和她们一起吃饭,可闫星除了知道他妈妈有病之外,其他一无所知。

"这说明你还不了解池海。"薛珍珠摇摇头,丹凤眼里闪过一丝担忧,"他出身贫寒,总是被人看不起,内心却比任何人都好强,所以他怎么会主动向我们说起自己妈妈得

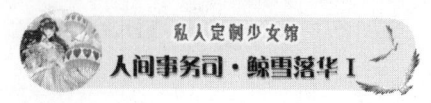

了重病呢?"

"可我们不是朋友吗?"

薛珍珠沉默了一会儿,轻声说:"这次池海妈妈入院,是身体已经到了极限。医院通知池海,正好有一位和他妈妈配型合适的器官捐赠者……"

"所以这对池海来说,是唯一可以救妈妈的机会,可是他又没有做手术的钱,"闫星接过薛珍珠的话,"所以才铤而走险,偷走了教材费。"

薛珍珠点点头,她握住闫星的手:"星星,求求你了,现在只有你能救池海了!你也知道他一直很努力,也很善良。要不是遇到了过不去的坎,他是绝对不会犯下这种错的!"

"可……"虽然还是想拒绝,闫星却开始动摇……薛珍珠说得没错,池海是真的很可怜,可是,可是……

她总觉得哪里不对劲,可一下子又说不上来。

"星星!池海是我们的好朋友,我真的不想看到他有事!三十几万,如果你不修改掉这件事在大家心中的印象,他一定会坐牢的!一个前途光明的学生,人生留下污点,他以后的日子该怎么过啊!再说,他在医院的妈妈还需要人照顾啊!"

薛珍珠拼命摇晃着闫星的手,她只好缓缓地点了点头:"好吧……我就再试一次,就这一次,下不为例。"

"真的?"薛珍珠喜出望外,一把抱住闫星,"太好啦!我就知道你是世界上最好的星星!"

"好了,好了,别转啦!我头都晕了……"

"世上最好的星星!"

"喂!你够了!薛……珍……珠!"

晚上,闫星躺在床上用鲸羽再一次剪辑了池海的视频,她直接切掉了前一天晚上两点到三点钟的办公室监控画面,替换成教学楼的走廊静悄悄的,没有任何人出现过的画面。

当闫星做完这一切后,另一张床上的薛珍珠已经睡着,听着她绵长的呼吸声,闫星的心中惴惴不安,总有一种要发生什么的预感。鲸羽的绿色小嫩芽还是那么可爱,她看了一眼底下显示的29%的进度条,咬咬牙,按下了"确定"键。

一阵睡意袭来,即使闫星强撑着想要打起精神,却好像有一只无形的手轻抚着她

第八章
人生中无法面对的污点

的眼皮，没过一会儿，她就闭上眼睛，彻底陷入了又黑又沉的梦乡……

夜晚的微风轻轻拂过闫星的面颊，如云雾一般轻柔的纱幔中，忽然升起无数星星点点的绿色微光，这些微光如同有生命的灯笼，又像是静止不动的萤火虫，悄悄地跟随着闫星的呼吸，一闪一灭，静静地守护着她，直到天明。

"嗯……"

当清晨的第一缕阳光洒到闫星的面庞上，她"嘤咛"一声，从睡眠中睁开了眼睛。昨夜她做了个很古怪的梦，在梦中，她的身体里居然升起了很多绿色的小光点，要是薛珍珠半夜醒来上厕所，非得被吓死不可……

对了！池海！

她猛地清醒过来，赶紧跳下床去，赶忙摇醒另一张床上的薛珍珠："珍珠，珍珠！快醒醒！"

"哎呀，星星……"薛珍珠翻了个身，蜷进被子里，把自己裹得像条毛毛虫，"让我再睡一会儿，就五分钟……"

听着薛珍珠的声音又渐渐低了下去，闫星急得掐了她一把："都什么时候了，你还睡！快起来！我们一起去看池海！"

"池海？他有什么好看的。我今天上午没课，让我再睡一会儿……"

听到这句话，闫星犹如被人当头淋了一盆冰水，她震惊地呆在原地——

薛珍珠已经忘记昨天的事了？

这……这是不是说明，池海偷窃的事实已经被她修改？高媛不会报警，他也不会被开除了？

5

见薛珍珠赖床，闫星只好独自忐忑不安地前往学生会。她在办公室门外走了好几趟，隔着窗户看到学生会的一切都有条不紊，高媛正坐在电脑前忙碌着什么。

学生会很平静，看来，大家的确是把池海偷教材费的事全都忘了。

闫星松了一口气，转身准备回班级上课。

"砰！"

她刚走出不到一步，就迎面和一个女生撞到了一起，女生怀里抱着的好几沓厚厚的牛皮纸信封掉到了地上。

"同学，你没事吧？"闫星赶紧伸手去帮忙捡。

女生生气地打掉她的手："你这人走路怎么不看路呢？"她抢先一步捡起信封，"你知道这里面是什么吗？什么都不知道就乱捡。我告诉你，这可是整个软件工程系的教材费，要是弄丢了，你可担待不起！"

教材费？看来钱已保住了，池海应该彻底不会有事了，可是……可是！

"糟了！池海的妈妈！"

闫星的脑子里"嗡"的一声，一股凉意从脚底直升到心里，她哆嗦着从口袋里摸出手机，还没来得及给薛珍珠打电话，她的手机铃声就率先响了起来。

她刚一接通，听筒里就传来薛珍珠焦急的声音："天哪！星星，你听说了吗？池海的妈妈昨天晚上……昨天晚上去世了！"

一瞬间，闫星只感觉一阵天旋地转，电话里薛珍珠还在说："池海太可怜了！我听说他妈妈原本已经找到了合适的配型器官捐赠者，可是因为没有钱，他又死憋着不告诉我们，所以错过了最佳移植时间，昨天晚上他妈妈病情恶化，抢救无效……"

闫星手一哆嗦，手机"砰"地一下掉落在地，被她撞到的女生吓了一跳。

"神经病啊。"女生扔下一句话，抱紧信封快步走开了，然而此时的闫星已经没有心思再去计较，她满脑子只有一个念头。

池海的妈妈去世了……因为没有钱，没有办法做手术，错过了最佳时间。

是她，是她害的！

闫星回到109宿舍后发起了高烧，这场感冒来势汹汹，她头晕脑涨，爬都爬不起来，只能躺在宿舍的床上咳嗽，好几天都不见起色，就连薛珍珠也没辙。

"星星你没事吧？要不我还是请假照顾你吧？"

第八章
人生中无法面对的污点

薛珍珠一脸担忧地看着蜷缩在床上的闫星，闫星无声地摇了摇头，苍白着一张小脸，用被子把自己裹得更紧了。

"星星……你不要这样。"看着闫星这个样子，薛珍珠难受极了，"池海的事，根本就不是你的错！要不是我逼你用鲸羽，也不会搞成这样。说起来，罪魁祸首是我才对啊！"

闫星躺在床上，还是一言不发。

"那……那有什么事，你一定给我打电话啊……"薛珍珠叹了口气，轻轻合上了门。虽然没有了记忆，但她已经从闫星的口中听到了之前发生的所有事。池海请假回家办丧事的这几天，闫星一直是这副颓废的样子，她坚持说是她害死了池海的母亲，说没脸再见他，甚至连药都不肯吃。

本来薛珍珠实在不放心，想请假照顾闫星，可偏偏这几天他们班有很重要的外出实践课题，如果此刻缺席，期末势必会挂科重考。

这样下去可怎么办？

薛珍珠离开后，109宿舍又陷入了死一般的沉寂，闫星从被窝里摸出手机，手指轻轻抚过，原本漆黑一片的屏幕亮了起来，显示出屏幕上那一连串的"未接呼叫"。

"九十七，九十八，九十九……"

她用微弱的气音数着，数到最后，泪水忍不住夺眶而出，从脸畔滑落："哥哥，你就这么讨厌我？我都打了快一百个电话，你都不肯接吗？"

从池海的母亲出事后，闫星就躲在被子里，一边哭一边给闫笑打电话，可是闫笑仿佛人间蒸发了一般，信息不回，电话也不接。蜷缩在这间宿舍里，闫星突然觉得自己好像被全世界抛弃了，悲伤绝望如同泥沼，她越陷越深。

闫星很困，却不敢陷入睡眠，因为只要一闭上眼睛，她就会梦到池海红着眼睛，大声地指责她："你这个凶手！你害死了我妈妈！"

"我不是，我不是……"

在梦里，她无数次徒劳地解释，却依旧被憎恨，被唾弃……因为就连她自己都觉得她就是凶手，就是造成这一切的罪恶之源！

手机屏幕再次亮起白光，把脸埋进枕头里痛哭的闫星没有注意到。另一边，一直打着闫星的电话却无人接听，慕非凡坐在片场的椅子上陷入了沉思，导演走过来拍了拍他的肩膀。

"《绯色长安》终于杀青了，好好回去休息，准备一下，过段时间又要忙着拍第

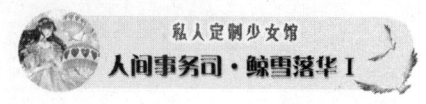

二部了。"

"好的,导演。"

这天,慕非凡结束了《绯色长安》的最后戏份。不日,他就要去星宙大学正式读书了。一开始慕非凡决定读书只是为了接近闫星,搞明白发生在自己身上的诡异事情,没想到《绯色长安》的导演听说以后,对他的"专业态度"赞不绝口,还盛情邀请他参演《绯色长安》的第二部。

跟导演寒暄完,慕非凡想了想,修长好看的手指又拨通了一个号码:"请问,是薛珍珠同学吗?"

第九章

曙后一星孤

Renjian Shiwu Si · Jing Xue Luo Hua I

1

闫星昏昏沉沉地睡着，她的头晕乎乎的，身体在炙热和冰冷中交替，冷汗浸湿了枕头和床单，她挣扎着想要爬起来喝口水，四肢却软绵绵的，没有一点儿力气。

"闫星！"

就在闫星差点儿一头栽下床前，一双强健有力的手接住了她，她费尽力气撑起眼皮看了一眼，眼前高大的身影模糊不清，忽隐忽现。

"慕……慕非凡？你怎么会在女生宿舍？"闫星呆愣地说，"我是脑子烧坏了吗……"

慕非凡俊美的脸绷得紧紧的，听到闫星的话不知是该生气还是该取笑，怀中的她眼神迷离，脸色是不正常的潮红，手却凉得让人心惊。

"这样不行，"他打横抱起闫星，对身后的薛珍珠急忙说道："我先带她去看医生，麻烦你帮她请个假，这几天就让闫星住我家，等好了再回来。"

"啊？哦，好！"

薛珍珠已经看傻了，见慕非凡已经迈开脚步往外走，这才慌张地把闫星的外套和手机拿上。慕非凡的黑色小轿车停在宿舍楼下，接走了两个人。

过了好几分钟，薛珍珠才恍然回过神来："我的天呀！"

星星和慕非凡的关系肯定不一般！他们到底什么时候变得这么亲密的？

慕非凡的身份让他不好送闫星去医院，便将闫星带回了家，让家庭医生过来帮闫星看诊。家庭医生又是给闫星量体温又是验血，最后开了一大堆退烧消炎药。

"从目前的情况来看，病人一开始应该只是普通感冒，后来由于没有及时吃药治疗，现在已经有轻度肺炎的症状出现了，"医生取下听诊器，交代慕非凡，"建议她还是好好休养，特别是要保持愉快的心情，这样有利于身体康复。"

家庭医生走后，慕非凡蹙着乌黑的眉毛在床沿坐下，看闫星深陷在柔软的大床里安静地睡着了，发丝乱乱地黏在脸颊上，脸色潮红，嘴唇却苍白如纸，紧皱眉头的样子是那么脆弱无助，活像一只可怜兮兮的猫咪。

"是我不好，没有提早注意到你不舒服……"慕非凡伸出手，将闫星那缕乱发重新拨到耳后，低沉的声音在空旷的卧室中轻轻响起，"你放心，就算哪天全世界与我为敌，我也会保护你。"

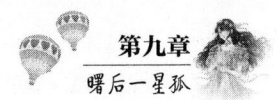

第九章

沉沉地睡了一天，闫星再次醒来时，看着头顶宛若宇宙星辰般的夜光银河，竟有一种不知道身在何处的荒谬感觉。她茫然地转过头，温柔的橘色床头灯灯光下，慕非凡那沉静美好的侧颜映入眼帘，他正认真地看着平板电脑的屏幕。

闫星眨眨眼睛，支起手臂想坐起身来，细微的挪动声惊动了慕非凡，他抬起头来："你醒了？"随即起身将闫星又按回了床上，掖了掖被子，嘱咐道，"不行，你现在还不能起来，医生说你得好好休息。"

"可是……"

"你现在在我家，"他霸道地打断她，"你知道我把你带回来时你病得多重吗？，还不好好躺着？"

"不，我是……"

"还不听话？"慕非凡绷着脸，语气严肃。

闫星闭了闭眼睛，终于忍无可忍："我要去洗手间啊！"

慕非凡一下子愣住，松开了手。闫星像只小兔子一样蹦下床，熟门熟路地找到洗手间推门进去。她从洗手间出来时，管家已经送来了姜汤和热粥，她只是瞥了一眼，就毫无胃口地躺回床上。

"我听说你两天都没吃东西了，先来喝点儿粥再睡吧。"慕非凡端起粥，说道。

"不了，我不饿。"闫星背对着慕非凡摇了摇头。

"不饿也要吃点儿东西，"慕非凡拍了拍闫星的后背，"不然身体会垮的。"

闫星没有理他，他有些生气地喊她："喂！你听到没？你闺蜜薛珍珠把你托付给我，你这样自暴自弃，我怎么向她交代啊？"

"不要吵啦！你是我什么人啊？身为一个大男生这么唠叨，烦不烦啊？"

闫星猛地翻过身来大吼，打断了慕非凡的劝说，他却没有生气，而是拿起他原本在看的平板电脑放到她面前。

"好吧，我的确管不了你，但是如果你的亲人看到你现在这样，一定会很难过。"

闫星刚想要反驳，目光却不由得被电脑屏幕上的画面吸引。慕非凡看的是一部关于山水园林的纪录片，画面上天水濯碧，雕梁画栋，亭台楼阁无一处不精美绝伦，一对年轻夫妇正面对着镜头解说。

男人斯文俊秀，穿着一身笔挺的格纹西装，他气质清俊，白净的脸上带着宠溺的微笑，含情脉脉地看着身边笑靥如花的女人。女人长得很美，五官精致而又富有古典韵味，一双琥珀色的眼睛仿佛流光溢彩的宝石，她穿着一身翠蓝的衣袍，身段婀娜，

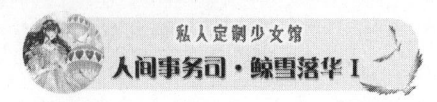

纤白素手持着一把金色团扇,莞尔轻笑间用团扇遮面,露出颊边一抹淡淡粉色,令笑容更加动人。

"爸爸,妈妈……"

闫星呆呆地看着屏幕,和屏幕中的女子如出一辙的琥珀色双眸中溢出了盈盈泪光。

关于母亲的记忆,闫星其实已经没有剩下多少,她只记得一双温柔的手,和一个带着淡淡花香的怀抱,等到自己能记事时,母亲已经不在人世,父亲也卧病在床,成天一副病恹恹的样子。

父亲最后的日子是在雪弥园度过的,当时他已经病糊涂了,神志时而清醒时而癫狂。清醒时,他会温和地把闫星抱在怀中,翻出母亲的照片,一张张地诉说当时发生的故事;可神志不清时,他又会粗暴地把她推开,大声呵斥。

"你走开!我不想看到你!是你,是你让阿昊离开了我!离开这个世界!"

父亲去世的三个月前,一次犯病时,甚至把幼小的她从二楼推了下去,幸好闫笑一直关注着他们,及时扑过去救下了她。但她却永远也忘记不了,父亲瘦削的脸上那可怕的神情,他看她的眼神,充满憎恨。

从那以后,闫笑就安排她搬离了雪弥园,父亲去世的那一夜,他含泪抱着自己说:"没关系,没关系,星星。我是你唯一的亲人,以后我会加倍对你好,爱护你,永远也不会伤害你。"

往事历历在目,就像一幕幕电影画面在脑海中回放。小时候,哥哥真的对她很好,学业、工作再忙,也会尽量每天抽空陪她。

可是为什么,现在变成了这样呢……

"闫星。"

一双大手落到闫星的头上,温暖干燥,慕非凡的眼睛明亮如星辰:"你的父母真的是很了不起的人,不管是他们的爱情故事,还是他们对于传统建筑的宣传和保护,都令人感动和敬佩。"

闫星呆呆地看着他:"你怎么知道……"

以前听父亲说,母亲出身书香门第,从小就对传统园林很感兴趣,她和父亲在国外研读建筑学时相识,回国后结为伉俪,雪弥园就是父亲送给母亲的定情信物,后来他们一直致力于传统建筑的推广和保护。

"我在网络上搜寻了很多他们的视频影像,他们到现在还有很多粉丝呢。"

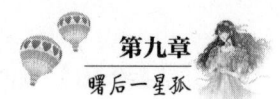

第九章
曙后一星孤

"可他们都已经过世了……"

慕非凡伸手在闫星的脑门上弹了一下。

"啊!"闫星捂住额头,"好痛!"

"虽然他们不在你的身边,但他们永远在你的心里,思念他们的话,可以看一看他们以前的视频啊。"慕非凡深深地凝视着闫星,"我相信,你的父母如果还在的话,看到你生病了一定很痛心。况且就算不为了他们,你也要想想其他关心你的人啊,比如薛珍珠,比如……我。"

慕非凡的声音低沉醇厚,像大提琴悠扬的旋律,有一种抚慰人心的魔力,闫星的心不由自主地平静了下来。

"冷了,我再叫人送一份过来。"慕非凡摸了摸餐桌上的姜汤和粥说道,起身就要走,闫星坐起身猛地伸出手攥住他的衣角:"等等!"

她的声音低低的,像一只脆弱而倔强的小兽:"慕非凡,我可以问你一个问题吗?"

"你问。"慕非凡背对着闫星柔声说。

"你当了这么多年演员,懂那么多大道理,那么你告诉我,"闫星眨眨眼睛,眼底流露出一丝迷茫,"你有没有什么遗憾的事,或者说,后悔的事想要弥补吗?"

"你是说鲸羽?"

慕非凡转过身,闫星的鼻尖正好撞入他的怀里,两个人同时一愣,她呆了一秒后想要往后退,却被他一下子按住。他轻声说:"不管遗憾还是痛苦,都是我们必须经历的。"

闫星在他怀里摇摇头,泪水浸湿了他的衬衫:"可是,我真的好难过……"

无尽的痛苦和挣扎,令她感觉就像在黑暗中行走,遍地都是荆棘,刺得她鲜血淋漓,看不到出口,也找不到方向。

"我知道,我知道。"慕非凡轻轻揉了揉闫星的头,"可是只有经历过痛苦,我们才会更加珍惜眼前的幸福,换个方式想,鲸羽选择了你,也许是因为知道你足够坚强,可以去做一些普通人做不到的事呢?"

慕非凡的话,就像是黑暗中的一盏明灯,照亮了前方的路,也将她渐渐流散的勇气重新聚拢,让她心生希望和力量。

放下心中的大石,闫星整个人都轻松了很多,她听慕非凡的话吃过药,又乖乖地吃了饭,第二天就退了烧。医生来检查,宣布轻度肺炎的症状消失了。

"都说我已经好了!"闫星把慕非凡推回他自己的卧室,"你照顾了我两天都没

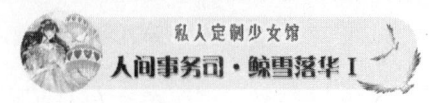

怎么休息,你还是先睡一下啦!"

回到客房后,闫星拿起慕非凡的平板电脑,发现他把她父母所有出镜的视频都下载了。父母在世时,为了推广古建筑保护出席了很多公众活动,还拍了纪录片。她看着这些视频,一会儿被母亲精湛绝妙的画技折服,一会儿为父亲渊博深厚的建筑知识惊叹。

看完一个视频,接着找下一个视频时,闫星在文件夹中找到了一段没有命名的视频。画面一开始是父亲固定摄像机的画面,母亲在他身后"喂喂"地测试音效,还趁父亲不注意,顽皮地往他头上插了两朵桃花。

"扑哧!"

闫星忍不住喷笑出声,没想到母亲这么活泼,而父亲虽然知道,但也一脸宠溺,任由她对他做恶作剧。

2

"咦？"

闫星看着画面中的父母，对自己的发现不由得惊讶出声——画面中的母亲还是那么漂亮，却多了一丝母性的温柔光辉，她轻轻抚摸着高高隆起的肚子，嘴角噙着一丝微笑。

"天气变凉了，多穿点儿衣服，你的预产期就是这几天了，要小心一点儿。"

父亲拿来一件白鹤刺绣大氅给母亲披上，闫星终于看清楚父母是坐在飞月桥上。琥川湖湖面平静美丽，月光下湖水反射的月光与冰蓝的暮色奇妙地融合在一起，对面的人工瀑布飞溅起银色的水花。

"好漂亮啊！很快就要月圆了。"母亲一脸幸福地看着天上的月亮，满是憧憬，"真想快点儿见到我们的孩子啊。"

父亲轻轻把母亲揽进怀里，微笑起来，念了一句诗。

"夜来双月满，曙后一星孤，我们的孩子，一定和你一样漂亮。"

"那如果我们生个女儿，就叫她星星好吗？"

"闫星？这个名字真好听，那如果是男孩呢？"

"那就叫闫月咯。"

万籁俱寂，雪弥园中精致的亭台楼阁都覆上了月亮的清辉。天边一轮明月皎洁明亮，照亮了黑丝绒般的夜空，也照亮了地上的一双有情人。

"爸爸，妈妈……"

听着父母琐碎而温馨的絮叨，闫星不知道什么时候已经泪流满面，她捂住嘴不让自己哭出声。她终于知道为什么慕非凡要让自己看到父母的视频。原来在她出生之前，父母曾经是那样憧憬她的到来，就算隔着冰冷的屏幕，她也能感受到他们浓浓的爱。

她没有察觉到，房门悄悄地打开了一丝缝隙，慕非凡双手抱胸靠在门边，薄唇扬起一抹欣慰的笑。

虽然闫星的病已经痊愈了，但慕非凡还是坚持留她住了好几天，直到薛珍珠打来电话催促，他才不情不愿地放她回学校。

"快点儿啦，你还在磨蹭什么？"

一大早，慕非凡就等在别墅外，他穿着厚重的牛仔外套和马丁靴。最近气温骤降，

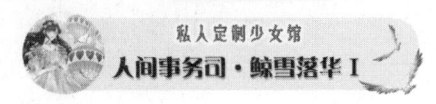

天空总是阴沉沉的,乌云低低地压在远处的芦苇上,空气中传来泥土的气息,这预示着风雨很快就要到来。

"来了,来了!"

一个身材娇小的女生迈着欢快的步伐跑过来,她一边套着外套,一边低嗔埋怨:"天气怎么一下子变这么快?幸好我带了外套。"

"病刚好就不要逞强。"慕非凡替她整理好衣襟,十分自然地牵起了她的手,"走吧,一起去学校。"

两个人牵着手上了车,俨然一对情侣,汽车缓缓开动,消失在漫天金黄麦田的小道的尽头。过了好久,码头的芦苇丛里钻出来一个黑影,他一身皮质风衣,鸭舌帽压得低低的,手中摆弄的相机屏幕中映出慕非凡和闫星两个人牵在一起的手。

按照老规矩,距离学校还有一条街时,闫星提前下了车,等她悠闲地走进校园时,学校的学生们都追着慕非凡去了运动场。闫星回到109宿舍,薛珍珠早就等在了门口。

"星星!"薛珍珠直接扑了过来,给了闫星一个大大的熊抱,"终于没事了!你这个笨蛋,担心死我了!"

"放心啦,我不会有事的。"闫星拍拍薛珍珠的肩膀,"对不起,我不会再让你担心了,我会好好肩负起自己的责任。"

她琥珀色的双眸清澈坚毅,不知道哥哥去了哪儿,下个月,如果她再没找到遗嘱和地契,雪弥园就要变成别人的了。她决不能让这种事发生。

"对了!"薛珍珠用手肘顶顶闫星,笑得一脸暧昧,"你和慕慕……到底怎么样啊?"

"咳咳……什么慕慕,这么肉麻。"

"看你生病他那么紧张,你和他的关系绝对不简单,说嘛,说嘛。"

"慕非凡……"他的名字从自己嘴里说出来,好像多了一点儿亲密,闫星的目光迷茫了一瞬间,重新变得坚定起来,"他对我来说,的确是很重要的人。"

在慕非凡家的那几天,闫星与慕非凡已经把关于雪弥园的视频录像都看了一遍,也讨论过闫星父母去世前究竟把遗嘱和地契放在哪里,可惜并没有什么收获。

接下来的一周,闫星每天晚上都会去慕非凡家会合,寻找线索。管家大叔很喜欢闫星,每天准备的晚餐都丰盛极了,慕非凡却因为需要保持身材,只能眼巴巴地看着她享用大餐,而独自啃那些淡而无味的沙拉。

"吃吃吃,看你胖到游泳圈都出来了。"在管家又送来了香醇的奶茶时,慕非凡

第九章 曙后一星孤

终于忍不住讥笑起闫星来，闫星不甘示弱地回道："嫉妒啊？嫉妒你也吃啊，我请你吃消夜。"

说完，闫星故意撞开慕非凡，去一楼的洗手间上厕所，路过那两扇贴着骷髅海报的房门时，她猛地拉开其中一扇门——

"喂！你干什么？"

"啊！"

身后跟来的慕非凡来不及阻止，只能眼睁睁看着一大堆衣服从房间里涌出来，像是五颜六色的海浪瞬间淹没了闫星。

"慕非凡，你什么毛病？"闫星从衣服的海洋中挣扎着冒出头，取下顶在头上的一条领带，"这么多衣服扔在这里？"

慕非凡把闫星像拔萝卜一样拔了出来："快出来！这些都是我的脏衣服！"

"什么？"闫星的脸色铁青，"脏衣服不洗，全都丢在这里？"

被闫星窥破了秘密，慕非凡英俊白皙的脸上也多了几分不自在："我不喜欢别人碰我的东西。"

"不喜欢就自己洗啊！"闫星埋怨道，目光不经意间瞥到慕非凡红通通的耳垂，"等等……你不是觉得丢脸了吧？"

"我才没有。"

"还真觉得丢脸了？慕非凡，你不是专业演员吗？脸皮这么薄？"

"闭嘴。"

"既然觉得丢脸，为什么堆在这里啊？哈哈哈！"

两个人打打闹闹，少女与少年的欢声笑语，为安静的别墅平添了几分欢乐的气氛。

3

"咦？星星啊，这几天你怎么不去慕非凡家了？你们吵架了？"薛珍珠下课回来，看到闫星坐在书桌前，不由得惊奇。

"不是啊，他最近去了灵犀山拍戏，离千照市一百多公里呢。"

闫星回过头，笑容中带着一丝落寞，薛珍珠看在眼里，心中十分不是滋味。闫星的十八岁生日就快到了，但她身上最近发生了好多事，不管是那个神奇的鲸羽，还是闫笑哥突然失踪，又或是雪弥园陷入困境……似乎没有哪一件是自己能帮上忙的。

"星星，"薛珍珠走上前轻轻抱了抱闫星，"放心吧！就算他回不来，我也会好好准备，给你一个毕生难忘的生日会！"

薛珍珠私下做了很多功课，不仅提前预订了闫星最喜欢的抹茶蛋糕，还从网上买了很多漂亮的彩带和装饰品用来装饰教室，还和园林（1）班的同学们都说好了，等闫星生日当天，她一来上课，全班同学一起为她庆生。

闫星生日的前一天晚上，薛珍珠借口社团活动，偷偷来到园林（1）班的教室，细心地把那些气球一个个吹好，在墙壁上贴成"HAPPY BIRTHDAY（生日快乐）"的形状，弄好这些之后，她又爬上人字梯，往天花板上贴装饰彩带。

"咔嗒。"

不知道怎么回事，教室里的白炽灯突然黑掉，陷入了一片漆黑。

"怎么回事？保险烧了吗？"

薛珍珠眼前伸手不见五指，只有外面走廊上微弱的灯光一闪一闪，还隐约响起"吱吱"的电流声，她从口袋里摁亮手机屏幕，打算下去看看。

闫星洗完澡，从浴室走出来，看了一眼手机，发现已经是晚上十一点多了："珍珠怎么回事？社团活动弄到这么晚还没回来？"

她拿着手机刚准备打给珍珠，手机屏幕里薛珍珠的头像就跳动了起来。她赶紧接通了电话："珍珠！你怎么这么晚还没……"

"您好，请问是闫星同学吗？"电话那头传来一道陌生的女声，"这部手机机主的快捷电话第一位就是你。我是圣慈心医院的护士，如果方便的话，请速来圣慈心医院急诊科，这位机主出了意外……"

闫星的笑容霎时凝固在脸上，她颤抖着手挂断电话，连睡衣都顾不上换下，径直

第九章
曙后一星孤

冲出了宿舍。

夜风冷冷地拍在脸上,她焦急地坐在出租车上,眼泪怎么也止不住,懊恼、担心、愧疚……无数情绪在心底发酵,纠缠。

怎么会!

怎么会出这种事?

"珍珠!"

闫星冲进急诊科病房,疯了一样掀开病房的隔挡帘,终于在最里面的病床上看到了头包着绷带安静沉睡的薛珍珠。

"珍珠!"她扑过去攥住薛珍珠的手,"你怎么样?醒醒啊!"

"你就是闫星同学吗?"一位护士推门走了进来,"病人现在很危险,正在等待手术,请不要轻易挪动她。"

闫星吓得赶紧松开手,见薛珍珠脸色苍白、一动不动地躺在病床上,急得眼泪直往下掉:"那……那手术什么时候开始啊?"

"我们已经通知了病人家属,"护士面色严肃地说,"他们已经往千照市赶了。手术必须要家属签字才可以施行,今晚你先留在这儿好好照顾她吧。"

闫星点点头,看着呼吸微弱的珍珠,内心惶然又苍凉。通过护士,闫星了解到,是学校的电工打120求助,薛珍珠才被紧急送来的。电工是因为临时接到学校的电话,前去检修电线,然后发现薛珍珠从人字梯上摔了下来,头部着地昏迷不醒。

急诊室的夜晚并不好过,周围到处都是嘈杂的人声,家属悲伤的哭泣声、病人痛苦的呻吟声……大半夜还有人被紧急送来。闫星蜷缩成一团坐在病床前,目不转睛地看着薛珍珠。

"珍珠……你的手怎么这么凉?"她搓着薛珍珠的手,满脸泪痕,"我去打点儿热水来给你暖一下手。"

闫星站起身来,步履蹒跚地走了出去,等她端着一盆热水回到病房时,看到了一个熟悉的单薄身影。

池海?

她的心头一阵惶恐,连自己都不知道为什么,第一反应是绕到隔挡帘后面,躲了起来。

"珍珠,你醒醒啊!"池海不知道从哪儿得到消息,第一时间赶到医院探望薛珍珠。他比之前更瘦了,青灰色的脸上透着绝望。

"妈妈走了,你也变成这样……为什么我身边的人,都会遭到这样的厄运?"他半跪在薛珍珠的病床前抽泣,"为什么?因为我是扫把星吗?是我的错!我不该妄想和你做朋友,是我害了你!"

一瞬间,闫星的泪水喷涌而出,她几乎拿不住手里的水盆,连忙蹲了下来,捂住嘴巴。

不……池海……

这一切的罪魁祸首,是她!

是她使用了鲸羽改变了他的命运,让死神夺走了他唯一的亲人,而薛珍珠也是为了给她庆祝生日,才会从人字梯上摔下来,受了重伤!

池海错了……错得离谱……

听着池海压抑痛苦的哭泣声,闫星死死地咬着牙,看着自己的眼泪一滴一滴掉落在大理石地面上,砸出的水痕像心头的伤口一样丑陋。

第十章
人间事务司

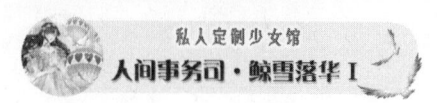

1

闫星没有脸去见池海，只能等他离开后才敢回到病房。第二天一大清早，薛珍珠的父母风尘仆仆地从邻市赶到了医院，薛珍珠的父母都是普通教师，闫星以前没少去薛珍珠家蹭饭，薛珍珠的父母对待闫星就像对待自己的孩子那般亲切。

"薛叔叔，薛阿姨……对不起，我没有照顾好珍珠……"

一看到他们，闫星的眼泪又涌上了眼眶，薛妈妈伸手抹了抹她的眼泪，哽咽着声音说："好孩子，这不是你的错。"

薛爸爸拍拍她的肩膀，他双鬓斑白，比起从前红光满面的健康样子，仿佛一夜之间老了十多岁。闫星看在眼里，心中有说不出的难受自责。

有了家属的签字，薛珍珠很快被推进了手术室，三个人焦急地等在手术室外，从清晨等到夕阳的余晖洒满了走廊，手术室的红色指示灯还是一点儿变化都没有，一直都显示着"手术中"的字样。

"叔叔，阿姨，"闫星哑着嗓子劝说，"你们一天都没吃东西了，这样身体会撑不住的……先去吃饭吧，这儿有我在。"

"可是……"

薛爸爸还要坚持，她又开口："我保证，如果有什么消息，我一定第一时间打电话给你们！阿姨身体本来就不是很好，叔叔，不能再让阿姨也倒下啊……"

闫星几番劝说，薛爸爸才终于带着薛妈妈先去医院食堂垫垫肚子。他们没离开多久，"手术中"的灯熄灭，门打开了。

"医生！"闫星激动地迎了上去，"珍珠她怎么样？不会有事吧？什么时候能醒啊？"

"你是病人的家属？"

医生取下口罩，上下打量了她几眼，却并没有正面回答问题，闫星的心里升起一股不好的预感，忐忑地点了点头："我是她的朋友。"

"那既然是这样，请你好好劝慰家属吧。"医生叹了口气，"病人的情况很复杂，她从高处坠落，头部受到重击。虽然实施了手术，但脑部神经已经被严重地损害了。今后就算是最好的情况，也是变成植物人……对不起，我们尽力了。目前病人还没脱离危险期，需要送去重症监护室观察。"

闫星眼前一黑，双膝一软，一旁的护士连忙扶住她，才没让她摔倒。

第十章
人间事务司

介绍完薛珍珠的病情,医生离开去接收下一个病人,而护士们推着躺在病床上还处于昏迷状态的薛珍珠前往重症监护室,手术室长廊里只剩下闫星一个人呆呆地站在原地。夕阳落在她的眼底,将整个世界都染成鲜艳瑰丽的颜色,然而这一刻,她只感觉自己的世界剩下一片血红。

"怎么会这样……怎么会这样?"滚烫的泪水滑过脸颊,闫星慌忙从口袋里掏出手机,"我要救她……我要救她!"

闫星打开鲸羽软件,想要通过修改视频来改变薛珍珠前一晚的意外,然而不管在网络上怎么搜索,她都找不到薛珍珠的出事视频,没有视频就没有办法剪辑。找了半天无果,她忍不住暴躁起来,用力将手机摔到了地上。

"砰咚!"

新款的橘子手机十分顽强,就算被人狠狠地砸到地上,也只是边角磕进去一块,闫星还是不解气,用脚拼命地一下下踩着。

"你有什么用……除了害人之外,还有什么用?"

踩了一会儿,她又将手机捡起来,对着鲸羽狠狠地点击"删除"键,可是无论怎么删,鲸羽的绿色小图标却始终好端端地待在屏幕里。

"还删不了是吧?你等着,等着我给差评!"

绝望透顶之际,闫星直接点进了鲸羽的下载页面,写下了无数个差评。

"什么垃圾!害人精!

"去死吧!

"把珍珠还给我!"

疯狂发泄间,两双蹒跚的脚站到了闫星面前,薛珍珠的父母已经吃过饭返了回来,他们一脸惊诧地看着她。

"星星,你这是在干什么?我们也给你带了点儿吃的……"薛妈妈手里提着一个保温盒,她不经意间看到手术室的门已打开,"珍珠!珍珠手术做完了?她怎么样?"

闫星睁着一双大眼睛:"她……"

"她怎么样?"薛爸爸向前一步。

看着他们脸上充满期待的神情,闫星生平第一次觉得开口说话如此困难,她的脸都憋红了,话却像卡在喉咙里,一个字都吐不出来。薛妈妈见闫星这副反应,好像明白了什么,双腿一软往后倒去,被薛爸爸一把接住。

薛爸爸的脸色更加灰白,但他竭力保持镇定,温和地对闫星说:"星星,拜托你

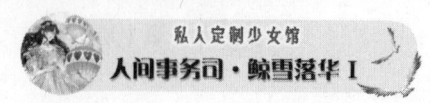

告诉我们吧……不管……不管珍珠是什么情况,我们都能撑得住。"说到最后,这位五十多岁的大叔眼里不禁泛起了泪花。

"叔叔……阿姨……对不起!"

闫星再也忍不住,迈开脚步往走廊尽头落荒而逃,泪水模糊了她的视线。薛珍珠那活泼可爱的笑容、热情洋溢的声音、欢喜雀跃的舞蹈,一帧帧在她的脑海浮现。

珍珠!我最好的朋友!

第十章 人间事务司

2

闫星一路跑回学校，她的手机上不断地有人打来电话，薛珍珠的同班同学、池海、学校老师……薛珍珠是个乐于助人的女生，所有人都喜欢她，可也正是因为这样，闫星才更加难以开口说明薛珍珠现在的情况。

都是因为自己，这一切都是自己害的！

要不是为了给自己布置庆生会，珍珠就不会出这样的事！

入夜，整个千照市都落入夜之女神的温柔怀抱。不知道从哪儿飘来了一大块乌云，遮住了月亮和星星，树影摇曳，平添几分凄凉。

闫星呆呆地坐在109宿舍的阳台上，一股凛冽的寒风从大开的窗户袭来，可她毫无反应。放在地上的手机屏幕亮起，一个名字为"MOON"的头像不停地跳动着，但闫星的全部注意力都在窗外的石榴树上。

石榴树上结的果实都熟透了，一个个又大又饱满，裂开口来，里面剔透的果肉如同漂亮的红宝石。

"赚到啦，我以后有石榴吃啦！"

薛珍珠那快乐的声音仿佛还在耳边萦绕，她无论如何都无法接受，这么好的女孩子，余生可能都要在医院度过……

一直坐到凌晨，闫星也没有丝毫睡意，她把头埋进膝盖里，无声地抽泣着。

珍珠的父母应该都知道了吧，自己明天该怎么面对他们？

她宁愿出事的那个人是她自己！

"砰！"

黑暗的房间里突然传来一个奇怪的声音，像是什么被打翻了。闫星扭过头，屋子里黑漆漆的，什么都看不清。

"奇怪……人不在吗？"

房间里响起一道低语的男声，闫星的汗毛瞬间都竖了起来，她猛地站起身，左右看看，发现了放在阳台上的扫帚和簸箕。咽了口口水，她壮起胆子将扫帚拿在手中。

这个时候，怎么会有男人跑到女生宿舍里面来……是贼吗？

房间里的人好像眼神不好，总是噼里啪啦地弄出很多声音，令闫星越来越紧张。她不敢用手机报警，害怕屏幕一亮会引起对方的注意，只得悄悄往阳台门后躲。

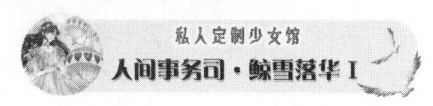

"咚!"

就在她挪动的时候,不小心踢到了放在地上的暖壶,寂静的夜里这道声音尤为刺耳,房间里的人立马跑向阳台。

"啊啊啊啊!"

闫星的害怕值一下子飙升到巅峰,她紧闭眼睛,使劲挥动着手中的扫帚:"走开!走开!快给我滚蛋!"

"哎呀,疼疼疼……别打人啊!"

莫名地,这个声音有点儿耳熟,闫星睁开眼睛,月亮的清辉洒到那个人身上,她立马便认出眼前的人是谁。

"是你?"

轮廓分明的俊秀男生,眼瞳深灰,充满异域风情的长发束成一束绑在脑后,他穿着大大的黑色卫衣、破洞牛仔裤,十分有个性,这不是一个多月前,她在炸鸡店遇到过的那个奇怪男生吗?

"你还认得我?"男生一脸高兴的样子。

"当然。"

一上来就吃陌生人的东西,想不记得都很难……闫星并没有放下警惕,依旧保持着准备打人的姿势:"你是谁?鬼鬼祟祟地跑到我宿舍来想干吗?不说我打死你!"

"等等!我没有恶意,你别激动啊!"

"鬼才信你,"闫星又挥起扫帚,"鬼鬼祟祟地跑到我的宿舍,还说自己没恶意!"

"喂喂喂!是真的!我是来帮你的!"

男生抱头鼠窜,左躲右闪,不过他身手敏捷灵活,闫星的扫帚好几次都没有打到他身上。终于,他找到机会,一把夺下了闫星的武器。

"你就不好奇,你手机里的鲸羽到底是什么吗?"

闫星忽然怔住,清澈的眼眸里满是错愕。

"有些东西,不是你想丢掉就能丢掉的。"

对了!她记了起来,当初……当初也是遇见这个男生,是他!他告诉自己鲸羽是不可以被删除的!

"你!"闫星一把丢掉扫帚,"你到底是什么人?鲸羽是什么,你告诉我!你们盯上我有什么目的?你们把我的生活搞得一团糟!为什么要这么对我?为什么?"

一股热血"嗡"地冲上了闫星的脑袋,她失去了理智,揪住男生的衣领大吼大叫起来。

第十章 人间事务司

"冷静……你冷静一点儿……"

男生被闫星摇得像拨浪鼓一样:"你……你冷静一点儿……听我解……释……"

闫星又哭又闹地折腾了好一阵,男生愁眉苦脸地挣扎着:"哇,你这是什么女生啊,力气这么大?"

"砰!"说着,男生头上又挨了闫星一巴掌。

哭累了之后,闫星一屁股坐在了地上,泪水流了满脸。男生苦恼地挠挠头,叹了口气,也跟着在她身边坐下来。

"唉……对不起,我也没想过会搞成这样。"

"对不起?"闫星猛地转过头,"你果然是和鲸羽有关的人,是你故意引诱我用它的吗?你到底什么目的?"

"咳咳,正式介绍一下我的身份。"男生整了整自己的衣服,充满异域风情的帅脸上神采飞扬,"我是第二十三届'神监契约人'毕十一,暂时负责鲸羽的开发和维护。"

"所以说你是程序员?是开发鲸羽的人?"闫星气愤地抓住了毕十一的衣领,"你这是开发的什么软件啊?我要给差评!我要举报你们!"

"别别别……我今天来就是想求你帮忙的,我们检测到你今天给了好几个差评,我是来求你改掉它的。"毕十一投降似的举起双手。

"凭什么!珍珠现在还躺在医院里,你让我改?我为什么要改!"闫星咆哮道。

毕十一赶紧安抚她,道:"不是不是,我……我这不是来解释了吗?就算你生气,你也不能害小蒲啊!小蒲她现在还小,你给了这么多差评,她会被杀掉的!"

闫星眨眨眼睛,一头雾水。

"小蒲?小蒲是谁?"

3

毕十一一副"你终于问到了"的表情，他松了口气："我的天，我终于能说了，上头规定如果客人没有问到，我是不可以说的。"

"那你还不快说！"闫星暴躁地大吼。

"行行行，我说，我说。"毕十一吓了一跳，连忙摆手道。沉吟片刻，他才缓缓开口，却说了一个完全无关的话题："你相信这个世界有妖怪吗？"

闫星挥起扫帚："你耍我？"

"等等，等等！"毕十一赶紧架住闫星的手，"我这不是想说得明白点儿！鲸羽其实不是什么剪辑软件，它就是一只蒲公英妖！"

"你说什么？"

"蒲公英妖。"

"神经病。"

闫星忽地站了起来，她一边敲自己的脑袋一边往房间里走。她真是白痴，第一次见他就是在炸鸡店偷吃陌生人的东西，他脑子有毛病吧？亏她还一本正经听他扯了这么久，也是病得不轻。

"喂！你别走啊！"毕十一扯住她的衣袖，"我知道说出来你肯定不信，但是你自己不也试过了吗？鲸羽究竟有多神奇，你不也亲身体会到它可以改变过去和未来的事实吗？"

他玩世不恭的脸上，神情变得严肃，原本轻佻的语气也凝重起来："你不信这个世上有妖怪？可是我们的的确确就在你身边啊……你看。"

说着，他一抬手，闫星忽然看到了自己这辈子都难以忘记的画面——窗外石榴树上的一颗果子突然发起了光，裂开的口子里流光溢彩，仿佛真成了一颗颗绚丽的红宝石，它自动从树上掉落下来，飞到了毕十一的手里。

"你……你……"闫星惊得话都说不利索了，一连倒退了好几步，"你究竟是什么人？"

"不是说过了吗？我是神监契约人啊。"毕十一灰色的瞳仁里露出一丝无奈，"也是妖怪们在人间的代理人，严格来说，我应该属于'人间事务司'的管理员之一。"

"人间事务司？"

"人间事务司，就是专门管理在人类世界行走生活的妖怪们的机构，就像你们人

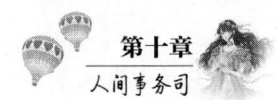

第十章 人间事务司

类的政府,如果没有的话,世界就会乱套。"

"妖怪!"闫星倒吸一口冷气,"妖……妖怪……还会在人类世界生活?"

愤怒瞬间转化为无边的恐惧,闫星感觉自己的脑子都转得不利索了。这家伙说的什么鬼话?还妖怪,怎么可能是真的呢?

她拼命想说服自己不要害怕。可如果不是真的,毕十一刚刚露的那一手是怎么回事?还有鲸羽,鲸羽本来就很邪门啊!

"你怎么那么多问题?"毕十一暴躁得要打人了,"这有什么大惊小怪的!妖怪不但在人类世界生活,而且说不定就生活在你身边呢!而鲸羽其实就是一只蒲公英小妖怪,她不会说话,但很想成为人类。所以我们才会借助鲸羽,把她的种子散播到人类的身上,来感受人类的喜怒哀乐!我这么说,你明白了吗?"

"明……不,不明白……"闫星战战兢兢地说,"鲸羽怎么会是蒲公英呢?它不是我手机里的 APP 吗?"

"你……"毕十一泄气了,他疯狂地挠后脑勺,努力平息自己的怒气后才重新开口,"你都没有学过生物学的吗?蒲公英开花看见过吧?我比喻一下,打开鲸羽的时候,你是不是看见了很多羽毛的画面?"

"看是看见了,可是……"

"那就是蒲公英的特性,开花以后只要有风,她的种子就会被吹散到大地的每一个角落。鲸羽就是这样,小蒲身为蒲公英妖,当你开始剪辑某个人的视频时,你的愿望就像风一样,将小蒲的种子送到那个人的身上,改变那个人在那段时间里的命运,所以你因为薛珍珠的遭遇而给小蒲差评,这本来就不公平啊。"

闫星不敢相信地瞪大眼睛:"你是说,慕非凡和舒筱樱……"

"没错,"毕十一无奈地摊手,"世界上的一切,都有它的自然规律。改变一个人的命运本来就是违反自然规律的事,这样的改变不可能不付出代价。小事还好,打个喷嚏发个烧也就过去了,可你改变了舒筱樱的命运,所以你身边的其他人也会受到影响,比如薛珍珠。"

毕十一的话就像是一盆冰水,"哗啦"一下迎头泼在闫星的身上,她如坠冰窟,浑身说不出地阴森寒冷。

"你是说……珍珠她这次摔伤……"

"就是你的原因啊!"毕十一灰色的双眸冰冷无情,"这种违反自然规律的改变会损耗很大妖力,作为交换,系统会自动抽取人类的生命力来作为补充,所以一般代

价会比先前造成的事故后果更严重。比如那个叫池海的男生,他本来只是身败名裂,可是有了你的介入——"

"池海……"闫星的情绪近乎崩溃,"池海妈妈的死亡真的是我造成的!"

"那倒不是。"毕十一摇摇头,"那个男生的母亲原本就时日不多,她身体里的生命力所剩无几,就算做了手术也会因为出现排斥反应,在手术台上断气。这是自然给你的警告,生命的逝去是无法强行改变的,不管怎么样,最后的结果都是一样的。"

闫星眼前一黑,懊恼、震惊、恐惧……就像暴风雨中的滔天巨浪,狠狠地拍打进她的心间……是自己,是自己强行改变了舒筱樱的命运,珍珠才会受到反噬,代替她承受了不该承受的惩罚!

"珍珠!"闫星觉得胸口剧痛,无法喘息。

"我们相较于你们,是比较厉害,所以要受到人间事务司的监控,不能做出危害人类的事。小蒲本来就是因为妖力微弱不能说话,才依附在你的手机里。你给这么多差评,她会被处死的!"毕十一垂头丧气地说,"早知道,我还不如让你卸载掉她呢。"

4

"等等……你是说，鲸羽的力量，还是可以帮我改变珍珠的命运，让她平安无事地回来。对吗？"闫星忽然从毕十一的话中找到了漏洞。

"当然可以，你还记得在鲸羽上看到的进度条吗？在它还没变成100%之前，你都可以使用。"毕十一点点头，不放心地补充，"理论上来说，只要你找得到当时薛珍珠出事时拍到的视频，你就可以救她。但是你别忘了，若更改别人的命运，可能产生更严重的后果。还有，如果你要改变的那个人已经不在人世，鲸羽是禁止被使用的。"

闫星深吸一口气，悲壮地点点头，自从上次修改了池海的视频之后，鲸羽的进度条就已经变成35%。她决定了，不管之后会发生什么，她都要救珍珠！

"我能下载到鲸羽也不是偶然吧？"闫星忽然记起，第一次遇到毕十一的时候他好像说过，"你不是说过是她选中了我吗？那是什么意思？"

"有吗？我没说过啊。"毕十一开始装傻。

"那鲸羽的进度条到了100%会怎么样？这个你总可以告诉我吧？"

关于这个，毕十一倒是很爽快地开了口："每一次从人类身上收回妖力的种子，小蒲的力量都可以增强一分，到了100%她就可以化为人形，和我一样进入人类社会生活。"说着，他邪魅地朝闫星眨眨眼睛，"你看，我是不是和普通人没什么区别？你猜我的真身是什么？"

闫星上下打量了毕十一好一会儿，的确，毕十一看起来只是一个长相好看的人类男生。

"我猜不出你是什么变的。"

"哈哈，猜不出来吧？反正我是不会告诉你的！"毕十一得意扬扬地仰起头，脸上的表情有点儿可爱。

"你是不是想找我的时候，就能找到我？你是怎么做到的？"闫星忽然想到一个问题。

"那当然，"毕十一满脸神秘，"我想找个人有什么难的，但是怎么找的也不能告诉你。"

听到毕十一这么回答，闫星此刻只想掐死他，但她还有更重要的事情要问他："我哥闫笑失踪了，就连他的员工都不知道他在哪儿，你帮我找找吧。"

毕十一转过脸，假装没有听懂闫星的话。

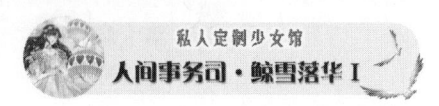

闫星急得怒火中烧，只好拿出撒手锏威胁毕十一："你到底能说什么？如果你不帮忙，我绝对不会改差评！"

"别啊！"毕十一立马慌了神，哭丧着脸说，"你的要求本来就不合规定啊！我最多只能告诉你，你哥哥现在没有生命危险。"

"就这样？"闫星不满地挑起一边的眉毛，毕十一只得又透露了一点儿："你和妖怪们渊源不浅，才会被鲸羽选中，所以你哥哥能有什么事情？除非……"

毕十一最后那句"除非"的声音低不可闻，闫星没有听到，她只注意到了一点："渊源？什么渊源？"

闫星一头雾水，她可一直都是个平凡普通的女生啊，十七年来唯一的奇遇就是中过一次彩票，还因此差点儿丧命。

"这个就不是我能说的了。"毕十一的目光不经意地瞥到天边，神色突变，"天要亮了，我得走了。"他抬起腿就要走，却被闫星拽住衣袖。

"等等！我还有好多问题没问完呢！"

"来不及了！这次我可是偷偷来找你的，如果被发现可就惨了。"毕十一拂开闫星的手，安慰道，"不要紧！我们迟早还会再见的，不过你记得要改差评啊！改差评啊，亲！"

说到最后一句，毕十一的身影忽然不见了。天边渐渐泛起珍珠白，闫星忍不住瞪大眼睛追出去几步，然而几秒钟前还在和她说话的那个人，确确实实已经消失在了空气中。

毕十一离开后，闫星更加没有了睡意，她打开手机，改掉了鲸羽的差评，看着那熟悉的绿色小嫩芽卡通图标，无论如何也不能相信这居然会是一只妖怪……

"咦？"

忽然间，她发现鲸羽的绿色小嫩芽似乎长大了一点儿，而且还像是有风吹一样在左右摇摆着，仿佛在跳一支可爱的草裙舞。如果是以前，闫星肯定觉得是自己一夜没睡，出现了幻觉，现在她可不敢这么想了。

静下心来，她隐隐约约感受到了一股发自内心的喜悦与信赖，好像很开心，这绝不是她自己的情绪……闫星恍然醒悟：这是鲸羽！或者说，是小蒲在跟自己打招呼！

在毕十一的形容中，小蒲是一个可爱害羞的女孩子，能力微弱，不会做什么坏事。闫星内心的感觉非常复杂，在她眼里，小蒲可不算弱小……

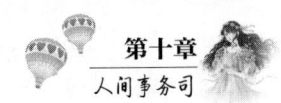

第十章 人间事务司

"我不会伤害你,"她默默地在心里道歉,"但是对不起,下一个月圆夜我还是要卸载你。再见,希望你能遇到一个懂得使用你的人。"

不过,闫星的心里话似乎无法传达给鲸羽,她等了好一会儿,除了喜悦和温暖之外,再也没有感受到别的什么,倒是慕非凡的电话打了进来。

"喂?"闫星的嗓音有些沙哑,电话那头的慕非凡一下子就听了出来:"闫星!你没事吧?你现在是不是在宿舍?"

"我没事,谢谢你打电话过来。"

"薛珍珠的事我都已经听说了。我怀疑那个剪辑软件有问题,你千万不要轻举妄动啊!"

闫星沉默了,是啊,鲸羽的确是有问题,可她却无法什么都不做。

见闫星没有说话,慕非凡的声音失去了以往的冷静:"你听见了没有?闫星,千万不要做傻事!起码等我回来!"

"这件事你就别管了。"出神了好一会儿,闫星才低声开口,说完这句后,她马上挂断了电话。

不知道为什么,以前做决定的时候,她没什么感觉,可现在她的手却在颤抖。她深吸一口气,不断告诫自己:闫星,你不可以害怕!

不管未来会有多可怕,就算厄运会降临到你身上,你也要救珍珠。珍珠因你而受难,而现在能救珍珠的只有你!

刚挂断慕非凡的电话没多久,手机再次响起,闫星一看,是李总管打来的。电话里,他的声音很难过。

"小姐……我也知道不该打扰您,可是这件事困扰我很久了。不久之前法院送来传票,说少爷的公司没有按时还钱,按照规定今天上午九点就要开庭,直到刚才我才发现,法院传票上的指定被告人居然是您!小姐,您说……"

"我?"闫星蹙起眉头,忽然意识到闫笑的债务并不像表面上看起来的那样单纯。

"您一个未成年的女孩子,怎么能卷进这样的事中,少爷也真是,现在还找不到人……"李管家在电话里抱怨道,闫星的脑海中忽然升起一个念头,她苦笑一声:"不,李叔叔,如果是今天上午开庭的话,我已经满十八岁了。"

这一天是她的生日,她正式迈入了十八岁。

闫星虽然没学过法律,但对法律多少有一些了解,只要被告人年满十八岁,案件就可以进行公开审理,虽然不知道对方是谁,但挑了这么个日子,绝对不可能是巧合。

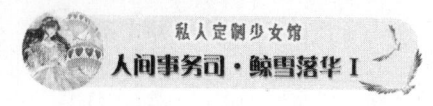

"小姐,这……"

"不用担心,我会出庭的。"闫星的声音十分平静,她坚定地说,"你放心,李叔叔,哥哥不在还有我呢!不管对方的目的是什么,我绝对不会把父亲的心血拱手让人的。"

人的一生,到底会有多少后悔的事呢?

如果能重来一次就好了,将失败的事力挽狂澜,把逝去的事重握手心——这个世界上不再有遗憾、悲伤和痛苦。

在闫星短短的十七年人生中,就已经体会到了数不清的遗憾、懊悔、难过……可是,当她在十七岁的最后一天,看着十八岁的大门朝自己打开时,却隐约感觉到如果能有一种方法让失去的重新握在手中,也未必能获得幸福。

她静静地坐在窗前,看着那些令人感觉压抑,堆积在一起的厚重云层,不由得回想起过去的自己,懦弱、自卑、恐惧……然而,太阳出来了!

当那一轮红日从地平线上飞跃出来,那漫天霞光喷薄而出时,希望仿佛也随之而来。在十八岁生日这天,闫星突然感觉自己拥有了前所未有的勇气,可以披荆斩棘,不畏惧一切地去面对人生未来的困难、痛苦。

第十一章

哥哥的秘密

Renjian Shiwu Si · Jing Xue Luo Hua I

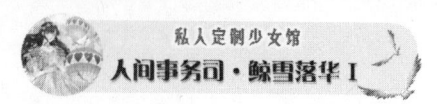

1

"喂？喂？闫星！喂！"

电话那头传来"嘟嘟"的忙音，慕非凡生平第一次被人挂电话，心中第一时间升起的不是愤怒，而是无边的恐惧和担忧。他从来没有这样为了一个人牵肠挂肚过，特别是当他后来打了好几通电话给闫星，可她却没接时，他恨不得插上翅膀立刻飞到她身旁。

他来到灵犀山拍戏已经十天了，这是母亲慕澜导演的第一部电影。他并不是主演，只是来特别演出一下，作为对母亲事业的支持。但此刻，他却急得像热锅上的蚂蚁——为了追求完美的效果，母亲坚持所有工作人员都进山拍摄，灵犀山方圆几十里只有一个村庄，现在他要回千照市也未必找得到车。

深山里的冬天来得格外早，导演慕澜已经穿上了黑色大衣，在认真地看样片。她拥有高挑完美的身材、大气美丽的容貌、优雅端庄的气质，可偏偏对工作要求细致到一根头发丝都不能错，跟着她的工作人员都不得不打起十二分精神来对待这部戏。

"母亲，这里我的戏份已经拍得差不多了，我有急事必须马上回千照市一趟。"

慕非凡找到慕澜说完就想走，可没想到她一口拒绝："不行，有几个镜头我不满意，还需要补拍。"

"哪几个镜头？"慕非凡焦灼地说，"我现在马上拍，我真的有急事。"

慕澜抬起眼睛不满地瞥了儿子一眼："慕非凡，你看看你现在像什么样子，这是一个演员应该说出的话吗？你自己看看，你现在有演戏的状态吗？演戏不是去菜场买菜，说走就走！"

"可是——"

"说到这个，我还有话想问你。"

慕澜放下手里的样片，给身后的孙助理使了个眼色，孙助理点点头，把其他的工作人员都带离了片场。过了好一会儿，她才从身后的皮包里拿出一叠照片，丢到面前的桌子上："解释一下吧，这是怎么回事？"

照片"哗啦"一声散开，上面是闫星和慕非凡牵手的画面，黑发温柔地落在闫星的脸颊边，她可爱的笑颜带着一丝羞涩，而他的眼眸中全是她的影子，仿佛整个世界都被点亮了。

慕非凡心中一软，不过很快蹙起了英气的眉毛："这些照片哪儿来的？闫星是圈

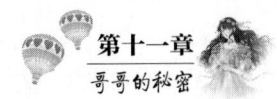

第十一章 哥哥的秘密

外人,这些狗仔还有没有职业道德?"

"你还敢说!你知道我花了多少钱,才把这些照片从那些八卦娱记手里买回来吗?"慕澜不满地抿紧红唇,"你心里还有没有当自己是一个演员?你是一个公众人物!被粉丝看到会怎么想?你知道会造成多坏的影响,你自己会受到多大的损失吗?"

"演员只是我的职业。"慕非凡漆黑的眸子透着坚毅,"演员就没有交朋友的权利吗?我的私生活,别人无权干涉。"

"我是你妈!"慕澜勃然大怒,"我怎么就不能干涉?你这样不但是对自己不负责任,如果有极端的影迷,那个女生说不定也会遭到报复!"

"我已经成年了,可以对自己的一切行为负责,"慕非凡毫不退缩,"而且我没有那样的影迷。如果真有,我就退出娱乐圈!"

"你!"慕澜快要气炸了,原本光洁无瑕的额头上也暴出了几根青筋,"那你急急忙忙要回去,就是为了这个女孩?我把你从小送到国外,为你请最好的导师,对你抱了多大希望?你知道自己现在处在很关键的时刻,先前《绯色长安》的导演也跟我说,你是他遇到的最有天赋的演员……慕非凡,你现在告诉我你就这点儿出息?"

"对不起……妈妈。"

沉默了好一会儿,慕非凡才回答,黑眸如夜空中的星明亮夺目:"对我来说,闫星是很重要的人,她和我的事业一样重要,我一个都不能失去。"

他转身离开,慕澜冷冷地看着他的背影,直到他掀开片场的遮光帘时才开口:"我竟然不知道,我自己的儿子是个大情圣?慕非凡,这是你自己做的决定,以后可不要怪我没有提醒你,星路没有一步是安稳坦途!"

慕非凡顿了顿脚步,宽阔的背脊挺得笔直。

"我知道!"

再迈开步子时,他已经恢复了平时的稳重。灵犀山的深秋萧瑟寒冷,山野小路上满是金黄色的落叶,犹如永不消逝的阳光。

"澜姐,现在怎么办?要不要找人拦住他?"慕非凡离开后没多久,孙助理从门外走进来问。

慕澜摇摇头,意兴阑珊地点起了一支烟,烟雾在她纤长洁白的指尖升起。

"不用了,让他去吧!"她的目光盯着遮光帘,美丽的脸上露出一丝惘然,"他和以前的我多像啊,不愧是我的儿子。"

孙助理向来波澜不惊的脸上露出一丝不忍:"澜姐……"

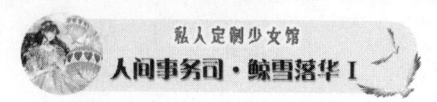

慕澜的唇角扬起微笑:"不用担心我。我倒是很好奇,他说很重要的那个女孩子,到底对不对得起非凡的这份信任。"

事情越是紧急,就越是凑到一起发生,在雪弥园的抵押案和救薛珍珠之间,闫星果断选择了先救薛珍珠,官司可以延后打,但薛珍珠现在人躺在医院,危在旦夕。她可是牢牢记住了毕十一说的话。

"如果你要改变的那个人已经不在人世,鲸羽是被禁止使用的。"

虽然说下定决心要救珍珠,但真正实施起来,闫星却发现并没有那么容易。薛珍珠出事的那天正好是晚上,而且地点在园林(1)班的教室,虽然教学楼里装了监控,却都只是安在走廊里,根本拍不到教室里面的状况。

闫星不顾自己一天一夜没休息,她拜托舒筱樱带她去学生会,调取了当时所有的视频监控,可熬红了眼睛,她也只是从走廊的画面中看到了下午薛珍珠路过的身影,之后不知道怎么回事,画面就"刺啦"一声变成大片雪花。

第十一章
哥哥的秘密

2

"可恶!"

闫星猛地一捶键盘,旁边的舒筱樱吓了一跳:"喂!这是高会长的电脑啊,你小心点儿!"

"算了,让她去吧。"

一旁的高媛瞥了闫星一眼,居然难得地和颜悦色。原本她对闫星的观感不怎么样,但看她为朋友奔波憔悴,不由得也起了一点儿恻隐之心。

"这段视频是怎么回事?"高媛疑惑地说,"照理说,就算教学楼断电,监控视频也不可能受到影响。"

"会不会是有人破坏?"舒筱樱无意中插了一句。

闫星根本没有心思听她们说什么,心里只想着该怎么办。虽然鲸羽神奇,但缺陷也很明显,没有当时的视频素材,她根本就无法回到前一天晚上,救下珍珠!

"有可能。"高媛蹙起弯弯的柳叶眉,她拍拍闫星的肩膀,"你过来调取监控视频,是不是有怀疑的对象?如果真有人蓄意破坏当时的监控,那薛珍珠的事故也许不是意外了。"

"不是意外?难道是有人故意跟在薛珍珠背后,破坏视频要害她?"舒筱樱一边惊叫,一边搓着自己的手臂,"好可怕,我的鸡皮疙瘩都起来了。"

听到高媛的分析,闫星心乱如麻……珍珠的事故到底是不是意外?要是能回到她出事的那个时候,一切就能水落石出!可要怎么才能回到那个时候?她脑子都要爆炸了,这时忽然听到高媛"啊"的一声:"我想起来了!还有一个人,可能拍到当时的情景。"

"谁?"

闫星和舒筱樱异口同声地问,高媛双手抱胸,漂亮的脸上露出回忆的表情:"大概前两天吧,有个男生来学生会,说他想开发一款大学生上课打卡的APP,需要记录教学楼的人流量,所以特地申请在软件工程系的教学楼顶楼的天台安装摄像机,二十四小时记录。"

闫星在心里默默盘算着,软件工程系就在园林系教学楼的对面,如果在天台架上摄像机……不正好正对园林系吗?搞不好真的会拍到!

"那个男生叫什么?"闫星一把握住高媛的手。

"他?你也认识啊,我还以为你知道他做社会实践的事呢。就是那个以前经常和

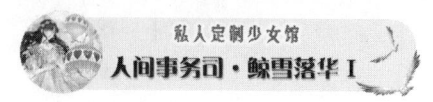

你们一起玩的,好像叫池海……"

"砰!"

"谢谢!"

闫星一下子站了起来,顾不上激动之下踢翻了椅子,高媛和舒筱樱就这么眼睁睁地看着她像离弦的箭一样冲出了门。

与此同时,和星宙大学相距一百公里的田间小路上——

"哼哼……"

"吭哧吭哧——"

"突突突……"

一辆脏不啦唧,连车把手都歪歪斜斜的破拖拉机上,装载着好几头"哼哼唧唧"的大肥猪,坐在最前边的大叔穿着一身打着补丁的蓝色工作服,乐呵呵地一边抽着旱烟一边开车。而最最惹人注目的,要数后座和猪坐在一起的男生,他剑眉星目,英气中又带着少年的俊美,他一点儿都不顾忌自己崭新笔挺的风衣被弄脏了。

这位与猪做伴的大帅哥,就是国民偶像,迷倒万千少女的明星——慕非凡,他担忧闫星的安危,费尽九牛二虎之力才从灵犀山弄到车回城,可眼看着离千照市还有一百里路时,车在半路上抛锚了。他在山间小路边蹲了半天,才在唯一的村庄边上拦住了这位要去县城里贩猪的大叔。

如果被慕非凡的粉丝看到了,一定吓到眼珠子都掉出来……谁会想到,向来高高在上,衣服从来不穿第二次的大明星,居然会坐在一辆运猪的拖拉机上,"突突突"地龟速往千照市行驶?

慕非凡抬起手腕看了看时间,俊朗的眉目间染上了挥不去的焦灼:"大叔,我们还有多久才能到县城啊?"

"快了,俺们才出山,到县城还有几十公里。"大叔悠闲地说,"你要有急事,到了县城就能找到车回千照市了,别怕啊。"

"谢谢您,大叔。"

大叔转过脸瞥了慕非凡一眼:"不过小伙子真俊啊,你说你是那个什么……演员?是不是就是拍那些咔咔打来打去的?"

"啊?您说是,就算是吧……"

"我看你面相有点儿眼熟啊,俺那小侄女每次回乡下,都会闹着要装什么网络,

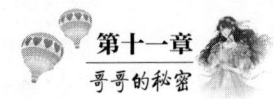

第十一章 哥哥的秘密

看她的偶像。一个叫什么凡的，我看你长得就很像他嘛。"

"呃，可能那就是我吧……"

和大叔有一搭没一搭地聊着天，慕非凡用力攥紧手机，也不知道出了什么问题，从灵犀山出来，他手机的信号就是空白一片，就算关机重启也是一样，简直跟中邪了似的。

他神色凝重地抬起头，闫星！等我去找你，你可千万别一个人做傻事啊！

之前擅自使用鲸羽连累池海的妈妈之后，闫星大病一场，虽然后来经过慕非凡的开导从阴影中走了出来，但每次她看到池海还是无比心虚，所以这段时间她几乎没有和他联系过。池海之前还给她发了好几条短信，可到后来大概也是误会了些什么，再没有找过闫星了。

这次她找到池海时，他正在软件工程系教学楼的天台调试保养摄影机，这是向学校申请了一个多月才借到的贵重机器，池海看得比自己的眼珠子还要宝贝。

"池海。"

看着他忙碌的背影，闫星咬了咬嘴唇，她本以为自己为了珍珠什么都能做，可在看到池海的那一瞬间，她又觉得自己什么都说不出口了。

听到熟悉的声音，池海转过身来："闫星？"

严格说来，两个人都算是"好久不见"，之前在医院闫星情绪太激动没有注意，现在才发现池海比之前更瘦了。以前的他虽然贫穷，但脊背总是挺得直直的，然而最近接二连三发生的事对他无疑打击巨大，就连脊背都似乎有些佝偻了起来。

池海也发现闫星有了很大不同，她明亮的琥珀色眼睛里布满血丝，玫瑰色的夕阳余晖下，笑容勉强，看起来十分悲伤。

以前在闫星面前，他总有一种自惭形秽的卑微感觉，即使她总是温暖地微笑着，很亲切也很可爱，但他完全不敢主动接近……也正是如此，后来闫星不再回他短信，他不但没有难过，反而有了一种如释重负的感觉。这是为什么呢？大概和高高在上的千金大小姐做朋友，他从来不敢去想吧。

3

"闫星,你还好吧……"虽然这么想,但池海还是忍不住开口,关心起闫星的身体来,"你去看珍珠了吗?不要太担心,她吉人自有天相,一定会转危为安的。"

"我……我很好,"闫星一开口就哽咽了,她祈求地看着池海,"池海,你能不能把昨天拍摄的视频给我,就是珍珠出事时的那个时间段……"

"珍珠出事的时间段?"池海一怔,"发生了什么事?为什么要那段时间的视频?"

"你……你就别问了!"

闫星移开眼睛,就算毕十一说池海的母亲时日不多,注定要离开人世,但每看池海一眼,她的心里仿佛就有一把刀子在狠狠地剜着。

对不起……对不起,池海!如果不是我,你的母亲不会那样悲惨地死去!

"闫星?你不是生病了吧?你的脸色白得吓人……"池海向前跨了一步伸出手,可闫星却吓得猛地后退一步。

一股失落和自卑感重新袭上池海的心头,他勉强地笑了笑,从摄影机里取下了储存卡递给闫星:"视频给你,不过如果生病了,你还是去医院看看吧。毕竟珍珠现在那个样子……"

"谢谢你,池海!"闫星再也无法听下去,匆忙打断了池海的话,拿过储存卡就跑下了天台。

风声在闫星耳边呼啸着,原本以为在昨夜流干的泪水又涌了上来,模糊了她的视线,她一边朝宿舍跑去,一边忍不住放声大哭。

对不起,池海……如果解决了这件事,我一定会亲自到你面前,好好忏悔自己的罪过!可是……可是现在珍珠更需要我!

天色渐渐暗了下来,等闫星回到109宿舍,外面已经是群星闪烁,晚归的鸟儿都扑棱着翅膀回了巢。

闫星深吸一口气,点开手机,看到鲸羽那熟悉的绿色画面。这次的任务如此重要,她的心情在沉重之余,还多了很多从未有过的紧张。

"闫星,不要紧的,你可以的!"

她努力给自己打着气,飞快地将储存卡里的视频拷贝到电脑里,再用数据线传进手机。视频在手机里快进播放,因为隔得太远,摄像机虽然恰好能拍到园林(1)班的教室,画面却不太清晰,更别说薛珍珠出事的时候是断电的夜晚,天上还有乌云。她

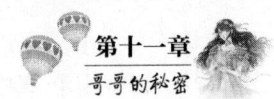

第十一章 哥哥的秘密

只能透过画面中反光的玻璃窗，隐约看到一道黑影一闪而过，仿佛是进了教室。

"咦？真的有人？"闫星揉揉眼睛，又把视频的进度条拖回来重放，生怕是自己看错了。

可是不管回放多少遍，她还是看不清闪进教室的究竟是人影，还是摇曳的树影投射在玻璃上造成的错觉。

"不管了，救人要紧。"

她深吸一口气，开始熟练地剪辑操作起来，丝毫没有注意到因为进门太着急，她忘了锁109宿舍的门。

晚上，池海食不知味地吃完了饭，傍晚时闫星那比纸还白的脸一直在他眼前浮现，虽然告诫自己对方没有把他当朋友，他还是忍不住担忧——

闫星没事吧？

自从母亲去世后，他像行尸走肉一样过着重复的生活。本来就没什么朋友，薛珍珠出事之后，他更是感受不到人世间的一点点温情。他不由得想到闫星也是薛珍珠最好的朋友，跟自己比起来，她肯定更加难过……

"算了，还是去看看吧。"

夜风吹拂在池海身上，刚走到109宿舍楼下他就感受到了刺骨的寒冷，流动的暮气带着几分凛冽，吹得他缩了缩脖子。

"奇怪，这是要变天了吗？"池海一边嘀咕着，一边走进宿舍楼，来到109宿舍的门前，"闫星，我是池海，你还好吗？"

109宿舍里出奇地安静，池海等了一阵都没有听到回答。

难道闫星不在？他伸手去敲门，可是轻轻一推，破旧的门就开了一丝缝，从里面泻出一抹暗绿色的光亮。

"闫星？"

池海疑惑地推开门，下一秒，就马上被出现在他面前的一幕震惊了！

109宿舍里一片狼藉。纸片、文具、茶杯垫……无数杂物和小东西随风飞舞，闫星向来精心伺候的植物们也仿佛有了生命，在风中摇曳伸展，房间的正中央骤然浮现出一个巨大的绿色旋涡，仔细一看，原来是无数闪着荧光的小羽毛。它们就像是电影中奇异的小精灵，跳跃着，飞舞着，犹如亿万颗耀眼的小星星在半空中不停旋转，仿若是一个微型小银河，令人目眩神迷。而在那浩瀚银河的中间，闫星半跪半坐着。她

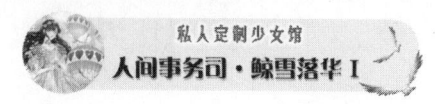

微闭着眼睛,双手合十,黑色长发也随着绿色旋涡飞舞。

"闫星!"

池海骇然大叫,可处于旋涡正中心的闫星却根本听不到他的喊声,她那张小脸上的神情虔诚圣洁,娇小玲珑的身影在光束中若隐若现,好像随时会消失一样,池海往前迈了两步,却差点儿被迎面吹来的强风掀翻。

"啊!"池海伸手抓住桌沿,努力稳住身子。

虽然搞不清楚状况,但他心里却隐隐升起一个念头——这样下去,闫星真的会消失!

"闫星,你快醒来啊!"

他扯着嗓子大喊出声,一边用尽全身力气朝闫星跑去,可越靠近她,感到的阻力就越强劲,最后到她身边时,池海已然被狂风吹得睁不开眼睛。

闫星的神情十分平静,她肩膀以下的身体已经被光芒所笼罩,池海拼命伸出手……

差一点儿,只差一点儿了!

"咻——"

绚丽的绿光开始慢慢黯淡下来,那巨大的绿色旋涡也渐渐缩小,池海惊恐地发现,闫星的面容突然模糊起来,似乎随时就要消融在这诡异斑斓的宇宙中,在他还没注意到的时候,几片绿色发光的小羽毛轻轻飘落,如同落雪一般融化在他的肩头。

不知道怎么回事,一时间,从小被他刻意忽略掉的一切都像走马灯一样,一帧帧在他眼前播放……父亲去世后,原本还算殷实的家境顿时一贫如洗;母亲为了贴补家用拼命打工,却熬垮了身体;从来交不起郊游的费用,每次活动时都会收获来自同学和朋友的白眼嘲笑;为了一点点生活费,倾盆大雨也得站在街头发传单……

绿光一阵阵闪烁,这富有魔力的旋涡收缩得越来越厉害……一股悲愤猛然从池海的胸口升起,为什么,为什么自己想要的永远得不到?

为什么,为什么世界上这么多人,只有他一个人的命运这么悲惨?

他做错了什么,老天爷要这样惩罚他?

"不要!闫星!"

眼看着面前的少女被吸入旋涡,池海终于拼尽最后一丝力气抓住了闫星的手,可还没来得及往回拉,旋涡骤然爆发出一阵强光,闪烁了几秒钟后,原本盘旋的旋涡猛地消失了。

狂风平复后,所有杂物都掉落下来,房间里恢复了平静。没过一会儿,就又有一

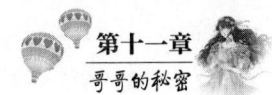

第十一章
哥哥的秘密

个高大的身影闯进了109宿舍。

"闫星！"

慕非凡微喘着气，他好不容易才打到车，还要一路隐藏自己的脸不被粉丝认出来，辛苦奔波到星宙大学……当他看到109宿舍散落满地的碎纸片，和被吹得东倒西歪的盆栽植物时，他那张冰雪般俊美的脸上仿佛裂开了一道缝。

"糟糕。"

来晚了！

4

"哎哟！"

一阵失重感袭来，闫星摔倒在地，身下的大理石地面冰凉。她顾不上自己被摔得头晕脑涨，赶紧一骨碌从地上爬起来，开始到处张望。

周围的环境无比熟悉，雪白的墙壁，明亮洁净的玻璃窗，她正坐在园林系教学楼二楼的走廊上！

教学楼里空荡荡的，没有一个人，唯有头顶的白炽灯投下冰冷的光。走廊上一片宁静，无风无雨的夜里，就连虫鸣鸟叫的声音也没有，安静得诡异。星宙大学上空悄悄飘来了一大片乌云，遮住了月光。

闫星迫不及待地掏出手机，时间显示为晚上十点半，这还是她第一次完全清醒地通过鲸羽回到过去，她只记得自己点下"确认"键后，整个人的意识都变得模糊起来，依稀好像刮起了大风，然后……然后发生了什么来着？

闫星还在回忆着，忽然，头顶上的灯光"吱吱"地闪烁起来，好像是电流不稳，她被这阵声音从恍惚中拉了出来。

"现在不是纠结这个的时候！"

在闫星印象中，她是十一点多接到的电话说珍珠出了事，现在教学楼还没有断电……如果真有别有用心的人破坏学校监控，那就意味着，现在的薛珍珠很危险！

"珍珠！"

她拔腿就往楼上跑，"笃笃"的脚步声在走廊中激荡起重重回声，就在她的身影消失在楼梯间的时候，教学楼的灯忽地熄灭了。远远望去，整栋园林系大楼都陷入了黑暗中，它沉默地矗立着，和星宙大学其他灯火通明的建筑物比起来，就像一只蹲守的巨大怪兽，又像暗夜中神秘的幽灵。

"咻——"

黑暗中，一个奇异的绿色光点凭空闪烁显现，又一个人从天而降，狠狠地砸在了园林系外的花坛中。他"啊"地叫了一声，揉着屁股站了起来，当看清自己身在何处时，不由得惊呆了。

"园林系？"

这个满脸不可思议的瘦弱少年，不是追着闫星被卷进旋涡里的池海，又是谁？

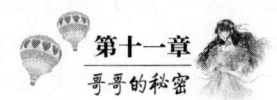

第十一章 哥哥的秘密

深夜的教学楼一片漆黑，闫星跑到三楼教室时，正好听见里面传来薛珍珠的声音："闫笑哥？你要干什么？"

闫笑？

她的步伐顿了一下，教室里，果然响起闫笑熟悉的低沉嗓音，那声音中带着一丝挣扎："对不起了，珍珠。"

紧接着，就听到里面传来好几声尖叫——

"啊啊啊！闫笑哥，你别推我啊！我要倒了！"

"珍珠！"

事情发展到这个地步，闫星再也顾不上疑惑，像颗炮弹一样冲了进去。在她踏进门的那一瞬间，云破月出，清辉般的月光洒遍教室。借着皎洁的光线，闫星看清了坐在银色人字梯上的薛珍珠，她满脸惊恐地撑着人字梯扶手。而站在她对面，正握住梯子准备推她的"凶手"，拥有着一张闫星熟悉得不能再熟悉的脸庞——闫笑那斯文清秀的脸上满是挣扎纠结，他看到闫星的那一瞬间如遭雷劈，愣在了原地。

"星星，你快让闫笑哥松手！"薛珍珠带着哭腔祈求，"哥，别开这种玩笑了！我……我本来就恐高的！"

闫笑没有理薛珍珠，而是惊讶地问闫星："闫星，你怎么在这里？"

闫星仿佛被人施了定身魔法，她一动不动，眼珠子直勾勾地盯着闫笑……就算再重来一万次，她也想不到残害她最好朋友的人，居然就是她的亲哥哥，闫笑！

为什么？为什么？

被闫星那双清澈的眼眸瞪着，闫笑清瘦的脸上露出痛苦挣扎的神色，他想要推倒梯子的手明明就放在那里，却动弹不了……

"哥！快放手！"闫星咬咬牙掏出手机，"你再不放开我就报警了！"

"星星？"梯子上的薛珍珠还傻乎乎的，不知道这两兄妹在干什么。

闫笑的目光先是迷茫了一下，很快就变得锐利起来："你是回来救她的？"

不愧从小就是高才生，闫星只不过解释了一次鲸羽的事，闫笑就马上反应了过来……闫星的脑子乱糟糟的，她只是凭着本能威胁："你说呢？对面有个摄影机能拍下你的一举一动，我已经知道了一切！放弃吧！"

闫笑的神情凝重起来，他上下打量了闫星两眼，不知道想到了些什么，深深地看了她一眼之后，毫不犹豫地转身离开了教室。

"等等！你别走……"闫星想要追赶，可才走出一步，突然发现自己的脚软得走

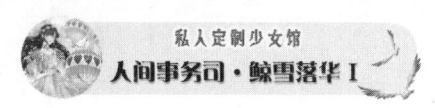

不动路。闫笑像是并没有听到她的呼唤一样，大步流星地离开。闫星眼睁睁地看着闫笑的背影融入黑暗的走廊尽头，一次也没有回头。

"星星，你和闫笑哥这是在干吗啊？又是故意断电，又是跑来吓我。幼不幼稚啊？"薛珍珠一边从人字梯上爬下来，一边抱怨着，"还有，到底是谁这么多嘴，告诉了你们我在这里的事，害我准备的惊喜全泡汤了！"

闫星静静地站在教室门口，一动不动。

"星星？"

薛珍珠好奇地绕到闫星面前，却被好友吓了一跳。不知道什么时候，闫星的眼里竟然盈满了泪水，只是稍微一眨眼，两行清泪就流了下来。

"珍珠，你没事真的太好了……"

看到薛珍珠完好无损地站在自己面前，闫星的心里像是打翻了五味瓶，后怕、懊悔、愤怒，无数种情绪翻涌升腾，她用力抱住薛珍珠，哭得稀里哗啦……她想不明白，哥哥这么晚来到学校，就是为了推倒梯子？

这到底是为什么？珍珠也算得上是和她一起长大的好朋友，哥哥平时也拿珍珠当另一个妹妹看待。闫星怎么也想不通，闫笑做这种事的动机是什么。

"你这是怎么了？"薛珍珠大吃一惊，不明所以地拍着她的背，"我在这儿，我在这儿。我又没有怎么样，你怎么哭成这样？"

听到薛珍珠的问题，闫星拥着她，哭得完全停不下来。

"呜呜呜……"

"好了，好了……没事了啊……"

薛珍珠就像拍着一只迷茫的流浪小狗一样，抚摸着闫星的后背，轻声细语地安慰着。两个抱在一起的好朋友沉浸在重逢的喜悦中，谁也没有意识到教室外面还站着一个人，正捂着嘴巴，震惊地看着这一切！

"薛……珍珠……怎么可能……"

池海的舌头都捋不直了，他瞪大眼睛……薛珍珠不是从梯子上摔下来，造成重伤，躺在医院随时会有生命危险吗？谁来告诉他，现在好端端站在教室里的这个女生怎么跟薛珍珠长得一模一样，到底是怎么回事？

第十二章

雪落满园

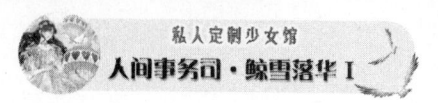

1

  闫星也不知道自己哪来那么多的眼泪，这些天流的眼泪比她十八年来流的总和还多。她在薛珍珠的陪伴下一路抽泣着回到宿舍，哆哆嗦嗦说不出几句完整的话。虽然薛珍珠一根头发丝也没少地被救了回来，但得知对她下手的真凶就是自己的亲哥哥，闫星的心情反而比之前还要沉重。

  雪弥园抵押案的官司，明天就要开庭了。

  一想到刚才见到闫笑，他那宛若陌生人一般的眼神，闫星忽然不敢想象，雪弥园真的是因为闫笑经营不善才抵押出去的吗？他到底有多少秘密瞒着她？这一年他到底经历了什么？他为什么会变成这样？

  无数个问题在闫星的心中盘旋，堵在胸口，就像一块沉甸甸的大石头。她觉得好累好累，就连回到宿舍的路都变得如此漫长，一推开109宿舍的门，她就恨不得直接倒下。

  "星星你太累了，不如先睡觉吧？"薛珍珠扶着闫星躺到了床上，还细心地给她盖好了被子。

  不行！她还有好多事没有想通……

  闫星在内心呐喊着，她知道这是鲸羽的后遗症，眼皮不听使唤地合了起来，不到几秒钟她便陷入了沉沉的睡梦中。

  天光破晓，最近几天，星宙大学每天早上都会被氤氲的雾气笼罩。隔着薄薄的烟雾，青翠的山峦和美丽的湖泊也都增添了几分雅致的神秘感，走在校园小道上，都令人感觉仿佛置身于烟雨江南。

  "几点了……"

  闫星的眼睛还没睁开，下意识地就去摸手机，可指尖没摸到手机，反而触到了软软的物体，好像是人的手臂……

  这是什么情况？

  她的眼睛微微睁开一条缝，一张完美无瑕的俊脸顿时闯入了视线，高挺的鼻梁，玉质的皮肤，如扇的浓密睫毛还在轻轻颤抖着，仿佛下一秒眼睛就会睁开——慕非凡不知道什么时候跪坐在地上，趴在了她的床边！

  "啊！"

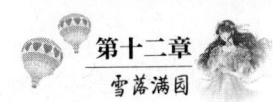

第十二章
雪落满园

闫星惊叫一声弹坐起来，头"砰"一声磕到了墙壁，疼得她龇牙咧嘴，不过她还是第一时间狠狠拍醒了他："慕非凡！给我起来！"

"嗯……"慕非凡皱了皱眉头，睁开眼睛，当他看到闫星的第一眼，反应比她还大！

"你怎么在这儿？"

"这个问题应该是我问你吧？"闫星的脸涨得像个小番茄，红彤彤的，她的目光和慕非凡的碰到一起，两个人不约而同地转过脸去。

"我……我……"慕非凡佯装镇定，绯红的耳根子却出卖了他，"我想着你会用鲸羽救薛珍珠，怕你遇到危险，所以特地赶回来……但是来到109宿舍时你已经离开了。所以我就在房间里等你，不知道怎么回事突然犯困，就趴在你床上睡着了。"

这难道也是鲸羽的副作用？所有卷入事件中的人，都会在同一时间犯困？闫星暗自猜测。

慕非凡看闫星的脸一阵红一阵白，黑曜石般的眼睛里也满是不自在："既然你回来了，那就说明薛珍珠被救回来了，没事的话我就……"他一边说一边往门口走，路过桌子时停下了，"咦？薛珍珠还留了张字条给你。"

"对了！珍珠！"虽然闫星记得自己昨夜成功地营救了珍珠，可为什么一大早醒来却没看见她人呢？

她扑过去拿起字条，慕非凡也关切地凑过来看，然而，满心的紧张在她念出字条上的字后，却又全都化为尴尬。

亲爱的星星：

希望你能体谅一下我脆弱的小心脏。虽然不知道你什么时候和慕非凡在一起的，但你知道我一大早起来，看到慕非凡守在你床边时我的心情吗？

不过不管怎么样，作为慕非凡的铁杆粉丝和你的铁杆闺蜜，我要真诚地祝福你们！

P.S. 不忍心破坏你们独处的时间，恰好池海来约我吃早餐，我就先去餐厅了，你们一会儿可以去餐厅找我。

你八卦的好闺蜜 珍珠

"咳咳咳……"

看完以后，闫星一口气没喘上来，咳嗽得差点儿猝死，而慕非凡也破天荒地闹了个大红脸，明明一米八几的个子，却局促得手和脚都不知道该往哪儿放。

"要……要不你先去餐厅找薛珍珠?"他半天才憋出一句话。

"还是不了,有池海陪着她,她不会无聊的。"闫星摇摇头,一眼瞥到和字条一同放在桌上的手机,平复下"扑通扑通"跳得飞快的心脏,拿了起来。

果然,经过薛珍珠这件事,鲸羽的进度条到了50%,原本摇摆着的可爱小嫩芽绽放开来,变成了一个小花苞,绿色界面也变成了淡淡的鹅黄色。

"你怎么了,脸色这么不好?"慕非凡时刻注意着闫星的脸色。

闫星不想让他担心,勉强扯出一个笑容,心中却百味杂陈:"没什么,可能是这两天没怎么吃饭吧,饿了。"

"那还等什么?"慕非凡拉住她的手,"走吧,去吃饭。"

两个人走了没几步,闫星的电话就"嗡嗡"地振动了起来,她一看到屏幕上跳动的"李叔叔"几个大字,脸色"唰"地一下变得惨白。她刚接起电话,那头就传来李管家焦急的大喊声。

"小姐!你怎么还不来啊?官司都打到一半了,要是你再不出席,法院就要直接宣判,把雪弥园判给别人了!"

糟糕!她怎么忘了,雪弥园抵押案开庭的时间,就是今天上午九点!

第十二章 雪落满园

2

饭也顾不上吃，闫星立马急匆匆地赶到千照市法院，慕非凡坚持要陪着一起来，闫星只好无奈同意。虽然慕非凡乔装了一番，戴着墨镜和口罩，可在进入法院过安检的时候，还是引起了不小的骚动。

"快看！那边那个人像不像当红明星慕非凡啊？"

"这就是慕非凡本人吧？他是要告谁，还是被谁告了啊？这么劲爆！"

"怎么可能？明星就算真犯了事，也不会亲自来法院的好吗？社会影响多不好呀……"

一路上，人们的议论声如潮水一样，涌进了闫星和慕非凡的耳中。闫星焦急地赶往传票上的地址 C313 号法庭，顾不上其他。而慕非凡索性摘下口罩让人看个够，他的目光冷漠而锐利，气势逼人，很多人都被他看得心虚，默默收起了手机，不敢再拍照。

雪弥园的抵押案，是 C313 号法庭当天开庭的第一个案件，因为涉及千照市最大的私人园林，也因为雪弥园是曾经的首富闫朝生最珍贵的宝贝，所以旁听席上乌泱泱坐满了人，都是想来见证这历史性的一刻。然而官司进行到一大半，被告人闫朝生的十八岁的女儿闫星却迟迟没有出席。

这让在场的很多人都觉得索然无味，甚至有些失望。

"既然被告人闫星并未到场，在原告和检控方证据充足，借据和证人都到场的情况下，我宣布——"

法官举起审判锤，正准备敲下，这时法庭的大门"哐当"一声，被人从外面狠狠推开。

"我反对！"闫星气喘吁吁地走进法庭，"我是被告，我现在出席了，请求法官不要匆忙宣判！"

在有限的十八年人生里，闫星从来没有打过官司，更别提站在被告席上了。可现在，她只能不管三七二十一先反对了再说，坐在原告席上一脸无聊的年轻人抬起头来，饶有兴致地打量着突然闯进来的少女，原本懒洋洋的俊脸仿佛见到了什么好玩的东西，一下子被点亮了。

"你就是闫星？"男生笑嘻嘻地问，好像对闫星很有兴趣。

"未经过允许，原告请不要擅自发言。"

法官公事公办地打断了男生闲聊一般的问话，男生耸耸肩，不再吭声。

男生名叫原乐颐，看样子二十多岁。他身材高挑修长，皮肤很白，眉眼、脸型都

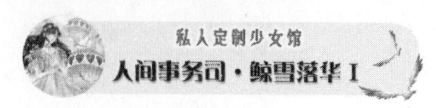

细长，穿着一身看起来就价值不菲的笔挺西装，胸前的西装口袋里露出紫色丝绒手帕一角。虽然长得像漫画中走出来的美男，但被他那墨色双眸盯着时，闫星却浑身不舒服，有种被毒蛇盯上一般的冰冷感觉。

闫星很确定自己以前从没有见过这个人，可对方却像认识她一样，在出庭的整个过程中，一直不断投来打量的目光。

虽然闫星赶上了开庭，结果却还是没有任何改变。时间紧迫，先前她根本来不及搜集证据，于是在法官的再三询问下，她还是因为拿不出遗嘱和地契输了官司。法官无情地当庭宣布，雪弥园易主，从这天起，她从小生活的园林就成为别人的了。

法官宣布闭庭后，人群陆陆续续地散去。原乐颐从原告席上闲庭信步地走出来，就像在自家花园里散步一样。

"原先生！"闫星鼓起勇气走到原乐颐的面前，"我知道，我哥哥欠了你很多钱……这些钱我一定会想办法还的，可不可以请你不要拿走雪弥园？"

"嗯？"原乐颐呆了一下，突然笑了起来，"你是在求我？"

慕非凡站在闫星身后，闻言不由得蹙起了眉头，刚想说话，却被闫星一把拉住了手。

"没错，我是在求你……求求你！不要拿走雪弥园！"闫星诚恳地说，"闫氏那么多地皮和商场，你既然指明要雪弥园，一定也是知道它有多么美丽……它是我爸爸送给妈妈的定情信物，对我和哥哥来说都意义重大，我不能就这样放弃它！"

"可你要知道，闫氏集团欠了我两亿多，"原乐颐含笑看着她，目光中看不到一丝暖意，"我并没有从你身上看到乞求的态度。"

"喂！你不要太过分！"

慕非凡忍不住出声，但原乐颐没有理睬他，一双眼睛只是盯着闫星，看她怎么反应。闫星咬咬牙，心一横准备跪下……

不就是弯一弯膝盖吗？为了妈妈的雪弥园，这点儿屈辱又算什么？

"闫星！"

"行了。"

慕非凡的声音和另一道男声同时响起，一个是饱含心痛的呼唤，另一个低沉的嗓音听不出情绪，却让闫星如迎头被人泼下一盆冰水，当即冻在了原地。

"哥……哥哥？"闫星不敢置信地转过头去，果然看到了闫笑那抹熟悉的身影，他从证人席上走下来，毫不避讳地穿着前一夜的黑色衬衫，袖子微微卷起，白净的脸上满是不耐烦的神情。

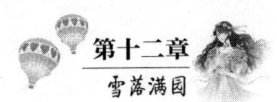

第十二章 雪落满园

"玩够了没有？玩够了就走吧。"闫笑看也不看闫星一眼，径直对原乐颐说。

"怎么？看我逗你妹妹心痛了？"原乐颐漫不经心地瞥了闫星一眼。

闫笑冷冷地哼了一声："只是因为还有人在等我们罢了，不要为了不相干的人耽误时间。"

闫笑突然的转变，就连慕非凡都不知如何反应，他感觉到闫星的肩膀在微微颤抖，只能轻轻握住了她的手。

闫星呆若木鸡的表情让原乐颐越发感到有趣，他弯起红润的薄唇，洁白的齿间吐出残忍的话语："小姑娘，你还不知道吧？我今天能这么顺利地得到这座园林，最大的功臣就是你的哥哥闫笑啊。"

说着，他好像在看一出荒诞的喜剧一样，"咯咯"地笑出声来，一边笑一边摇头："真有意思，太有意思了，你居然还傻乎乎地替他求我，哈哈哈。"

闫星瞪着一双琥珀色的大眼睛，愣愣地看着闫笑："哥，他说的都是真的吗？你……你把爸妈的园林卖给了别人？"

不可能……她无论如何都不会相信！

那个从小最孝顺、最喜欢爸妈的哥哥，怎么会做出这种事？

"是啊，"原乐颐还在火上浇油，"傻女孩，你哥他一直都是我的生意伙伴啊。他可精明了，做生意从来没有失手过……这不，短短一年时间，就把你们闫氏集团掏空了，而你们所有人都还蒙在鼓里，帮他数钱呢！"

"哥，你告诉我，这不是真的……"闫星颤抖着走到闫笑的面前，"不可能的，他说的一切都是假的！你说话啊！"

"说什么？"闫笑双手抱肩，懒懒地回答，"你不是都听到了吗？事情的真相就是这个样子，我和原乐颐是合伙人。闫氏集团、雪弥园……都只是我们计划中的一环。"

"我不信！"闫星激动地抓住闫笑的肩膀拼命摇晃，"我不相信他说的！我要你亲口告诉我！闫笑，你从小说谎就不敢看我的眼睛，我要你现在看着我的眼睛说，告诉我你在说谎！"

慌乱、惶恐……无数情绪交织成一张大网，无情地朝闫星笼罩下来。最近发生了太多太多的事，每一件都让闫星心力交瘁，然而所有的事加起来都没有眼前这一桩对她的打击来得重。闫笑的眼睛冷冷地盯着她，一丝一毫也没有躲藏的意思，光凭这一点，闫星就呼吸困难，觉得自己快要崩溃了。

"为什么？为什么你要这么做？"她疯狂地捶打着闫笑的胸膛，眼泪不知不觉地

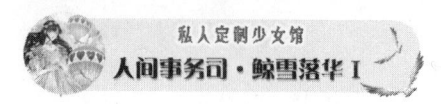

淌了下来,"我不明白,我真的不明白!我们不是这个世界上彼此唯一的亲人吗?你有什么困难可以告诉我啊!我就算吃糠咽菜,也可以和你一起挺过去,可你为什么要背叛我!"

"星星……"看到闫星这个样子,慕非凡觉得自己的心仿佛被一只无形的大手狠狠地揪住,又酸又痛。他深深地凝视着闫星悲伤的脸,恨不得将她藏起来,让她不要再面对这些痛苦的事。

而原乐颐却完全不同,他眯起眼睛站在一旁,仿佛很享受似的,津津有味地看着这对兄妹。

"背叛?"闫笑嘴里咀嚼了一番这两个字,忽然轻笑起来,他看着闫星的眼神变得怜悯,"你还真是什么都不懂的小公主啊……看来,这十八年我真的把你宠坏了。"

"哥?"闫星流着泪愣住。

"好吧,因为这么多年最后的一丝情分,我本来不打算说的,"闫笑冷漠地注视着她的眼睛,"既然你诚心诚意地发问了,那么我就告诉你……"

闫笑压低声音,目光紧紧锁定闫星:"因为……我根本就不是你哥哥!"

闫星的眼睛猛地瞪大了,说不出一句话来,她只觉得自己的头顶被一把大锤子"咚"地狠狠砸了一下,眼冒金星。

"看吧,我就知道你接受不了这个事实,所以说何必呢?"闫笑云淡风轻的声音在她耳边响起,"其实,我从很小起就知道自己是被收养的。我的存在,只是为了让你这个小公主有个保镖和玩伴,守护你,不让你受到半点儿伤害而已。"

不,不是这样的……闫星的内心有个声音在不停反驳,然而她却头晕目眩,什么话都说不出来,只能木然地听着闫笑继续往下说。

"我可和你不一样,我从孤儿院出来的时候就知道自己的使命,贱命一条,根本没有办法跟你比!"闫笑的声音渐渐变得愤怒,"虽然你母亲是个好人,可惜她死得太早。而你父亲闫朝生根本没有把我当儿子看,他太偏心了,还特地立下遗嘱说要把所有的财产都留给你!送我去国外学习,教我打理财产,都只是为你培养一个忠心耿耿的管家!所以我不服,这些东西我都要统统从你手里夺过来!"

听到这里,闫星再也忍不住,反驳道:"可是我没有把你当成管家!你是我哥哥啊!你要什么不会跟我说吗?我的一切东西本来都是你的!"

闫笑沉默了半响:"那是你太天真了。"

"不……"闫星痛苦地摇着头,双腿一软,再也坚持不住地跌坐下来,慕非凡连

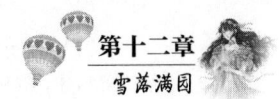

第十二章 雪落满园

忙扑过去，将她抱在怀里。

闫笑居高临下地俯视着她，声音平静无波："是你非要知道真相的，早知道自己无法接受，不来出庭不就好了。"

闫星努力地抬起头，泪水模糊了她的视线，闫笑高大的身影叠影重重，不再是她眼里往昔的熟悉模样。

"好了，戏看完了没有？不要耽误时间了，快走吧。"闫笑朝一旁看好戏的原乐颐道。

"好好好，真精彩。"原乐颐飞扬的语调中透出心满意足，他和闫笑勾肩搭背地走出了法庭，突然又想到了什么似的转过身来："对了小闫星，你不是想让我放过雪弥园吗？我其实也对古代风格的建筑没什么兴趣。不妨告诉你，三天后的下午一点半，我就会直接在雪弥园里举行拍卖仪式，如果你有兴趣可以参观，价高者得。"

闫星浑身一颤，泪水流得更凶了，慕非凡心疼地看着她，收紧了抱住她的手臂。

原乐颐说完，和闫笑谈笑风生地往外走去。

"哎呀！欺负小女孩，我是不是有点儿太坏了？"

"你要真这么觉得，不告诉她不就行了。"

"可是我戏还没看够啊。"

"你觉得她三天后还会来？别扯了。"

"哈哈哈，也是……"

泪眼蒙眬中，闫星静静地抬起头，看着那两个已经走远的身影，悄然握紧了拳头。

3

"星星,你怎么样?"

不放心让闫星一个人,慕非凡将她带回了自己家。一路上,闫星呆愣愣地看着车窗外,不知道在想什么,他心里忐忑极了,生怕她会像之前那样钻牛角尖想不开。

闫星转过脸来,苍白的小脸浮起一丝不正常的潮红:"你放心吧,在找到爸妈留下的遗嘱和地契之前,我不会有事的。"

一到慕非凡家,闫星就主动要求慕非凡送点儿吃的过来。她安静地吃完饭,便捧着慕非凡之前下载的有关于她父母的视频疯狂地看了起来,试图从那些视频中寻找到父亲留下的线索。慕非凡欲言又止,从闫星面前路过好几次,都不知道该说什么好,最后只能默默地走开。

一直到了深夜,闫星还是维持着同样的姿势,把那些已经放过很多次的视频看了又看,慕非凡尝试过送点心、咖啡……都没能吸引她的注意力。最后他实在是忍不住了,直接走到她身边:"星星,你已经看了很久,该休息了。"

"我不用休息,不要吵我……"

慕非凡不顾闫星的反对,强硬地将她手中的平板电脑夺走:"你到底在做什么?现在几点了,你知道吗?你上次的病好了没多久,这样折腾自己的身体,身边的人看了多心痛!"

"你放开我!"闫星起身想要夺回平板电脑,"我的身边已经没有亲人了,你不要管我!"

"你还有我!"慕非凡心痛地抱住了闫星,"你怎么会没有人关心呢?看到你这个样子,我会担心,会心痛啊!"

闫星悲伤地闭上眼睛。

慕非凡的胸膛还是那么安稳宽厚,他浑身暖烘烘的,就像一道阳光照进她的世界。这段时间,她时时刻刻都感受到他那耀眼的光芒,也理解了那些粉丝们为什么会迷恋上这样的人……可是,即使这样的温暖,现在也无法驱散她内心的寒冷,哥哥的背叛,雪弥园的失去,已经成了压垮她的最后一根稻草。

"对不起,"闫星艰难地推开慕非凡,"我还是不能相信哥哥会这么对我。如果他真要这么做,为什么不在父亲刚刚去世的时候就抛弃我呢?"

说到这里,平板电脑的屏幕上正好播放起了闫笑小时候的画面,小小年纪的他穿

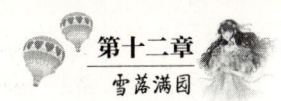

第十二章 雪落满园

着一身剪裁得体的儿童西装,笑容羞涩,目光纯真。父亲母亲双双挽着手,步履优雅地沿着琥川湖散步,闫笑像只活泼的小鹿一般跑过来,轻轻摸了摸母亲隆起的肚子,露出期待的笑容。

闫星的泪水一下子就涌了出来,她实在是不甘心!

小时候有好吃的,闫笑一定第一个让给她。小学时,听说她在学校被人欺负,他亲自去找人理论,和对方叫来的小混混打了一架,原本斯文秀气的他挂了彩回来,现在腰上还有当时留下的疤痕。

"我要打电话问问他,究竟是为了什么做这样的事?"闫星摸出手机,执拗地开始拨号,"哥哥他一定有不能说的苦衷,我要问清楚,不管什么样的困境,我都要和他一起面对!"

慕非凡静静地看着这一切,黑宝石般的眼睛里闪烁着心疼。

然而电话那头传来机械的电子女声:"对不起,您拨打的号码是空号……"

"啊啊啊!为什么?"闫星崩溃地把手机砸到桌上。

"不要自虐了,闫星!你还有我,我会帮你的,后天我去参加竞拍,把雪弥园给你重新买回来,你不要这样对自己了,好不好?"慕非凡用力抱紧闫星,颤抖的她如同一只陷入困境的小兽,在他的安抚下她慢慢平静下来,随即一阵疲累袭来,她终于合上眼睛睡了过去。

接下来的两天,闫星每天一醒来就想办法去寻找线索。

她跑去雪弥园,却发现已经闭园无法进入,大门上贴上了"待拍卖"的封条,而李管家对她说他会妥善安置好园里的员工,让她不用担心。

从雪弥园出来时,天空中下起了淅淅沥沥的小雨,闫星没有打伞,任凭冰冷的雨丝落在脸上、头发上……她抬头仰望着乌云密布的灰色天空,心里空落落的,就像破了一个大洞,飕飕地透着凉风。

"星星,"头顶忽然多了一把伞,慕非凡走在她身边,"不要这样对自己,跟我回家吧。"

闫星转过脸,凄迷地笑了一下:"我突然记起来了,哥哥以前说过要给我过一个难忘的十八岁生日,只是没想到,会是以这样的方式。"

慕非凡薄薄的唇抿成一条直线,还没等他说什么,闫星就认真地看着他:"谢谢你,如果没有你,我早就撑不住了。慕非凡,谢谢你一直陪在我身边,也谢谢你,替我瞒

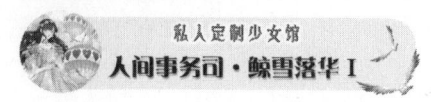

住了珍珠。"

如果被薛珍珠那傻丫头知道，一定会大叫大嚷着跑过来找她，哭得比她还大声，也许还会脑子一热跑去质问闫笑……虽然薛珍珠十有八九找不到闫笑在哪儿，但闫星决定不再把无辜的她牵扯进来。

闫星深深地看了一眼慕非凡，心头翻涌着柔软又酸涩的情绪，还带着一丝丝无言的悸动……慕非凡已经被鲸羽波及过一次，也就是说，厄运随时有可能降临到他的身上，她不能冒这个险。

"还有，慕非凡，"闫星垂下眼睛，"以后我的事你就别管了，这段时间麻烦你太多，实在是——"

"你这话是什么意思？"慕非凡蹙起了乌黑的眉头。

"意思就是以后我们桥归桥、路归路，我会住到学校去，而你继续当你的大明星，以后不要联络了……"闫星低下头，不敢直视他的脸。

"闫星，你在逃避什么？"慕非凡俊美的脸上仿佛覆盖着冰雪，他一把抓住她的手，"我知道发生了什么。自从那个叫舒筱樱的女生出事之后，我就一直留意你身边的变化。如果没猜错的话，最近那个叫池海的男生和薛珍珠轮番出事，都是跟鲸羽有关吧？你是因为不想连累我，所以才说这种话？"

闫星哑口无言，原本准备好的话都卡在了喉咙里，隔了好一会儿她才狼狈出声："你……你既然都猜到了，为什么还要那么固执？"

"喊，"慕非凡嗤之以鼻，"就为了这个？我才不怕。"

"你根本就不懂！"闫星严肃地说，"用鲸羽改变过去的代价是会以惩罚的形式降临到我身边的人身上，万一落在你身上，你可能会死的！"

"我乐意。"

"你……"

第十三章

希望不灭

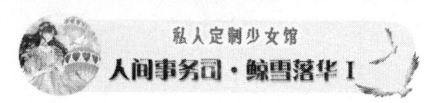

1

雨势越来越大，大街上的行人都奔走躲雨，唯独闫星和慕非凡两个人傻乎乎地站在人行道中间，不过也正是因为这样，才没有人注意到大明星慕非凡居然出现在街头，给了他们难得的独处时间。

"闫星，你知道吗？你总给我一种特别的感觉，在你身边，我就像是普通人一样，很自由，很舒服。"慕非凡突然开口，说起了一个完全无关的话题，雨幕就像一条条银线，将他们与外界分隔开来。在这把大大的黑伞下，仿佛时间都静止了。

闫星的耳边，除了"滴滴答答"的雨声，就只能听得到慕非凡那低沉淳厚如大提琴的声音："一开始我觉得，你只是一个很好的朋友，温柔、善良，但后来你突然出现，将我带入一个完全不同的神奇世界。闫星，你对我来说就是奇迹。"

"慕非凡……"闫星莫名屏住了呼吸，她听到自己的心跳在"扑通、扑通"地加快频率。

"这些天以来，我慢慢地发现你的优点不止这些。你温柔但不懦弱，善良又坚强，你是我见过的最固执，也是最让人心疼的女生。这条路无论多么困难，你也会一个人走下去。"

慕非凡轻轻摸了摸闫星的脸蛋，黑亮的眼眸中溢出深情，映出面前少女小小的身影，渺小却又光芒万丈。

"也正是因为这样，我绝对不会抛下你一个人。不要再说与我无关的话，答应我，以后无论有多少难关，让我陪你一起闯好吗？"

"你真的好傻啊……"

闫星的眼睛湿润了，心中漫过一股暖流，原本那个空荡荡的大洞渐渐被什么填补了起来。

慕非凡，在十七岁的时光遇见你，也是我一生中最大的奇迹。

缠绵的雨总算停了。闫星推开窗，闻到空气中传来湿润的芦苇清香，精神舒缓了不少。一整天闫星和慕非凡两个人都高度紧张，特别是闫星，连饭都吃不下，因为她明白如果还找不到遗嘱和地契的线索，明天就只能面对雪弥园被拍卖的命运。

"你放宽心，我已经叫管家去准备竞拍资料。实在不行，我就不惜一切代价把雪弥园拍下来，你一天没吃东西了，我让厨房送了一些点心，吃完我们再继续。"慕非

第十三章
希望不灭

凡拍着闫星的肩膀安慰。

闫星勉强扯出一抹笑容算是同意，虽然有慕非凡的保证，她却并不想让慕非凡为自己做出这么大的牺牲，且不说他到底有没有这么多钱，闫笑造的孽，实在是不应该让他来弥补。

"时间紧迫，我们一边吃一边找吧。"闫星随手拿起桌上的水晶包，味同嚼蜡地吃了起来，她的目光不经意地瞥到平板电脑的屏幕上，"咦？慕非凡，你刚刚忘了关视频了。"

说着她走到平板电脑前，刚刚他们一直在看父母坐在飞月桥上的那一段，这是闫星最喜欢的一段视频，不过就算再播放一百零一遍，也找不出什么特别的地方来。

视频放完了十几分钟，最后画面定格成一片蓝色，正中央显示出"无信号"几个大字，闫星正要点击关闭，忽然画面一闪，"刺啦"跳出另一个画面。

"嗨，星星，我是爸爸。"

画面上突然出现一张年轻清俊的脸，他和闫星长得有五分像，面容白皙温润，鼻若悬胆，黑色的眼睛让人想起雨后的天空，清澈见底。闫星僵在了原地，仿佛被人施了定身术一般。

"这个视频之前没见过。"慕非凡大感惊奇，目不转睛地盯着画面。

视频中闫星的父亲还是那么年轻英俊，神色却憔悴不堪："星星，虽然不知道你要什么时候才能看到这段视频，但现在的时间，是你母亲离开我们一年零七个月，你还好吗？现在的你，是什么样子呢？"

"爸爸……"闫星颤抖着手抚上屏幕，不敢相信自己的眼睛。

"最近爸爸发现，自己的精神好像出了问题，有好多事一觉醒来都记不得。我听阿笑说，今天爸爸还差点儿失手伤了你，对不起……爸爸在这里向你道歉。"

父亲的神情有些忧郁，他朝摄像头露出一个忧伤的微笑："今天你和哥哥一起捉迷藏，爸爸突然抓住你的手说了一些很过分的话……幸好阿笑机灵，知道传讯息告诉你躲开。爸爸突然感到，可能没办法陪我心爱的小公主长大了，可是你要知道，爸爸永远爱你。"

闫星呆呆地看着眼前的画面，忽然想起了这桩早就被自己遗忘的往事：小时候，有一次自己和哥哥捉迷藏，打闹着来到了父亲的房间，父亲那时正好打开母亲的梳妆盒在追忆过去，突然就犯了糊涂，掐住自己的脖子让她把妈妈还回来。她那时还以为父亲和自己闹着玩，嘻嘻哈哈地笑个不停，哥哥急得要命，却不敢过去，不过幸好他

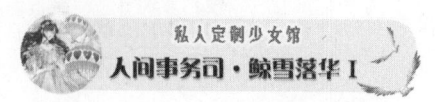

教过自己,他眨两下眼睛就代表有危险……

看到哥哥眨了两下眼睛,小小的自己这才发现父亲不是在和她闹着玩,他是真的想杀了自己!她吓得放声大哭,父亲这才被唤回神志……

记忆中,父亲时而清醒时而糊涂,然而当再一次看到父亲穿着墨色长袍,坐在他那方简单的素几前时,闫星只觉得自己记忆的阀门忽然被打开,许许多多遗失在岁月中的片段被一一记起……

蹒跚学步时,父亲会一只手抱着她,另一只手牵着哥哥走到琥川湖前,静静地看着瀑布和月亮,告诉自己:那是水,这是小鸟。

父亲生病以前,每年夏天都会带着她和哥哥在湖上泛舟。琥川湖上开满了美丽的红莲,父亲从不允许她偷摘,但回去以后,第二天早上醒来她总能在床头发现一朵散发出清香的莲花。

还有,最后一次父亲给她过生日,特地带着她去摸了一把湖对面的瀑布,那时他已经病入膏肓,那天精神却很好,还调侃地说:"以后星星想爸爸了,就过来摸一摸瀑布上掉下来的水花,那是爸爸在跟你打招呼。"

太多太多的记忆,让闫星简直无法承受。

视频中,父亲絮絮叨叨地说着一些家常,最后他意味深长地说了一句。

"星星,记住以后如果遇到了困难,自己一个人无法抉择时就到瀑布这儿来看一看,爸爸在这儿等着你。"

交代完这一句,画面"刺啦"地闪烁了一下,彻底停住了,闫星呆愣愣地看着屏幕,忽然抬起手捂住了嘴巴。

"放完了,"慕非凡走过来检查了一下,意犹未尽地说,"这卷录像带是我好不容易弄到的拷贝版本,听说原本的母带已经不小心掉进火里烧毁了,真没想到最后叔叔还给你准备了五分钟彩蛋啊。"

说完这段话,慕非凡转身看到闫星还是维持着刚才捂嘴的表情,琥珀色的眼珠子一动不动,不由得疑惑:"星星?"

隔了好一会儿,闫星缓缓朝他转过脸来,泪如雨下。

"慕非凡,我好像明白了,爸爸要对我表达的……"

第十三章 希望不灭

2

十一月九日,是个让整座千照市的人都为之震撼的日子。这段时间,千照市流传着闫氏集团经营不善的传闻,三天前那场匆忙却又座无虚席的官司,更是将闫氏集团推上了风口浪尖——象征着闫氏集团创始人闫朝生和妻子伉俪情深、幸福美满的雪弥园,在十多年后易主!而这场官司后,闫氏集团也申请了破产。

一场倾城富贵烟消云散,这让千照市的民众们都无比唏嘘感慨,而赢得官司的原乐颐也一举成名,一跃成为千照市新任首富,这个之前大家从未听说过的名字,一时之间家喻户晓,也成了街头巷尾津津乐道的八卦话题。

"这个原乐颐到底是谁啊?很有钱吗?以前怎么从来没听说过?"

"好像是从国外回来的企业家,之前有杂志采访过他,照片很帅很年轻呢。"

"我也看了那期报道,好像才二十几岁,不过他的背景似乎很神秘,没有哪家媒体能挖出来。"

"那岂不是和原来的首富闫笑一样,怕又是个富二代吧?"

中午一点半,应邀而来的记者们聚集在雪弥园前最空旷的花园中,现代化的新闻发布会设备摆在了空地最前端,后面整齐地一排排摆放着椅子……原本穿着古代宫装的工作人员全都不见了,取而代之的则是原乐颐西装革履的手下,这里已经提前来了很多社会名流和明星,他们有的对雪弥园感兴趣,有的则完全是来凑热闹,这些人全都衣着光鲜靓丽,替这场发布会增添了很多人气。

"快看,郁辛煌也来了!看起来心情不错的样子。"一位受邀来采访的记者举起相机,兴奋地"咔嚓咔嚓"拍着。

郁辛煌穿着一身柠檬黄的毛衣,戴着装饰用的金丝眼镜,一群名媛千金小姐们围在他的身边,眼冒红心地"叽叽喳喳"说着话。和低调的慕非凡比起来,郁辛煌平时经常参加各种活动,再加上他平易近人,人缘非常好。

"他不是昨天才拿了西京电影节的最佳男主角奖吗?当然心情不错啦!不过原先生能请到他来,也真是意外啊!我还以为今天只会来一些十八线小明星呢。"

原乐颐着一身墨绿色天鹅绒西装,精神焕发地上台发言:"谢谢大家今天光临,现在离拍卖会正式开始还有半个小时,这次拍卖,我们特地邀请了著名公证师爱德华·路易……"

他在台上滔滔不绝地说着,口才了得,将下面的人逗得一阵阵惊呼,而到场的记

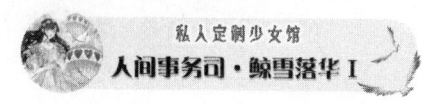

者则纷纷互相交换情报，然而却没人知道这位空降的"原总裁"的底细。

"不管怎么说，三天前才赢了官司，今天就举行拍卖仪式，原乐颐也太嚣张了吧？"

"嘘……你少说两句，人家本来就有嚣张的本钱。大财阀啊，叫几个人来见证自己胜利的果实又怎么了？"

"真是春风得意，不过听说闫笑也是他的好朋友，这些有钱人之间的游戏，真不是我们这些凡人能看懂的。"

大家热络地聊着天，冷不丁突然有位女记者提起："对了，闫朝生夫妇不是还有个小女儿吗？好像叫闫星……之前被闫笑保护得严严实实的，现在闫氏集团破产，她可怎么办？"

一时间场面冷了下来，令人尴尬的沉默过后，不知道是谁喊了一句——

"哇！闫星也来了！"

刹那间，坐在后排的许多人的目光都朝门口看去，无数道目光如同聚光灯一样照在走进来的少女身上。闫星穿着普通的白色球鞋和破洞牛仔裤，纤细玲珑的身材裹在米色大衣里，随身背着一个环保帆布袋，弱不禁风中却透着一股粗粝的坚强。

"闫星小姐？"郁辛煌最先走过来和她搭话，"你还好吗？"

"郁……郁大神！"闫星惊讶万分，"你怎么在这儿？"

虽然和郁辛煌有过几面之缘，但闫星并没有和他说过几句话，对方居然能一口叫出自己的名字，而且还满脸关切，这让她有点儿受宠若惊。

郁辛煌俊秀的脸上满是关切："雪弥园的新闻我也一直在关注，闫星小姐，发生这样的事你不要太伤心了。"

"我不伤心，谢谢你，你真是好人。"

闫星的眼眸中泛起一丝暖意，郁辛煌真是她见过最善良的人了，明明自己和他萍水相逢，在这个大家都忙着看热闹的时候，他却温柔待她。

"小女生，还是不要逞强比较好！"这个时候，台上的原乐颐发现了闫星，他施施然地走了下来，连带着全场的目光都汇聚在了他们三个人的身上。

一个是大明星，一个是闫氏集团藏了十几年的大小姐，还有一个是雪弥园的现任主人，一看就很有噱头，很多记者完全按捺不住，举起相机就一阵猛拍。

郁辛煌作为局外人没有发言的权利，他拍拍闫星的肩："有什么需要帮忙的，可以到VIP座来找我。"

原乐颐目送着他离开，这才转过头来："没想到你真的会来，而且还是一个人，

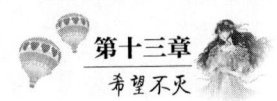

第十三章
希望不灭

不愧是闫朝生的女儿，有胆色！"

"不许你直呼我爸爸的名字！"闫星的目光中迸射出敌意。

原乐颐举起双手，像哄小女孩那样轻佻地笑着："OK，不说就不说，今天拍卖会结束后还会有自助餐，这是你在雪弥园的最后一顿饭了，好好珍惜吧。"

说完，他转身就要走，闫星在背后大喊出声："站住！"

"雪弥园是妈妈留给我的遗产，"闫星深吸一口气，"法院的判决无效，你没有权利拍卖它！"

"无效？"原乐颐像是听到了世界上最好笑的事情，"你说无效就无效？小女孩，拜托你少看点儿肥皂剧，多读读书吧！"

两个人的对峙剑拔弩张，虽然没有实质上的刀光剑影，但足以让媒体记者们为之疯狂，大家纷纷从座位上起身围观这一幕，原乐颐抬起手，懒洋洋地朝各个方向行礼示意，随即朝闫星投来轻蔑的一瞥："闫星，你哥哥亲自把雪弥园抵押给了我。你现在已经一无所有了，拿什么来跟我斗？再说，你现在一个人，信不信我马上叫保安把你赶出去？"

原乐颐不悦地皱起眉头，场外有一队黑衣保安立即走了过来，闫星往后退了一步，神色越发激动："你要干什么？"

"把她赶出去。"他懒得再和她纠缠，一挥手，一米八几的大汉们就像是饿虎扑食般朝闫星扑过去——

"住手！"正在这时，门外传来一声清亮的呵斥，一群令人意想不到的人走了进来，这些人大多都是年轻的学生，一个个激愤昂扬，为首的两个人刚一进门，在场的所有人都倒吸了一口冷气。

"慕非凡……慕澜？"

走在最前面的男生身材颀长，一双剑眉斜飞入鬓，完美的玉质容颜不怒而威，他那双狭长的黑眼睛明亮如星，墨蓝色的风衣衣袂飞扬；而他身旁的大美人红唇乌发，酒红色的系带大衣勾勒出她那凹凸有致的身材，她随手拨了拨头发，就是风情万种，目光流转间却带着逼人的气势，令人不敢直视。

慕非凡如同古代侠客一般从天而降，将闫星护在了身后："有我在，你们休想碰她一根手指头。"

他这个举动不亚于在场上投下了一枚小型炸弹，记者们全都被震慑住了，短暂的寂静过后，潮水一般的议论声响了起来。

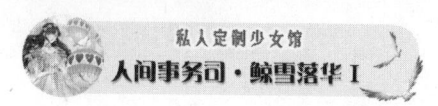

"慕非凡和闫星是什么关系?"

"哇!大新闻啊!璀璨新星与白富美大小姐,他们两个居然是一对!"

"什么大小姐,人家现在可能比我们还穷了……"

"这个新闻更刺激了有没有?家道中落的大小姐与超人气明星不可不说的禁忌之恋!"

这些议论传进了闫星的耳朵里,她不自在地小声问:"你怎么来了?还……带着这么多人?"

原乐颐也是太自信,下令雪弥园不设防,所有来围观的群众都可以自由进入大门。本来凑热闹的人就多,这下子更是方便了慕非凡,他把园林(1)班的学生都带来了,其中不但包括了闫星的闺蜜薛珍珠,还有卫薇、宁曦这些同学,甚至连王教授都出现在了人群中。

"星星别怕!我都知道了,你放心,我们绝不会让这厚颜无耻的家伙得逞的!"薛珍珠挥舞着拳头,她的头上还绑上了奇怪的应援带,上面写着"星星必胜"四个大字,幼稚却令人感动。

"就是!我们园林(1)班的同学,永远都是你最坚强的后盾!"

"闫星,你放心,老师一定不会让你孤军奋战的!"

"我们已经在网上发帖了,迟早让原乐颐这个黑心企业家曝光!"

同学和老师的话语,就像是温暖的泉水从闫星的心中漫过,让她生出无穷无尽的力量。

"你叫……星星是吧?"慕澜的手慵懒地搭上闫星的肩,"这臭小子,不但获得了你们同学联名支持,大半夜地还打电话给我,威胁说如果我不帮忙,就让我下一部戏开天窗!你说有这样威胁自己母亲的儿子吗?"

"慕……慕……"国际巨星搭着自己的肩膀,而且还是慕非凡的母亲,闫星瞠目结舌,说不出一句完整的话来。

"说起来,你就是那位让他不顾那该死的洁癖,大老远坐运猪车去见的女孩啊?"慕澜摸了摸闫星的脸蛋,"哈哈!你长得很像你母亲,不错,我喜欢。"

"咳咳!妈妈!"慕非凡不自在地咳嗽两声,白皙的面容飞起两团浅浅的红晕。闫星也傻了眼,在这种兵荒马乱的时候,心头居然涌起一股甜意。

慕澜瞥了他一眼,嗔怪地说:"怎么?给你的小女朋友撑腰?"

"咳,"慕非凡咳嗽一声,镇定自若地转过头,朝脸色一阵青一阵白的原乐颐说,

第十三章 希望不灭

"你搞这么大阵仗,不就是为了博眼球,想上明天各大新闻的头条吗?"

原乐颐抬眼望着他,不明所以。

他微微一笑:"你放心,明天的头条,我让你一个字都没有。"

说着慕非凡忽然牵起闫星的手,朝所有的媒体记者大声宣布:"大家好,我介绍一下,我身边的这位——我的女朋友,闫星!"

现场一片哗然,别说是媒体记者了,就连很多有意买下雪弥园的买家都纷纷掏出手机拍起照来,这下子,完全没有人再关注马上就要开始的拍卖会了。所有人都围着眼前的三个人,可以想象,明天的头条原乐颐确实不会再有一个字了。

"搞什么?"莫名地,原乐颐就被黑压压的人群挤到了外围,他气得抢过旁边保安手上的对讲机,"喂喂,闫笑!我知道你在看!快点儿给我出来搞定这件事!不要再让你妹妹砸场了!"

突然出了这个变故,闫星也始料未及,她完全没有应付过这种场面,一下子被疯狂的记者们围住,无数人把话筒朝她面前伸过来——

"闫星小姐,可以说一下你和慕非凡是什么时候认识的吗?"

"你们什么时候在一起的?和明星谈恋爱辛苦吗?"

"闫星小姐,您认为现在这个时候公开你们的关系,会不会对慕非凡的星途产生负面影响?"

即使有慕澜和慕非凡在前面挡驾,闫星依旧被问得头昏脑涨,完全招架不住这种狂轰滥炸。这时,一道冷冷的男声透过无线电,在雪弥园的上空响起:

"诸位来宾,雪弥园拍卖会马上就要举行了,大家如果想拍摄其他新闻,可以在拍卖结束后再进行,现在请将焦点聚集在发布会前台,我们请来了著名公证大师……"

"闫笑!"

闫星看到了对面清栖园最高的楼阁上,一闪而过的熟悉身影,她知道自己面对镜头的样子一定很傻,却根本顾不上这些了。

他一直在看着自己……哥哥!

"闫笑,你快出来!给我说清楚!你为什么要这么做?"

身旁的慕非凡揽住闫星的肩膀,仿佛要给她一些力量。过了一会儿,闫笑那抹高大的身影拨开人群,走到了闫星面前。

3

闫星还是第一次见闫笑这样的打扮，他脸上戴着墨镜，头发染成了烟灰色，着卡其色工装服和铆钉鞋，完全不像先前的精英风范，倒像电影里那些帅气的反派。

"没想到你还是来了，你想说什么？"闫笑看着闫星一脸冷漠。

"回来吧，哥哥，不管你是出于什么理由……"闫星看着闫笑的眼睛，苦苦哀求，"我知道你不会抛下我的，我绝不会计较你之前做的那些事。哥哥，不要留下我一个人！"

原乐颐双手抱着胸，目光锐利地看着这两兄妹。

闫笑沉默半响，突然笑了："你是不是听不懂人话？我都说了，我恨你，恨你们一家人，你却还要我回去？真好笑……你的家都没了，雪弥园现在属于我们，你让我回哪儿去？"

"哥哥……你真的要这样吗？"

看着面前熟悉却又陌生的脸，闫星无比心痛，一旁的薛珍珠冲到闫笑身边，眼泪"吧嗒吧嗒"地往下掉："闫笑哥，你就回来吧，这段时间星星太苦了……"

"说完了吧？说完了就别妨碍我干正事。"闫笑再也听不下去，不耐烦地打断了："保安，把他们统统赶出去，现在我宣布拍卖会正式开始。"

听到闫笑的指令，黑衣保镖们又朝这群人包抄过来，闫星猛地擦干眼泪："慢着！我今天来就是要阻止这场拍卖会，你们没有资格举行！"

"胡闹！"闫笑打了个响指，"保安，把她赶出去。"

"不许动她！"慕非凡大声呵斥阻止，同学们也群情激奋地冲了上来，为闫星保驾护航。

闫星从随身的包包里掏出一个古朴的木盒子，高高举起："我能证明你没有资格拍卖这座园林！因为这是妈妈留给我的遗产！我找到了父亲的遗嘱，你没有权利处置属于我妈妈名下的财产！"

在同学们和慕非凡的护卫下，闫星冲破人群，将手里的证明文件交给了站在拍卖台上的一位高大的外国人，那是刚才原乐颐介绍的公证大师。

大师一脸吃惊，还是彬彬有礼地打开了木盒，从里面拿出两份塑封文件。记者们隔得远远地拍照，虽然看不清内容，但依稀可以看得出这两份文件纸张泛黄，已经有了些年头。

"不要信她，肯定是伪造的！"原乐颐一脸紧张地对大师说，哪还有刚开始的嚣张。

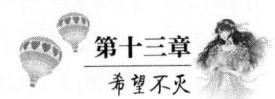

第十三章 希望不灭

大师并没有理睬他，而是认真地读完了文件，朝闫星点点头还给了她。他面色凝重地朝原乐颐说了几句什么，就下台离开了现场。

原乐颐气急败坏地吼闫笑："你干的好事！大师说这两份文件合法有效，这个拍卖会无权举行！"

"太棒了！"闫笑还没说什么，薛珍珠就和身后的同学们击起掌来。

一时之间情况反转，闫星的应援队伍欢乐沸腾。原乐颐脸色铁青地看着他们，可能是因为太丢脸，他狠狠地瞪了他们一眼，就狼狈地离开了会场，留下闫笑独自一人面对这一切。

相较于学生们的欢欣鼓舞，原乐颐和闫笑邀请来的宾客们面面相觑，记者们也从一开始的兴奋到犯起愁来，今天发生的事可谓是一波三折，随便拎出一件都可以成为新闻头条，可偏偏也正是因为这样，他们才无法抉择该写点儿什么好。

"哥，我今天一大早，已经委托李叔叔向法院递了起诉书，就算你夺走了闫氏集团的一切，你也夺不走妈妈最爱的雪弥园！"闫星悲伤地看着闫笑，"哥哥，我们真的要走到这一步吗？"

闫笑转过身来盯着闫星看了好一会儿，黑色的墨镜遮住了他的眼睛，别人根本无法看透他在想什么，隔了好久他开口道："你是从哪儿找到遗嘱的？"

闫笑的声音有些沙哑，这让闫星的心底重新燃起了希望："父亲把它藏在飞月桥对面的瀑布后面，我也是不经意间才发现的线索……哥哥，跟我回家吧。不管你是不是我的亲哥哥，我都从心底把你当成——"

"少来了！"闫笑猛地摘下墨镜，狠狠地将脸凑到闫星眼前，"你看清楚，鼻子、眼睛……我有一个地方和你长得一样吗？以后别叫我哥哥！我根本就不姓闫！"

"你想干什么？"慕非凡伸手想要将闫星拉到自己怀中，可拉了好几次都没拉动。闫星的眼睛里泛着盈盈的水光，呆愣愣地注视着对面和自己完全不一样的白皙的脸，好像已经被吓呆了。

闫笑盯着她看了好几秒，这才重新直起身子，戴上墨镜："看来你们闫家人真是生来克我的，不管什么事都要跟我作对。"

他向到场的宾客们一一道歉，尽心尽力地替原乐颐收拾烂摊子，吩咐保安们遣散记者们之后，就要转身离开。

"等等！"闫星上前两步拉住闫笑的衣摆，满眼都是最后的祈求，"哥！"

"放开，我早就受够了。"

　　眼看着大势已去，闫笑毫不留情地掰开她的手，大步流星地离开。一片混乱中，闫星怔怔地看着他头也不回地离去，一阵微风吹过，仿佛哥哥那双温柔的大手轻拂过她的脸庞，她鼻头一酸，泪水情不自禁地掉了下来。

　　"星星，不要伤心了，你还有我……"

　　慕非凡心疼地揽住闫星的肩膀，不顾记者们"嗡嗡"像苍蝇一样的议论声，替她擦干眼泪，薛珍珠也过来抱了抱她。

　　"是啊，星星，我会永远在你身边的。"

　　"嗯。"闫星吸吸鼻子，坚强地点点头。

　　事情告一段落，一直坐在观众席正中间的郁辛煌走上前来，俊朗的脸上带着笑意，祝贺闫星："太好了，我真替你高兴。"

　　"谢谢你！"闫星抿了抿嘴唇，还要说几句感谢的话，却一下子被慕澜挤开，她上前热情地拉住郁辛煌的手："辛煌，正好你在这儿。来来来，我来跟你聊聊下一部电影的剧本……"

　　郁辛煌先是惊愕，随后不由得露出一丝苦笑，最后还是迫于慕大导演的"淫威"，乖乖地跟着到一旁谈起了工作。记者们还想要围上来采访慕非凡，却被孙助理含笑地一一挡了回去。

　　"请大家今天先回去休息，关于非凡恋爱的事，我们会召开记者会说明的。"

　　闫星紧紧地抱住慕非凡，他那宽厚温暖的胸膛和淡淡的青草气息，都带给她无穷的安慰，雪弥园中的人群渐渐散去，一切都慢慢恢复了平静。

尾声

Renjian Shiwu Si · Jing Xue Luo Hua I

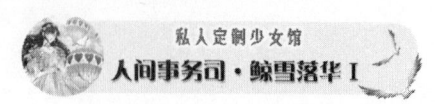

冬意正浓，琥川湖的湖水泛起粼粼波光，远处的小瀑布倾泻出银琼玉浆。弯弯的拱桥上，一轮圆月挂在空中，万籁俱寂中，唯有它静静地洒落一地光辉，无言又神秘。

"这么看过去，飞月桥又不太像月亮了，倒像是一把弯刀。"

闫星坐在湖边的石头上，和慕非凡一起眺望着远处的瀑布，到此刻她依然记得她偷偷划着小船，到了湖中心潜入水底发现木盒时的那种奇妙的感觉。她的游泳技术就是父亲教的，而闫笑从小就怕水，所以他才找不到父亲的遗嘱。

"星星，"慕非凡那乌黑的眉毛舒展开来，"不要太伤心，你哥哥有自己的打算，你也没办法改变，能保住雪弥园已经是最好的结果了。"

闫氏集团的财产，有很大一部分是闫笑在做生意时合情合法地亏损，这些是无法挽回的。闫星目前唯一能保住的，也只有写在母亲名下，去世后转赠给自己的财产雪弥园。她沉默半晌，摇摇头："为什么每个人都觉得我会伤心呢？其实我真的不难过了，一点儿都不。"

"为什么？"慕非凡发现闫星的情绪不太对劲。

"因为我的直觉告诉我，哥哥总有一天会回来的，我必须相信他。"

闫星心事重重地看着天上的月亮，她不知道该怎么解释……之前，有那么一刹那，她的确真的绝望了！

可是当闫笑摘下墨镜时，她分明看到他的眼睛有规律地眨了两下！她从未忘记过他们小时候的约定，如果闫笑盯着她的眼睛连眨两下，那就代表着——有危险！可到底是什么危险，会让闫笑不顾一切地背叛她，背叛闫家？

他这么做是不是也意味着，自身现在也处于危险中？他是要做什么事吗？后果会很严重吗？

"你决定好了吗？真的要卸载鲸羽？"闫星这么久没说话，慕非凡误会她还是不开心，连忙转移话题。

对了，今夜就是农历十五的月圆之夜，她特地拉着慕非凡来到琥川湖边，就是为了完成这个仪式……闫星神情复杂地拿起手机，看着屏幕上已经变成黄色小花苞的鲸羽，深吸一口气。

"是的，我要卸载。"

对不起，鲸羽……或者说，小蒲！

她没有勇气，也无法接受一个能给人带来厄运的东西天天陪伴在自己身边……她甚至没有办法去想象，上一次救过珍珠之后，自己会遭到怎样的反噬。

尾 声

闫笑不想连累她,她又何尝想拖累身边的人呢?

对不起!

闫星默默地在心底道了一声歉,深吸一口气,满含愧疚地按下了"删除"键。

当看到鲸羽终于彻底从手机屏幕上消失的一刹那,很奇怪的是,她心底并没有多放松,而是多了许多怅然若失的感觉,空荡荡的。

"好了,不要难过了,"慕非凡抱了抱她,体温隔着衣服传过来,让她心里暖烘烘的,"对了,《绯色长安》第二部寒假要开拍。怎么样,有没有兴趣跟我一起去剧组玩玩,客串个小角色,顺便散散心?"

"嗯……"闫星一边熊抱着他,一边拖长了音调。

"怎么?有什么问题吗?珍珠那边我会去说的,她不会说你重色轻友。"

"去去去!你才重色轻友,我是在严肃思考一个问题。"

"什么?"

"你这一去剧组就是两三个月,那换洗衣服怎么办?我可是没有忘记你家那两大房间的衣服,可怕……"

"喂!闫星!"

"哈哈哈……"

琥川湖美丽而静谧,银色的月光下,这一对恋人嬉戏欢笑着,阴霾似乎渐渐从他们身上散去。然而,月光会照射在幽静的湖面,也会无私地照耀在喧闹的商场、空无一人的山林,同样会照亮世界最阴暗的角落。

月光下,一个不为人知的小房间的桌上,破旧的智能手机的屏幕忽然闪烁了两下,一片空白中,凭空出现了一朵黄色的小花苞图标,图标下一行字闪烁着,平平无奇,却带着致命的诱惑力。

已为您搜索到鲸羽APP,是否立刻下载?

一双清瘦的手伸到手机前,颤颤巍巍地按下了"下载"键,恰好这时,一片乌云飘来,遮住了月光,整个房间里只剩下手机屏幕发出的幽暗蓝光。

——在这诡异的光线下,桌旁的镜子中反射出了一张少年的脸,普普通通,脸上透出一丝丝营养不良的青灰色。他极致渴望地注视着手心的手机,丝毫没有注意到镜子里的自己,神色因为激动而扭曲。

——本季完——